클라마칸 사막
옥문관(위먼관)
장안
경주

오세영 역사소설

대왕의 보검 ✦ 1

나남
nanam

오세영 역사소설
대왕의 보검 1
황금보검의 비밀을 밝히다

2015년 4월 5일 발행
2015년 4월 5일 1쇄

지은이_ 오세영
발행자_ 趙相浩
발행처_ (주) 나남
주소_ 413-120 경기도 파주시 회동길 193
전화_ (031) 955-4601(代)
FAX_ (031) 955-4555
등록_ 제 1-71호(1979.5.12)
홈페이지_ http://www.nanam.net
전자우편_ post@nanam.net

ISBN 978-89-300-0625-5
ISBN 978-89-300-0572-2(세트)

책값은 뒤표지에 있습니다.

오세영 역사소설

대왕의 보검 ✦ 1

황금보검의 비밀을 밝히다

나남
nanam

대왕의 보검 ✦ 1

황금보검의 비밀을 밝히다

차 례

풍운의 서라벌

1

술잔이 둥실거리며 굽이진 수로를 따라 흘러내려갔다. 벌칙을 받은 사람이 술잔을 집어 들고 단숨에 들이켜자 사방에서 박장대소가 터져 나왔다. 이궁원 포석정鮑石亭의 유상곡수流觴曲水 시회詩會에는 서라벌에서 내로라하는 귀족들이 모두 모여 가무를 즐기고 있었다. 벌칙이 떨어질 때마다 굽이진 물길을 따라 커다란 술잔이 흘러내려갔고, 벌주를 들이켤 때마다 시회에 참석한 귀족들은 박수를 치며 즐거워했다. 모두들 값비싼 비단옷에 금은보옥으로 치장했는데 상에는 산해진미가 가득했다.

청명한 하늘에 소슬한 바람, 그리고 흥겨운 풍악. 경덕왕 6년(748년) 가을의 신라 서라벌은 무엇 하나 부족함이 없는 태평성대였다.

"이번에는 파진찬波珍飡 차례요."

상석에 자리한 상대등 김사인이 호쾌한 웃음을 지으며 다음 사람을 지목하자 지목받은 귀족은 엉거주춤 일어서며 주령구酒令具를 받아들었다. 귀족이 주령구를 던지자 정14면체의 주사위는 떼구르르 구르더니 놀음판 끝에 가서 멈추었다. 사람들의 시선이 일제히 주령구의 윗면으로 향했다.

三盞一去

"세 잔을 한꺼번에 마시기요!"

놀이를 주관하는 사람이 큰 소리로 외쳤다. 곧이어 커다란 술잔 3개가 연달아 물길을 따라 흘러내려갔고, 주령구를 던진 귀족은 울상을 한 채 거푸 3잔을 들이켰다. 그 모습을 보며 시회에 참석한 사람들은 크게 즐거워했다.

"다음 차례는."

김사인이 그 다음에 자리를 한 귀족을 지목했다. 귀족의 손을 떠난 주령구는 떼굴떼굴 구르더니 놀이판 끝에서 멈추었다.

醜物莫放!

"더러워도 버리지 않기요!"

놀이를 주관하는 사람이 벌칙을 확인하자 시회에 참석한 사람들의 시선이 일제히 김사인에게 집중되었다. 김사인은 장난기 가득한 얼굴로 고기 안주를 집어 들더니 질겅질겅 씹다 술잔에 담았다. 그 술잔이 물길을 따라 흘러내려가자 주령구를 던진 귀족은 죽을상을 지었고 사람들은 킬킬거리며 즐거워했다.

끝자락에 앉아 시회를 지켜보던 김양상金良相은 얼굴을 찌푸렸다. 어떻게 서라벌의 내로라는 귀족들이 저잣거리의 무뢰배나 하는 짓을 하며 즐거워한단 말인가. 삼한일통三韓一統을 이룩한 화랑도花郞徒의 드높은 기상은 자취를 감추어버렸고 저리 한심한 짓거리들이 판을 치고 있었다.

“참으로 어이가 없군요. 일국의 상대등이라는 자가 저따위 놀이나 즐기고 있으니.”

김경신金敬信이 혀를 끌끌 찼다. 김경신은 김양상과 나이는 별반 차이가 나지 않지만 항렬이 아래여서 김양상을 깍듯이 모시고 있었다.

“한심한 것이 어디 상대등 한 사람뿐이겠느냐. 서라벌에 온통 썩은 냄새가 진동하고 있다.”

김양상은 하늘을 올려다보며 한숨을 내쉬었다. 삼한이 하나가 되면서 서라벌은 부귀영화를 누리고 있었다. 귀족들은 풍치 좋은 곳에 사절유택四節遊宅을 짓고 계절 따라 옮겨 지내며 호사를 누렸고, 당풍唐風이 유입되면서 당나라 식 저택과 당나라 식 복색이 서라벌에서도 크게 유행했다. 그리고 먼 서역의 진귀한 물건들이 대식국大食國(아라비아) 상인들에 의해 신라로 들어오면서 서라벌 귀족들의 향락을 더하고 있었다.

그렇지만 태평성대는 겉보기에 불과했다. 서라벌은 속으로 썩어 들어가고 있었다. 귀족들이 향락을 누리는 동안에 촌민들의 삶은 갈수록 피폐해졌고, 나라는 밑동부터 흔들리고 있었다. 나라가 어지러워지면 그 피해는 고스란히 촌민들에게 돌아가게 마련이다. 그런데도 왕과 귀족들은 향락에 빠져서 촌민들의 고초를 외면하고 있었다.

김양상은 화가 치밀었다. 말이 좋아 삼한일통이지 얻은 게 무언가. 고구려가 호령하던 대륙을 전부 당나라에게 빼앗기고 말았다. 그런데도 저리 희희낙락하고 있는 꼴이라니….

"다음은 잡찬迊湌이 던지시오."

김사인이 구석에 앉아 있는 제법 나이가 든 사람을 지목했다. 마지못해 시회에 참석한 듯 별로 내키지 않는 얼굴을 하던 사람은 지목을 당하자 허둥댔다. 하지만 상대등이 지목한 이상 피할 수는 없었다. 그는 엉거주춤 몸을 일으키더니 잔뜩 긴장해서 주령구를 던졌다. 도대체 어떤 벌칙이 나올까. 참석자들은 긴장해서 주령구를 지켜보았다.

有犯空過

"덤비는 사람이 있어도 가만히 있기요!"

놀이를 주관하는 사람이 큰 소리로 외치자 사람들이 일제히 박장대소했다. 유범공과는 주령구 놀이의 제일 무거운 벌칙이다.

"누가 잡찬에게 벌을 주겠소?"

김사인이 큰 소리로 물었다. 그런데 선뜻 나서는 사람이 없었다. 주령구를 던진 사람은 왕족이다. 아무리 벌칙이라고 해도 왕족에게 무례를 범하는 게 별반 내키지 않았던 것이다.

"벌 줄 사람이 없단 말이오!"

김사인이 짜증 섞인 목소리로 좌중을 둘러보았다.

"내가 하겠소."

시회에 참석한 귀족들 중에서는 젊은 축에 속하는 아찬阿湌이 몸을 일으켰다. 사람들은 흥미진진하다는 표정으로 난감한 표정으로 서 있는 왕족에게 다가가는 아찬을 지켜보았다. 아찬은 살피듯 왕족의 주위를 빙빙 돌더니 돌연 버럭 소리를 질렀다.

"벌을 받는 사람의 태도가 이게 뭐요! 고개를 숙이시오!"

아찬이 소리를 지르자 엉거주춤 서 있던 왕족은 벌게진 얼굴로 고개를 숙였다. 도를 넘는 무례였지만 그렇다고 상대등이 내린 벌칙에 항거할 용기는 없었던 것이다. 왕족이 벌게진 얼굴로 고개를 숙이자 지켜보던 귀족들은 일제히 손뼉을 치며 즐거워했다. 호응이 있자 신이 난 아찬은 단단히 벌을 줄 요량으로 도끼눈을 하고 왕족을 노려보았다.

"꼴이 말이 아니로군. 그래서야 어디 왕족이라고 하겠소? 내가 요즘 장안에서 유행하는 복색으로 바꿔주겠소."

아찬은 빙글거리며 왕족에게 다가가더니 돌연 왕족의 옷을 잡아챘다. 옷이 찢겨진 왕족은 당황해서 어쩔 줄을 몰라 했고 지켜보는 귀족들은 낄낄거리며 즐거워했다.

"너무하는 것 아닌가!"

김양상이 분을 참지 못하고 몸을 일으켰다. 아무리 벌칙이라고 해도 그렇지 이건 너무했던 것이다. 상대는 왕족이고 잡찬이다. 품계로 볼 때 잡찬은 각간과 이찬 다음으로 높은 자리다. 그런데 감히 아찬 따위가 어찌 이리 무례를 범할 수 있는가. 더구나 봉변을 당하고 있는 왕족은 김양상과 같은 내물계 왕족이다.

"참으십시오."

김경신이 김양상을 만류했다. 신라의 국정을 좌지우지하는 상대등이 주관하는 놀이다. 그의 심기를 건드리는 것은 현명한 일이 아니다.

김경신의 만류에 김양상은 간신히 분을 삭이며 도로 자리에 앉았다.

"어허! 가만히 있지 못하겠소!"

기세가 오른 아찬은 왕족의 옷을 마구 잡아챘고 옷이 다 찢겨진 왕족은 얼굴이 벌게져서 어쩔 줄을 몰라 했다. 왕족이 허둥댈수록 지켜보던 귀족들은 즐거워했다. 그런데도 아찬은 그만둘 기색이 아니었다.

"그만 하시오!"

더 참지를 못하고 김양상이 버럭 소리를 질렀다.

"아무리 주령구 벌칙이라고 하지만 노령의 왕족에게 이게 무슨 짓이오!"

성큼성큼 걸어 왕족에게 다가간 김양상은 옷을 벗더니 수치심에 떨고 있는 왕족에게 건네주었다. 그 서슬에 놀라서 벌칙을 주던 아찬은 뒷걸음을 쳤고 박장대소하던 귀족들은 일제히 웃음을 거두었다.

"벌칙은 누구도 피할 수 없는 것이거늘 그대는 어째서 상대등께서 주관하는 시회를 망치려 드는가!"

돌연 호통소리가 들리면서 웬 젊은이가 몸을 일으켰다. 김사인으로부터 총애받는 젊은 대아찬 김지정이었다.

"주령구 놀이는 모두가 즐겁자고 하는 것인데 작금의 일은 공연한 모욕을 주는 것에 불과하다. 정작 시회를 망친 자는 바로 저자다!"

김양상도 지지 않고 호통을 치며 벌을 주던 귀족을 지목했다.

"약속에 따라 벌칙을 주는 것을 어찌 모욕이라고 하는가! 잡찬뿐만 아니고 이 자리에 참석한 사람들 모두 주령구의 벌칙을 따를 것을 약속했다!"

김지정은 물러서지 않았다.

"그만!"

김사인이 나섰다.

"다 같이 즐겁자고 하는 놀이인데 언성을 높이는 불상사가 일어나서야 되겠는가. 잡찬은 그만 자리로 돌아가시오."

김사인이 언성을 높이자 김양상과 김지정은 서로를 사납게 노려보고는 등을 돌렸고, 왕족은 벌게진 얼굴로 자기 자리로 돌아갔다. 시회는 일시에 흥이 깨져버렸고 귀족들은 하나둘씩 자리를 떴다.

"그렇지 않아도 상대등이 우리를 못마땅해 하는데 공연한 일을 벌였습니다."

김경신이 걱정스러운 얼굴로 김양상에게 다가왔다.

"저들이 왕족을 능멸하는 것을 어찌 두고만 볼 수 있겠는가."

김양상은 여전히 분을 삭이지 못하고 있었다. 아무리 왕권이 땅에 떨어졌고, 내물계는 왕위에서 멀어졌다고 하지만 그래도 그렇지 어떻게 저리 공공연하게 모욕을 주는가. 썩어빠진 귀족들과 그들을 제대로 다스리지 못하고 있는 왕. 도대체 이 나라 신라는 어떻게 될 것인가. 김양상은 가을 하늘을 올려다보며 긴 한숨을 내쉬었다.

2

휘영청 벽공碧空에 높이 걸린 보름달이 임해전 월지月池를 환하게 비추고 있었다. 그런데 월지를 소요하는 경덕왕의 얼굴은 환한 달빛과는 대조적으로 몹시 어두웠다. 화백和白회의가 사사건건 물고 늘어지는 통에 무엇 하나 제대로 뜻을 펼칠 수 없었던 것이다. 화백회의를 주재하는 상대등의 위상은 어느새 왕의 그것을 능가하고 있었다.

그런 마당에 근심거리가 하나 더 있었다. 아직까지 왕자가 태어나지 않았다는 사실이다. 끝내 왕자를 보지 못하면 화백회의에서 다음 왕을 정하게 될 것이다. 그렇게 되면 화백회의는 저들의 꼭두각시를 왕으로 내세우고 국정을 농단하려 들 것이다. 그렇지 않아도 귀족들은 녹봉祿俸을 폐지하고 녹읍祿邑을 시행해서 저들이 직접 조세를 거두려고 하고 있었다. 그렇게 되면 신라는 귀족의 세상이 될 것이다. 어떻게 하면 실추된 왕권을 되찾을 수 있을까. 경덕왕의 입에서 한숨이 새어나왔다.

"지난여름의 홍수로 많은 촌민들이 재해를 입었습니다."

뒤를 따르는 집사부執事府 시중市中 대정이 조심스럽게 고했다. 왕명을 집행하는 집사부의 수장인 시중은 왕이 가장 신뢰하는 사람이다.

"그들을 위무할 조치가 필요합니다."

대정이 말을 이었다.

"구휼미를 풀자는 말인가?"

"그렇습니다. 그런데 구휼미를 풀어도 중간에서 귀족들이 빼돌리면 아무 소용이 없습니다."

"하면 어떻게 하면 좋겠는가."

경덕왕은 답답했다.

"정찰貞察을 뽑아서 백관百官을 규찰해야 합니다. 그리하면 촌민들을 위무하는 동시에 왕권을 능멸하려 드는 귀족들을 제압할 수 있을 것입니다."

대정이 계책을 고했다. 권신權臣을 억누르는 명분으로 위민爲民만 한 게 없다. 그리고 수단으로는 그들의 비리를 움켜쥐는 것이 상책이다.

"하면 그 일을 누구에게 맡기면 좋겠는가?"

경덕왕이 걸음을 멈추었다. 끝까지 태자가 태어나지 않는다면 정찰은 유력한 다음 왕 후보가 될 것이다. 그렇다면 가까운 혈통 중에서 골라야 할 것이다.

"파진찬 김주원이 적임일 것입니다."

대정이 조심스럽게 고했다. 파진찬 김주원이라…. 경덕왕은 고개를 끄덕였다. 김주원은 총명함에 대담함을 겸비한 무열계의 젊은이다. 충분히 왕위를 이어받을 자격이 있을 것이다.

김씨와 박씨, 석씨가 번갈아가며 왕이 되던 신라는 내물왕부터 김씨가 왕위를 독점하게 되었다. 그런데 진덕여왕이 죽으면서 성골의 대(代)가 끊기자 진골인 김춘추가 왕위에 올랐는데 그때부터 무열계가 내물계를 밀어내고 왕위를 이었다.

순조롭게 이어지던 왕위가 경덕왕에 이르러 끊길 위기에 처한 것이다. 끝까지 태자가 태어나지 않으면 왕위는 다시 내물계로 넘어갈 수도 있다. 무열계로서는 귀족들이 날뛰는 것 이상으로 왕위가 내물계로 넘어가는 게 두려운 일이었다. 그런 차제에 무열계 김주원에게 정찰 일을 맡긴다면 고심거리를 일거에 날릴 수 있을 것이다.

하지만 경덕왕의 표정은 여전히 밝지 못했다. 귀족들의 반발이 만만치 않을 것이다. 화백회의에서 반대하면 밀어붙이기 힘든 게 현실이다.

"들러리를 세우면 귀족들의 반발을 잠재울 수 있습니다."

대정은 그 다음까지 내다보고 있었다.

"들러리라면 누구를…?"

경덕왕이 고개를 갸우뚱했다.

"내물계 중에서 고르는 게 좋겠습니다."

대정이 은밀한 목소리로 아뢰었다. 몰락했다고 하지만 내물계는 엄연한 왕족이다. 그리고 정통성에서는 무열계보다 앞선다. 그러니 내물계를 들러리로 내세우면 귀족들도 무턱대고 반대하지는 못할 것이다.

"마땅한 자가 있는가?"

"마음에 두고 있는 자가 있습니다."

대정이 차분한 어조로 고했다.

3

2필의 말이 머리를 나란히 하며 남산 기슭을 내달렸다. 청명한 가을 하늘에는 흰 구름이 한가롭게 두둥실 떠 있었다.

"저기!"

김경신이 날아오르는 꿩을 가리켰다. 이번에는 김양상의 차례다. 김양상은 전통箭桶에서 화살을 꺼내 푸드득거리며 달아나는 꿩을 겨냥했다. 시위를 떠난 화살은 꿩을 향해 힘차게 날아갔고, 명중이 되면서 꿩은 땅으로 떨어졌다.

"겨우 꿩이나 잡고 사냥을 마칠 수는 없지 않느냐. 이번에는 네 차례니 멧돼지라도 잡아 보거라."

"그러지요. 그런데 혹시라도 호랑이가 뛰쳐나오면 아저씨에게 양보하겠습니다."

김양상과 김경신은 담소를 나누며 점점 깊은 숲으로 들어갔다. 두 사람은 남산으로 사냥을 나온 길이었다. 김경신은 그날 김양상이 상대등 김사인의 심기를 거스른 게 자꾸 마음에 걸렸지만 김양상은 그런 것 따위는 안중에도 없는 것 같았다. 그런데 꽤 먼 곳까지 들어왔는데도 몰이꾼 없이 사냥에 나섰기 때문일까. 멧돼지는커녕 토끼 한 마리도 눈에 띄지 않았다.

"잠시 쉬어가자."

제법 넓은 바위가 나타났다. 김양상은 숨을 돌리기로 하고 말에서 내렸다. 여기까지 오느라 말들도 많이 힘들었을 것이다. 두 사람은 바위에 나란히 앉아 하늘을 올려다보았다. 파란 하늘에 흰 구름이 한가롭게 두둥실 떠가고 있었다.

그렇지만 김양상의 마음은 평온하지 못했다. 도대체 신라는 어찌될 것인가. 화랑도의 진취적 기상은 자취를 감추었고 사치와 향락이 활개를 치면서 오로지 당나라의 문물만이 고귀한 것으로 치부되고 있었다. 이러다 아예 당의 속국이 되는 건 아닐까. 당풍에 혈안이 된 귀족들을 볼 때마다 김양상은 커다란 돌덩이가 가슴을 누르고 있는 느낌이었다.

김양상의 입에서 긴 한숨이 새어나왔다. 이런 마당에 할 수 있는 게 아무것도 없다는 사실이 더 참담했다.

"대식국 상인을 알아놓았습니다."

김경신이 생각이 났다는 듯이 입을 열었다.

대식국 상인이라니…. 고개를 갸우뚱하던 김양상은 그제야 일전에 김경신에게 대식국 상인을 알아봐달라고 부탁했던 일이 떠올랐다.

"믿을 만한 자더냐?"

"그렇습니다. 그런데 왜 대식국 상인을 보자는 겁니까?"

"알아볼 것이 있어 그러니 일간 내 집으로 보내거라."

서라벌의 귀족들은 대식국 상인을 통해 값비싼 서역의 홍옥紅玉(루비)이며 호박琥珀, 슬슬瑟瑟(에메랄드) 같은 보석과 대모玳瑁甲(거북이 등껍데기) 와 산호, 영롱한 빛을 뿌리는 유리 공예품들, 그리고 노창蘆蒼(알로에) 이나 유황 같은 남방의 귀한 약재들을 사들이고 있었다. 하지만 그런 귀한 재물들은 몰락한 왕족인 김양상과는 거리가 멀었다.

그런데 왜…. 김경신은 궁금했지만 묻지 않기로 했다. 때가 되면 김양상이 알려줄 것이다.

"소문을 들었습니까?"

김경신이 화제를 바꿨다.

"무슨 소문 말이냐?"

"백관을 규찰할 정찰을 뽑는다고 합니다."

정찰을…? 금시초문이었다. 하면 마침내 왕이 칼을 뽑아들기로 한 것인가. 김양상은 아연 긴장이 되었다.

"귀족들이 가만히 있지 않을 텐데."

"그렇겠지요. 그런데 조금 이상합니다. 시중 대정이 주도한다고 하는데 그는 아주 교활한 자입니다."

김경신은 뭔가 미심쩍다는 표정이었다.

"하면, 다른 뜻이 있다는 말이냐?"

전후관계를 주도면밀하게 살피는 일은 김경신이 윗길이다. 김양상은 김경신의 생각을 듣기로 했다.

"왕이 끝내 후사를 보지 못하면 왕위가 다시 우리 내물계로 넘어올 수도 있습니다."

김경신이 조심스럽게 의견을 전했다.

"그렇다면 정찰을 내세워 후사를 정하겠다는 뜻인가?"

김양상의 얼굴이 붉게 상기되었다.

"아무래도 그리 보입니다. 감찰하는 척하다가 적절한 선에서 귀족들과 타협하려 들지 모르지요."

"나라의 기강을 바로 세우는 일을 어찌 일족의 영달을 꾀하는 수단으로 삼으려 한단 말인가!"

김양상이 비분강개했다.

"진정하십시오. 아직 추측일 뿐입니다."

김경신이 김양상을 달랬다. 그야말로 추측일 뿐이었다. 그런데 무열계는 누구를 정찰로 뽑을까. 김경신은 무열계 중에서 왕위를 이을 만한 자가 누군지 머릿속으로 그려보았다.

그때 과히 멀지 않은 곳에서 '와! 와!' 하며 몰이꾼들이 함성을 지르는 소리가 들렸다. 누가 근처에 사냥 나온 모양이었다. 두 사람은 얼른 몸을 일으켰다.

"저기다!"

김양상이 소리쳤다. 갑자기 숲에서 멧돼지가 뛰쳐나왔는데 여태껏 본 적이 없는 커다란 놈이었다. 김양상은 얼른 활을 집어 들고 거친 숨을 내쉬며 달리는 멧돼지를 겨누었다. 화살은 '쉿' 소리를 내며 바람을 갈랐고 정확하게 멧돼지의 등에 꽂혔다. 그러나 멧돼지는 쓰러지지 않았고 방향을 틀더니 두 사람을 향해 맹렬한 기세로 달려들었다.

"앗!"

위기의 순간이었다. 김양상은 재빨리 전통에서 화살을 뽑아들고 멧돼지의 급소를 겨누었다. 급소를 명중시키지 못하면 두 사람은 큰 위험에 처할 판이다. 김양상은 숨을 고르며 멧돼지를 겨누었고 김경신은 손에 땀을 쥐고 하회를 지켜보았다.

화살은 바람을 가르고 멧돼지를 향해 날아갔고, 정확하게 급소에 꽂혔다. 맹렬한 기세로 달려들던 멧돼지는 미친 듯이 비명을 질러대며 요동을 치더니 그대로 털썩 주저앉았다.

두 사람이 기대 이상의 성과에 흡족한 웃음을 짓고 있는데 어지러운 말발굽 소리와 함께 한 무리의 사람들이 이쪽으로 달려왔다. 사냥을 나온 사람들 같았다.

"멧돼지가 저기에 있다!"

몰이꾼들이 쓰러진 멧돼지에게 달려왔다.

"물러서라! 우리가 잡은 것이다."

김경신이 몰이꾼들을 가로막았다.

"무슨 소리입니까? 우리 나리가 날린 화살에 맞았는데."

몰이꾼들은 순순히 물러가지 않았다.

"무슨 일이냐?"

사냥꾼이 말을 몰며 다가왔다. 그를 알아본 김양상은 자기도 모르게 얼굴을 찌푸렸다. 별로 상대하고 싶지 않은 자와 마주친 것이다. 거만한 자세로 걸어오는 자는 무열계 왕족 김주원이었다. 내물계와 무열계는 같은 김씨 왕족이지만 껄끄러운 사이였다. 김양상은 김경신만 대동하고 사냥에 나선 반면에 김주원은 몰이꾼을 여럿 거느리고 있었다.

"남의 사냥터에 함부로 들어와서 뭘 하는 것인가?"

김주원이 김양상을 쏘아보았다.

"남산 일대가 어찌 전부 그대의 사냥터란 말인가. 그리고 보다시피 멧돼지는 내가 잡은 것이니 내가 가지고 가겠다. 어…?"

멧돼지의 급소에 화살 2대가 박혀 있었다. 그렇다면 김주원도…. 어쩐지 그 큰 멧돼지가 단번에 쓰러지더라 했더니. 2대의 화살이 급소에 박힌 것을 확인한 김주원도 얼굴이 일그러졌다.

"이 멧돼지는 우리가 몰았고, 내가 쏜 화살에 먼저 맞은 것이니 내 것이다!"

김주원이 날카로운 눈매로 김양상을 쏘아보았다.

"무슨 소리! 내가 쏜 화살이 치명상이 되었으니 멧돼지는 당연히 내 차지다."

김양상이 멧돼지를 향해 성큼성큼 걸어갔다.

"멈추지 못할까!"

김주원이 호통을 치며 칼을 뽑아들었다. 김양상도 지지 않고 칼을 뽑아들었다. 여차하면 칼부림이 일 판이었다.

"그만두십시오."

김경신이 김양상을 말리고 나섰다.

"그쪽에서 몬 멧돼지니까 가져가도 좋소. 하지만 우리가 남의 사냥터에 함부로 들어왔다는 말은 거두어주시오."

김경신이 나서며 말했다. 김주원은 김양상과 김경신을 차례로 쏘아보고는 휑하니 등을 돌렸고, 몰이꾼들이 김양상의 눈치를 살피며 슬금슬금 멧돼지에게 다가왔다.

"우리도 그만 가지요."

김경신이 여전히 분을 풀지 못하고 있는 김양상에게 그만 돌아갈 것을 권했다. 두 사람은 말 머리를 나란히 하고 서라벌로 향했다.

"아까 대식국 상인을 통해서 알아볼 것이 있다고 했는데 그것이 무엇입니까?"

김경신이 분노를 삭일 겸 화제를 돌렸다.

"알아볼 것이 있다. 어쩌면 너도 알아야 할 일일지 모르니 함께 오거라."

"알겠습니다. 그럼 일간 데리고 가겠습니다."

어느새 김양상의 집에 다다랐다. 하마터면 칼부림이 일 뻔했다. 무열계는 지금 내물계를 향해 감시의 눈초리를 번뜩이고 있었다. 그러니 가급적이면 그들과 충돌하는 일은 피하는 게 좋다. 김경신은 김양상이 '욱'하는 성질을 앞으로는 다스려야 할 텐데 생각하며 말 머리를 돌렸다.

안채로 들어선 김양상은 깊숙한 곳에 보관하고 있는 궤櫃를 꺼내들었다. 대식국 상인에게 보이기 전에 다시 한 번 확인해 볼 참이었다. 궤를 열자 황금보검이 모습을 드러냈다. 그다지 길지 않은 단검인데, 칼자루와 칼집은 금으로 장식되었고, 칼자루에는 진홍색 보석이 박혀 있었다. 황금보검을 꺼내들자 보석에서 반사된 빛으로 방 안은 일시에 붉은 빛으로 물들었다.

묵직한 무게가 손끝에 전해졌다. 김양상은 가보로 전해 내려오는 황금보검을 찬찬히 살펴보았다. 칼집에 새겨진 소용돌이무늬는 어디에서도 본 적이 없는 특이한 형태를 하고 있었다.

이 황금보검은 어떻게 우리 가문의 가보家寶가 되었을까. 볼 때마다 궁금했지만 아쉽게도 아무런 기록도, 전해 내려오는 말도 없었다. 한 가지 분명한 것은 신라에서 만든 물건은 아니라는 사실이다. 그렇다면 어디서 온 것일까. 본래의 주인은 누구이며 왜 가보가 되었을까.

김양상이 새삼스레 황금보검에 호기심을 느낀 이유는 우연한 기회에 대식국 상인이 가지고 있던 누금세공품鏤金細工品에서 황금보검의 소용돌이무늬와 흡사한 형태의 무늬를 봤기 때문이다. 그래서 혹시 대식국 상인은 이 보검이 어디서 만들어졌는지 알 것 같다는 생각이 들어 김경신에게 부탁했던 것이다.

4

붉게 물든 단풍과 파란 하늘은 만추晩秋의 화려함을 더하고 있었다. 김사인은 자신의 사절유택 중에서도 풍치가 제일 뛰어난 토함산 기슭의 추택秋宅에 귀족들을 불러놓고 새로 모은 재물들을 자랑하고 있었다. 휘황찬란한 빛을 발하는 유리잔을 위시해서 모두 쉽게 구경하기 힘든 값비싼 물건들인데 그중에서도 금으로 가장자리를 두른 푸른색의 술잔은 당나라의 황도 장안에서도 찾아보기 힘든 진귀한 보물이었다.

“비취의 빛이 참으로 영롱합니다.”

나이가 지긋한 귀족이 푸른빛을 뿜어내는 비취를 보며 감탄을 연발했다. 저리 크고 영롱한 비취를 본 적이 없었던 것이다.

“귀비貴妃의 눈에 띄었다면 내 손에 들어오지 못했을 것이오.”

김사인은 비취를 집어 들며 흐뭇해했다. 3년 전인 천보 4년(745년)에 당나라 현종은 며느리였던 양옥환을 후궁으로 삼고 귀비로 봉했다. 현종이 허영심 많은 양귀비의 환심을 사려고 서역에서 진귀한 물건들을 대거 들여오면서 장안은 사치풍조가 만연했고, 그 기풍이 신라에도 전해지면서 서라벌의 귀족들은 덩달아 서역의 보물들을 사들이며 허영을 좇고 있었다.

“저리 큰 술잔은 처음 보았습니다.”

황금술잔을 보며 한 귀족이 혀를 내둘렀다. 자신의 부를 과시하던 김사인은 재물에 넋을 빼앗긴 귀족들을 보며 씁쓸한 기분을 떨쳐버리지 못했다. 꽃은 열흘을 붉지 못하고, 권력은 10년이 가질 못한다고 했다. 당장은 부귀를 누리지만 언제까지 영화가 이어질지 장담할 수 없다. 그런데 저리 재물에 눈이 어두워서야…. 더구나 왕이 칼을 뽑아든 마당이다.

"왕이 정찰을 뽑으려 하고 있소."

김사인이 굳은 표정으로 입을 열자 귀족들은 들고 있던 호박琥珀이며 홍옥을 슬그머니 내려놓았다.

"화백회의에서 반대해야 하지 않겠습니까?"

누가 조심스럽게 입을 열었다. 뒤가 켕기는 귀족들이 많았다. 녹읍에 대비해서 무리하게 촌민들의 땅을 빼앗았던 것이다.

"그렇습니다. 그냥 두고 볼 수는 없습니다."

다른 귀족이 얼른 찬동하고 나섰다. 그들의 말대로 즉각 저지해야 하는데도 김사인이 고심하는 이유는 반대할 마땅한 명분이 없기 때문이었다. 아무리 화백회의라고 해도 정당한 명분 없이 왕명을 거역할 수는 없다. 그렇다고 그냥 있을 수도 없는 노릇이다. 추택은 무거운 분위기에 휩싸였다.

"뒤통수를 맞은 꼴이 됐지만 그렇다고 그리 허둥댈 일도 아닙니다."

누가 침묵을 깨고 입을 열었다. 고개를 돌리니 대아찬 김지정이었다.

"하면 마땅한 대책이라도 있는가?"

김사인이 다그치듯 물었다.

"지금 왕에게는 우리 귀족들보다 더 신경 쓰이는 존재가 있습니다."

김지정이 차분한 어조로 말을 이었다.

"무슨 말이냐?"

김사인은 자신의 뒤를 이어 화백회의를 이끌고 나갈 김지정에게 큰 기대를 걸고 있었다.

"여태 태자가 없는 마당입니다."

김사인이 고개를 끄덕이며 계속할 것을 재촉했다. 다른 귀족들은 두 사람의 대화에 귀를 기울였다.

"왕은 무열계 왕족을 정찰로 정하고 그를 다음 왕으로 세울 속셈입니다."

김지정은 주저하지 않고 대답했다. 일리가 있는 분석이었다. 확실히 재물에만 정신이 팔린 여느 귀족들과는 달랐다.

"그렇다면 정찰로 하여금 왕이 되는 데 필요한 경력을 쌓게 할 셈인가?"

"그렇습니다. 그러니까 정찰은 우리 서라벌 귀족보다 내물계를 염두에 두고 만든 자리라고 볼 수 있습니다."

"그렇다면 크게 염려할 일이 아니질 않습니까?"

김사인 바로 옆에 자리를 한 귀족이 안도의 숨을 내쉬었다.

"도리어 좋은 기회가 될 것입니다."

김지정이 눈에서 빛이 일었다.

"무슨 소리냐?"

김사인이 물었다.

"내물계를 치도록 도와주고 그 대가를 챙기는 것입니다."

왕족들끼리 싸움을 벌이면 최종승자는 귀족이 될 것이다. 잔뜩 찌푸려 있던 김사인의 얼굴이 비로소 풀렸다.

"이만 자리를 파하겠소. 대아찬은 남거라."

김사인이 김지정과 따로 얘기할 게 있음을 비쳤다.

"왕은 누구를 정찰로 내세울 거라 보느냐?"

둘만 남게 되자 김사인이 단도직입적으로 물었다.

"시중 대정이 일을 주도하고 있습니다. 그렇다면 아마도 파진찬 김주원을 내세울 것입니다."

김주원이라…. 김사인이 고개를 끄덕였다. 그는 문무를 겸비한 젊은 무열계 귀족이다.

"내물계가 가만히 있지 않을 텐데?"

"내물계는 이미 손발이 다 잘린 마당입니다. 백관을 규찰한다는 명분을 내세우면 반대하지 못할 겁니다."

김지정은 거침이 없었다. 백관에는 내물계도 포함될 것이다.

"내물계부터 칠 거라는 말이로군. 그렇다면 우리가 할 일은?"

김사인의 눈매가 가늘게 찢어졌다. 녹읍이 지지부진한 마당이다. 잘하면 돌파구를 마련할 수 있을 것이다.

"내물계는 뿌리가 뽑히고 다음 왕은 화백회의에서 정하게 된다면 또 그 다음은…."

김지정은 김사인을 빤히 쳐다보며 말을 멈추었다. 또 그 다음이라…. 김사인은 얼굴이 벌겋게 상기되었다. 가슴 깊이 품은 꿈을 실현할 날이 예상보다 일찍 올지 모른다는 예감이 든 것이다.

5

주위를 둘러본 대식국 상인은 의외라는 표정을 지었다. 여태 들렀던 서라벌 귀족들의 저택과는 영 딴판이었던 것이다. 왕족이라고 들었는데 사는 게 왜 이리 초라한가. 이런 집에 사는 사람이 값비싼 보석이며 장신구, 약재를 살 수 있을까. 대식국 상인은 의구심이 들었다.

"일전에 얘기했던 대식국 상인입니다."

김경신이 김양상에게 대식국 상인을 소개했다.

"앉게. 물어볼 것이 있어 불렀네."

김양상이 예를 올리는 상인에게 앉을 것을 권했다.

"무슨 일로 찾으셨습니까?"

대식국 상인은 서라벌을 여러 차례 내왕했는지 제법 능숙하게 신라말을 구사했다.

"대식국은 어떤 곳인가? 바다 멀리 떨어진 곳이라고 하던데."

김양상은 평소에 궁금하게 여겼던 것을 먼저 물어보았다.

"그렇습니다. 대식국은 서라벌에서 아주 멀리 떨어진 곳에 있습니다. 구지舊池(이라크 바스라)에서 배를 타고 출발해서 사자국獅子國(스리랑카)과 진랍眞臘(캄보디아)을 지나고, 당나라의 양주와 명주를 거쳐 염포鹽浦(울산)까지 오려면 1년 이상 걸릴 때도 있습니다."

대식국 상인이 웃으며 대답했다. 재물은 없는 것 같지만 왠지 인품이 끌리는 데가 있었던 것이다.

"그렇군. 그래 주로 어떤 물건들을 가지고 오는가?"

"보석류와 장신구, 유리로 만든 식기와 술잔, 그리고 약재 등을 주로 취급하는데 거북이 등 껍데기와 남양의 약초도 싣고 올 때가 있습니다."

대식국 상인은 성심껏 답변했다.

"전부 비싼 값에 거래되는 귀한 물건들이로군. 그렇다면 대식국은 그렇게 귀한 물건들이 넘쳐날 만큼 큰 나라인가?"

김양상은 대식국 상인의 이야기에 빨려 들어갔다.

"대식국은 큰 나라지만 그러한 물건들을 전부 생산하지는 못합니다. 싣고 오는 물건들 중에는 서해西海(지중해) 너머의 대진국大秦國(로마제국, 여기서는 동로마제국)에서 건너온 것들도 많습니다. 대진국의 황도인 대불림大佛臨(이스탄불)은 그곳에서는 콘스탄티노플이라고 부르는데 당나라 장안 못지않게 큰 도시입니다."

대진국은 먼 서쪽의 강대국인데 오래전에 둘로 갈라져서 지금은 동쪽의 대진국만 남아 있다는 사실은 김양상도 알고 있었다.

"그런데 먼 대식국의 상인들이 어떻게 신라를 알고 찾아왔는가?"

김양상은 늘 궁금하게 여겼던 바를 물었다.

"우리 대식국 해상들은 명주와 양주를 드나들면서 동쪽 바다 건너에 황금의 나라가 있다는 소문을 들었습니다."

대식국 상인이 정색하고 대답했다.

"황금의 나라?"

"그렇습니다. 대식국 상인들은 서라벌을 그렇게 불렀습니다. 금이 지천으로 굴러다니는 동방의 부유한 나라라는 말이 오래전부터 전해져 내려왔지요."

황금의 나라라…. 대식국 상인의 말이 김양상의 가슴에 각인되었다.

"그런데 막상 서라벌에 와보니 듣던 것과는 상당히 달랐습니다. 물론 황금이 지천으로 굴러다니리라고는 믿지 않았지만 그래도 풍요롭고 부강한 나라일 것이라 예상했는데…."

조심스럽게 말을 잇던 대식국 상인이 김양상의 눈치를 살피며 말꼬리를 흐렸다.

"계속하게."

"물론 휘황찬란한 금관이며 번쩍이는 금모자, 금동신발과 금팔찌, 금귀고리, 그리고 금허리띠는 다른 곳에서는 본 적이 없는 진귀한 보물들이지만, 옛 영화를 말해주는 오래전의 물건들이었습니다."

대식국 상인이 솔직한 심정을 털어놓았다. 그의 말대로였다. 웅혼한 기상이 절로 느껴지는 황금보물들은 자취를 감춘 지 오래였다. 김양상이 정색하고 물었다.

"당신은 넓은 세상을 여행하면서 여러 보물들도 많이 봤을 것이다. 그런데 다른 곳에서는 금관이며 금귀고리를 본 적은 없는가?"

몰락한 내물계 왕족들은 물려받은 황금보물들을 내다팔며 곤궁한 삶을 이어가고 있었다. 김양상도 쓰린 마음으로 보물 일부를 내다판 적이 있었다. 하지만 가보인 황금보검만큼은 소중하게 간직하고 있다.

"그렇습니다. 말씀하신 대로 넓은 세상을 여행했고 또 귀한 보물들을 많이 취급했습니다. 그렇지만 금관이며 금귀고리, 금동신발 등은 다른 곳에서 본 적이 없는 진귀한 보물이었습니다. 그런데 왜 황금보물들이 서라벌에서 자취를 감추었습니까?"

대식국 상인이 도리어 궁금증을 드러냈다. 이것으로 금관을 위시한 황금보물들은 중원에서 들어온 것도 아니고 바다를 통해서 먼 서쪽에서 전해진 것도 아니라는 사실이 확인되었다. 그럼 어디에서 들어온 것일까. 알 수 없지만 분명한 것은 내물왕 무렵에 들어오기 시작해서 삼한이 일통된 후로 점차 사라졌다는 사실이다. 그리고 그 자리를 당나라의 사치풍조가 대신하고 있었다.

김양상은 궤를 꺼내들었다.

"혹시 이런 것을 본 적이 있는가?"

김양상이 궤를 열자 황금보검이 모습을 드러냈다. 황금보검이 뿜어내는 휘황찬란한 빛으로 방이 일시에 환해졌다.

"이것은… 굉장하군요."

대식국 상인의 눈이 휘둥그레졌다. 반타원형의 손잡이와 넓은 칼집. 붉은 빛을 발하는 진홍 보석 주위에 작은 금 알갱이들이 촘촘히 박혀 있다.

"이것이 가보로 전해 내려오는 황금보검이로군요."

김경신도 감탄을 금치 못했다. 말로만 듣던 내물계 왕실의 가보를 처음 본 것이다.

"참으로 놀라운 물건입니다. 여러 해 동안 남양의 여러 나라들, 그리고 당나라를 오가며 장사했지만 이런 물건은 본 적이 없습니다."

대식국 상인이 벌어진 입을 다물지 못했다.

"당신은 보석도 취급한다고 했다. 그렇다면 이 보석이 무엇인지는 알 것 아닌가?"

김양상이 황금보검에 박힌 보석을 가리켰다.

"붉은 빛을 띠고 있지만 홍옥紅玉이 아닌 것은 분명합니다. 어쨌거나 이렇게 큰 보석은 처음 봤습니다."

대식국 상인이 보석을 유심히 살피며 말을 이었다.

"그런데 보석 주위의 소용돌이무늬는…. 대불림 귀족들의 장신구와

집기에 이와 흡사한 무늬들이 새겨진 것을 본 적이 있습니다."

"대불림의 장신구에?"

귀가 번쩍 띄는 말이었다. 대불림 귀족들의 집기에 황금보검의 것과 유사한 무늬가 있다니.

"그렇습니다. 가문을 상징하는 무늬라고 들었습니다. 그런데 이 보검은 얼마나 오래된 것입니까?"

상인은 황금보검에서 눈을 떼지 못했다.

"오래전부터 전해 내려온 것인데 자세한 내력은 나도 모른다."

김양상은 맥이 빠졌다. 부끄럽게도 가보에 대해서 아는 게 너무 없었던 것이다.

"당신이 보기에 이 황금보검이 대불림에서 만든 것 같은가?"

김경신이 대화에 끼어들었다.

"대불림은 금세공이 발달했고, 또 집기나 칼에 무늬를 새겨 넣는 관습이 있지만 그렇다고 장담할 수는 없습니다. 대불림은 아주 먼 곳이며 다른 데서 대불림에서 만든 황금보검을 본 적이 없으니까요. 아무튼 아주 귀한 물건이며 또 상당히 오래전에 제작된 보검 같습니다. 어쨌거나 우리들 대식국 상인들을 통해 서라벌에 들어온 물건이 아닌 건 분명합니다."

대식국 상인으로부터 그 이상은 알아낼 게 없을 것 같았다. 그렇다면 황금보검의 무늬는 대진국 귀족들의 가문을 상징하는 무늬와 흡사하다는 사실, 그리고 황금보검은 대식국 상인들이 신라를 드나들기 훨씬 전에 서라벌로 들어왔다는 사실을 확인한 것으로 일단 만족해야 했다.

"도대체 이 황금보검은 어떻게 우리 내물계 왕실의 가보가 되었을까요? 정말 대진국에서 온 물건일까요?"

대식국 상인이 돌아가고 둘만 남자 김경신이 정색하고 물었다.

"지금으로서는 더 이상 알 길이 없지 않느냐."

아쉽지만 지내다보면 또 기회가 올 것이다. 김양상은 그렇게 생각하기로 했다.

"황금보검이 중원을 거치지 않고 서라벌로 들어왔다면 도대체 어떻게 그런 일이 가능했을까요? 더구나 바다로 통한 것도 아니라니."

김경신은 여전히 호기심을 거두지 못하고 있었다.

"전가傳家의 보검이라면 왕의 보물일 텐데 그렇다면 이역의 통치자가 신라 왕에게 보낸 게 틀림없을 것입니다."

김경신이 그렇게 추리했다. 정황으로 봐서 김경신의 추리가 틀리지 않을 것이다.

"그런데 그가 무슨 이유로 신라 왕에게 보검을 보냈을까요?"

김양상도 그게 궁금했다. 하지만 그 이상 알 길이 없다.

"일전에 말씀 드렸던 정찰 말입니다."

황금보검을 궤에 넣는 김양상을 보며 김경신이 화제를 바꿨다.

"그래. 어찌 되었느냐?"

그렇지 않아도 김양상도 그 일을 궁금해하던 차였다.

"경선할 것 같습니다. 그래야 화백회의에서 끼어들 여지가 없을 테니까요."

김경신이 그간 수소문했던 바를 전했다.

"잘되었구나. 경선에 나가겠다."

김양상은 안도의 숨을 내쉬었다. 행여 왕이 일방적으로 지명하면 어떻게 하나 걱정하던 차였다.

"그렇게 간단하게 생각할 일이 아닙니다."

김경신의 얼굴에 의혹이 가득했다.

"그게 무슨 소리냐?"

거짓말할 줄 모르는 사람은 남을 의심할 줄도 모른다. 계략과는 거리가 먼 김양상은 김경신이 뭘 염려하는지 선뜻 알아채지 못했다.

"무열계는 지금 후사 문제로 고심이 많습니다. 그러니 다음 왕을 염두에 두고 정찰을 뽑을 것입니다. 섣불리 나섰다가는 괜히 저들의 들러리만 될 뿐입니다."

김경신은 거기까지 내다보고 있었다.

"정찰 선정이 집사부 소관이라고 하지만 귀족들도 다음 왕을 염두에 둔 것이란 사실을 잘 알고 있을 테니 화백회의에서 저들 멋대로 하도록 내버려두지 않을 것이다!"

김양상이 반론을 폈다.

"서로가 필요로 하는 것을 주고받을 수도 있습니다. 정찰이 귀족들의 비리를 적당히 넘겨주는 대가로 후사를 보장받을 수도 있다는 말이지요."

김양상은 비로소 김경신이 무엇을 염려하는지 깨달았다.

"나라의 기틀이 백척간두百尺竿頭에 있고, 촌민들은 초근목피草根木皮로 연명하는 마당에 왕족과 귀족이라는 자들이 어찌 저들의 영달만을 위하여 야합한단 말이냐!"

김양상은 분노가 치밀었다. 어쩌다 임전무퇴臨戰無退 기상은 흔적도 없이 사라져버렸고, 이런 비열한 계략이 판을 치는가. 군신유의君臣有

義는 어디 가고 귀족들은 왕의 머리 꼭대기에 올라앉으려 하며, 왕은 내쫓길 것이 두려워서 그들의 눈치를 보며 전전긍긍하는가.

"기필코 정찰이 되어 무너져 내린 기강을 바로 세우겠다!"

김양상의 눈에서 불이 일었다.

"진정하십시오. 이럴수록 침착해야 합니다. 소문에 따르면 이미 김주원을 정찰로 내정했다고 합니다."

김경신이 김양상에게 냉철하게 행동할 것을 당부했다. 섣불리 나섰다가는 그야말로 섶을 지고 불 속으로 뛰어드는 꼴이 될 것이다.

"김주원이라고 했느냐? 그렇다면 더욱 물러설 수 없다."

김양상은 그때 사냥터에서의 일이 떠올랐다. 당장이라도 달려갈 기세인 김양상을 보며 김경신은 마음이 착잡했다. 김양상의 불 같은 성정으로 인해서 내물계가 완전히 몰락할 수도 있는 형국이었다.

6

마침내 집사부에서 정찰 선정이 공표되었다. 김양상은 주저 없이 지원했고, 김주원도 나서면서 내물계와 무열계, 서라벌 귀족들이 서로 다른 생각을 하는 가운데 정찰 선정을 위한 경연이 시작되었다.

"시중의 예상대로 되었군요."

김주원이 회심의 미소를 지었다. 파놓은 함정에 김양상이 제대로 걸려든 것이다. 무열계로서는 눈엣가시 같은 내물계를 몰아낼 수 있는 절호의 기회를 잡은 것이다.

"김양상은 문무를 겸비한 자라고 들었소."

대정이 김주원에게 신중할 것을 당부했다. 파진찬 김주원은 아직 젊은 나이지만 강력한 다음 왕 후보였기에 대정은 예를 갖추며 상대했다.

"염려 마십시오. 그런데 무엇으로 경연할 계획입니까?"

김주원은 그때 사냥터에서의 일이 생각났다. 그렇지 않아도 김양상과는 마무리를 지어야 할 일이 남아 있었다.

"무예로 겨루기를 할 작정이오. 자신이 있소?"

"물론입니다."

김주원이 회심의 미소를 지으며 대답했다. 김주원 또한 무예라면 절대로 그 누구에게도 뒤지지 않는다고 자부하고 있던 터였다.

김양상과 김주원이 동상이몽을 꾸고 있는 가운데 마침내 경연의 날이 왔다. 서라벌 사람들은 경연이 벌어지는 별궁 후원으로 삼삼오오 모여들었다. 김양상과 김주원 두 사람 중에서 누가 경연에서 이겨 정찰이 될 것인가. 경연장에 모여든 사람들은 긴장해서 경연을 지켜보았다. 정찰은 귀족들을 규찰하기 위한 자리다. 당연히 귀족들도 관심을 가지고 경연장으로 모여들었다.

무예 경연은 검술과 궁술로 나뉘어 차례로 진행된다. 김양상은 목검을 집어 들고 천천히 경연장으로 걸어 나갔다. 김주원은 벌써 자리를 잡고서 김양상을 쏘아보고 있었다. 김주원은 만만한 상대가 아니다. 그렇지만 김양상은 김주원이 두렵지 않았다. 반드시 김주원을 꺾고 정찰이 되어 이 나라 신라를 바로 세워야 한다는 일념뿐이었다.

"삼한일통에 앞장섰던 화랑의 후예답게 정정당당하게 겨루기 바란다."

경연을 주관하는 시중 대정이 두 사람에게 당부의 말을 건넸다. 날카로운 시선을 교환한 두 사람은 지검대적세持劍對敵勢를 취하며 조금씩

거리를 좁혀갔다. 김양상과 김주원 모두 전통의 본국검법에 달인들이었다.

"누가 이길 것 같은가?"

상석에 자리 잡은 김사인이 시립한 김지정에게 물었다.

"둘 다 자세에 빈틈이 보이지 않습니다."

김지정이 두 사람에게서 눈을 떼지 않으며 대답했다. 그런데 왜일까. 불길한 예감이 스치고 지나간다. 혹시라도 김양상이 경연에서 이겨서 정찰이 되는 일이 생기면…. 그럴 리 없다는 듯 김지정은 고개를 세차게 흔들었다.

거리가 상당히 가까워졌다고 느끼는 순간 돌연 김주원이 공세를 취했다. 몸놀림이 더없이 날렵했다. 목검이 바람을 가르며 김양상을 향해 달려들었다. 이대로 승부가 나는가 하는 순간 김양상이 훌쩍 뒤로 몸을 물리며 김주원의 공세를 피했다. 그리고 숨 돌릴 틈도 없이 반격에 나섰다. 김주원도 김양상 못지않게 날렵했다. 재빨리 공세에서 수세로 전환하며 김양상의 반격을 막아냈고, 한 차례씩 공방을 주고받은 두 사람은 다시 거리를 유지한 채 서로를 노려보았다.

지켜보는 김경신의 손에 땀이 흘렀다. 여기서 패할 경우 내물계는 몰락의 구렁텅이로 빠지게 될 것이다. 그만큼 무열계로서는 무슨 수를 써서라도 이기려 할 것이다.

'더 적극적으로 말렸어야 했는데….'

김경신은 득의만만한 표정으로 경연을 지켜보는 무열계 왕족들을 보며 새삼 후회가 일었다.

이렇게 호각지세를 이룰 때는 먼저 초조해하는 쪽이 빈 틈을 드러내게 마련이다. 그러나 김양상은 서두를까봐 노심초사하는 김경신의 우려와는 달리 침착하게 잘 대응하고 있었다. 불의를 보면 물불을 가리지 않지만 승부에 임하면 마치 다른 사람이라도 된 양 냉정해지는 김양상이다.

이번에는 김양상이 선제공세를 취했다. 목검이 전광석화의 기세로 김주원의 허리를 노리고 달려들었다. 김주원이 재빨리 막으면서 목검에서 둔탁한 소리가 울렸고, 그 충격으로 두 사람은 두세 걸음씩 뒤로 물러섰다. 이럴 때는 먼저 중심을 잡는 쪽이 훨씬 유리하다. 김경신은 숨을 죽이고 하회下回를 지켜보았다.

김양상이 먼저 중심을 잡았다. 김양상은 아직 비틀거리는 김주원을 향해 맹렬하게 돌진하며 목검을 쭉 내밀었다. 찌르기로 전환한 것이다. 피하지 못하면 이대로 승부가 난다. 그러나 김주원은 언제 비틀거렸냐는 듯 얼른 자세를 회복하더니 재빨리 몸을 돌렸다. 이렇게 되면 찌르기를 시도한 김양상의 옆구리는 무방비 상태가 된다.

'함정이다!'

김경신은 가슴이 덜컥 내려앉았다.

"……!"

그런데 김주원의 유인책을 미리 예상했던 것일까. 찌르기를 하던 김양상의 목검이 돌연 제자리에 멈추어 섰다. 그리고 숨 돌릴 틈도 없이 몸을 비틀더니 김주원의 팔목을 향해 목검을 내리쳤다. 찌르기는 위장 공세였던 것이다.

김주원의 손에서 목검이 떨어져 나가며 검술 경연은 승부가 결정되었다. 지켜보던 사람들은 김양상의 빈틈없는 방어와 전광석화 같은 공세, 그리고 상대의 움직임을 내다보는 예견에 환호를 보냈다.

"완벽합니다. 유인책일 거라 짐작은 했지만 저렇게 완벽하게 위장 공세를 취할 줄이야."

김지정이 찬사를 아끼지 않았다. 그러면서 자신도 모르게 패도佩刀에 손이 갔다. 문득 김양상과 겨뤄보고 싶은 충동이 일었던 것이다.

검술 경연이 끝났다고 해서 정찰 경연이 마무리된 것은 아니다. 다시 궁술을 겨루어야 한다. 김양상은 준비를 위해 서둘러 경연장을 빠져나왔고, 김주원은 분이 풀리지 않은 얼굴로 목검을 내팽개쳤다.

"잘했습니다."

김경신이 함박웃음을 지으며 다가왔다.

"그렇지만 안심해서는 안 됩니다. 저들은 호락호락 정찰 자리를 내주지 않을 것입니다."

김경신이 활과 전통을 챙기는 김양상에게 주의를 주었다.

"알고 있다. 하지만 무예 경연을 공언한 이상 김주원을 꺾으면 나중에 다른 말을 하지 못할 것이다."

김양상은 두려울 게 없다는 듯 당당한 걸음으로 경연장으로 향했다. 경연장에 이르자 이미 준비를 마친 김주원이 잡아먹을 듯 김양상을 노려보았다. 궁술 경연은 말을 타고 달리며 과녁을 향해 활을 날리는 것이다. 김양상은 김주원의 사나운 눈길을 무시하며 말을 가볍게 쓰다듬고는 훌쩍 올라탔다. 궁술 경연은 말과 한 몸이 되는 게 제일 중요하다.

2필의 말이 나란히 섰다. 김양상은 바람의 세기를 가늠하며 과녁과의 거리를 헤아려보았다. 과녁은 모두 3개. 갈수록 점점 먼 곳에 자리하고 있었다.

"들러리라고 하더니 무열계가 몰리고 있지 않느냐."

김사인이 찌푸린 얼굴로 물었다. 내물계에서, 더구나 결코 호락호락하지 않은 김양상이 정찰이 되면 뒤가 구린 귀족들은 곤경에 처하게 될 것이다. 더구나 혈통으로 따지면 내물계가 무열계보다 정통이다. 김양상이 다음 왕이 되지 말라는 법도 없다.

'김양상이 다음 왕이 될지도 모른다!'

생각이 거기에 미치자 김사인은 부르르 떨었다. 그 자신이 왕위를 노리니 그런 일이 벌어져서는 안 될 것이다.

"너무 심려하지 않으셔도 됩니다. 김주원의 궁술은 서라벌에서 명성이 높으니까요."

대답은 그렇게 했지만 기실 김지정도 속으로는 동요하고 있었다. 김양상의 존재를 간과한 것이 후회되었다. 그렇지만 일이 이렇게 된 마당에 경연을 지켜보는 수밖에 없었다.

대정이 눈짓을 하자 집사부 관헌이 깃발을 높이 들었다. 김양상은 고삐를 꼭 쥐고 출발 준비를 했다. 먼저, 정확하게 과녁을 명중시키는 사람이 이긴다.

깃발이 내려지자 말들은 힘차게 땅을 박차고 나갔다. 김양상이 조금 앞서는 것 같더니 어느새 김주원이 앞으로 나섰다. 김양상과 김주원은 앞서거니 뒤서거니 하며 첫 번째 과녁을 향해 질주했다. 거리는 50보. 김양상은 전통에서 화살을 끄집어내 들었다. 달리는 말 위에서 과녁을 명중시키는 것은 쉽지 않다. 호흡을 잘 가다듬어야 하고 말의 흔들림도 적절히 감안해야 한다.

김양상이 호흡을 고르고 있는데 '쉿'소리를 내며 김주원의 화살이 날아가더니 과녁에 명중했다. 곧이어 김양상도 화살을 발사했고, 바람을 가르며 날아간 화살은 정확하게 과녁에 명중했다. 두 사람 모두 첫 번째 관문을 무사히 통과한 것이다.

김양상은 100보 떨어진 두 번째 과녁을 향해 말을 몰았다. 거리가 2배로 멀어진 데다 말의 호흡이 거칠어지면서 조준이 한결 힘들었다. 이럴수록 침착해야 한다. 숨을 고른 김양상은 신중하게 과녁을 겨냥했고, 기회를 놓치지 않고 화살을 날렸다. 시위를 떠난 화살은 힘차게 과녁을 향해 날아가더니 한복판에 명중이 되었다. 그리고 간발의 차이로 김주원의 화살이 과녁을 꿰뚫었다. 두 번째 관문에서도 두 사람은 승부를 내지 못했다.

이제 마지막 세 번째 과녁만 남았다. 세 번째 과녁은 무려 150보 밖에 세워져 있다. 마상궁술은 물론이고 제자리에 서서 쏴도 맞힐 수 있을까 말까 할 정도로 먼 거리다. 솔직히 김양상도 말을 타고 달리면서 150보 떨어진 과녁을 맞혀본 적이 없었다. 명중시킬 수 있을까. 그러나 꼭 맞혀서 경연에서 이겨야 한다. 김양상은 잡념을 떨쳐버리고 말을 몰았다.

마침내 과녁이 시야에 들어왔다. 김양상은 숨을 고른 후에 과녁을 겨냥했다. 말이 많이 지친 듯 숨을 거칠게 몰아쉬는 바람에 조준하기가 쉽지 않았다. 그렇지만 반드시 명중시켜야 한다. 김양상은 정신을 집중시키며 화살을 발사했다. 사람들의 시선이 일제히 과녁을 향해 날아가는 화살에 집중되었다. 그들 모두 말을 타고 달리면서 150보 떨어진 과녁을 명중시키는 것이 얼마나 힘든지 잘 알고 있었다.

"아!"

사람들의 입에서 탄성이 새어나왔다. 화살이 과녁을 빗겨간 것이다. 그렇다면 김주원은…. 사람들의 시선이 일제히 김주원에게 쏠렸다. 그가 명중을 시키면 마상궁술은 김주원의 승리로 끝이 난다.

'쉭!'

바람을 가르며 김주원의 화살이 맹렬하게 과녁을 향해 달려들었다. 김양상은 손에 땀을 쥐고 하회를 지켜보았다. 명중하는가…. 그러나 김주원의 화살도 과녁을 살짝 빗겨갔다. 그렇게 되면서 두 사람 모두 세 번째 관문을 통과하지 못했다. 그렇다면 이제 어떻게 되는가. 경연장에 모인 사람들의 시선이 대정에게 쏠렸다.

"두 사람 모두 관문을 통과하지 못했으므로 경연을 다시 벌이도록 하겠다."

대정이 재경연을 선포했다.

"그런 법이 어디 있습니까! 궁술에서 승부를 보지 못했다면 검술에서 이긴 사람이 승자가 되어야 마땅합니다!"

김경신이 뛰어나오며 격렬하게 이의를 제기했다.

"두 사람 모두 궁술 경연을 통과하지 못했으니 1차 경연에서는 모두 탈락한 셈이다. 따라서 방식을 새로 정해서 경연을 계속하겠다."

그러나 대정은 김경신의 이의 제기를 받아들이지 않았다.

"부당합니다! 이번 경연은 김양상이 이긴 것입니다."

이의가 받아들여지지 않자 김경신은 상대등 김사인에게 달려가서 항변했다.

"경연은 집사부에서 주관하는 것이므로 시중의 결정에 따르겠다."

상대등 김사인은 끼어들 뜻이 없음을 전했다.

"하지만…."

"가만히 있거라."

김양상이 길길이 날뛰는 김경신을 만류했다.

"좋습니다. 재경연을 하겠습니다."

김양상이 재경연에 응할 뜻을 비쳤다. 정정당당하게 승부를 겨루고 싶었던 것이다.

"재경연은 움직이는 과녁으로 하고 싶습니다."

김양상이 재경연을 받아들이자 김주원이 기다렸다는 듯 입을 열었다. 움직이는 과녁이란 사냥을 의미했다.

"불리합니다. 받아들이지 마십시오. 저들은 대대적으로 몰이꾼을 동원할 것입니다."

김경신이 황급히 김양상을 말리고 나섰다. 궁술 경연은 정해진 규칙이 있지만 사냥은 오로지 결과물만으로 판정을 내린다. 당연히 몰이꾼을 여럿 동원할 수 있는 김주원이 유리하다. 김양상도 그것을 잘 알기에 선뜻 받아들이지 못했다.

"어찌 대답이 없는가. 그날의 일을 제대로 마무리 지어야 하지 않겠는가."

김주원이 사냥터에서의 일을 거론하고 나섰다. 이 기회에 급소에 화살 2발을 맞고 죽은 멧돼지가 진정 누구 것인지도 가리자는 것이다.

"좋다. 사냥으로 승부를 결정하기로 하겠다."

걸어온 싸움을 피할 김양상이 아니다. 김양상은 흔쾌히 승낙하고 경연장을 빠져나갔다.

"일이 묘하게 돌아가고 있군요. 어쨌거나 내물계가 정찰이 되는 일은 없을 테니 너무 마음 쓰지 마십시오."

김지정이 김사인에게 염려하지 말라는 말을 전했다.

집으로 돌아오자 김양상은 너무 경솔하게 결정한 게 아닌가 하는 후회가 일었다. 혈기를 주체하지 못하고 그만 덜컥 저들의 제안을 수락해 버린 것이다. 김경신의 말을 들었어야 했는데…. 그러나 후회는 오래가지 않았다. 임전무퇴. 일단 싸움에 임하면 절대로 뒤로 물러서지 않는 것이 화랑도의 기상이다. 그리고 길고 짧은 것은 대봐야 안다. 김양상은 마지막 순간까지 최선을 다하기로 했다.

김양상은 황금보검을 꺼내들었다. 대식국 상인을 만난 이후로 황금보검은 김양상에게 더욱더 신비한 존재가 되어 있었다. 어쩌면 먼 이역異域의 통치자 소유물이었을지 모를 황금보검이 무슨 연유로 서라벌로 왔을까. 아무리 궁리를 해도 짐작이 가질 않았는데 중원을 거친 게 아니라는 사실이 신비감을 더했다.

선조들은 어떻게 황금보물이 넘쳐나는 나라를 이룩했을까. 찬란했던 황금의 나라를 상징하는 보물일지도 모를 저 황금보검은 그 비밀을 알고 있을까. 비밀을 밝힐 수만 있다면 김양상은 그 어떤 어려움도 감수할 각오였다.

김양상은 황금보검을 힘껏 움켜쥐었다. 그러면서 반드시 정찰이 되어 무너져 내리는 나라의 기틀을 바로 세울 것을 다짐했다.

7

토함산 기슭은 몰이꾼들이 내지르는 함성으로 떠나갈 듯했다. 짐작했던 대로 대정은 몰이꾼에 제한을 두지 않았다. 김주원에게 절대적으로 유리한 경연이 된 것이다. 경연은 누가 들짐승과 날짐승을 많이 잡는가와 얼마나 큰 짐승을 사냥하는가를 놓고 겨루게 되는데 둘 중 큰 짐승 쪽이 우선이다. 당연히 몰이꾼을 많이 동원한 쪽이 훨씬 유리하다. 김양상은 대대적으로 몰이꾼을 동원한 김주원을 보며 이를 악물었다.

"우리는 저쪽으로 가자."

김양상과 김경신은 그들과 반대쪽을 택했다. 두 사람은 말을 놓고 나왔다. 깊숙한 곳으로 가서 큰 짐승을 포획하려면 그쪽이 유리할 것이라 판단한 것이다. 마릿수에서는 절대적으로 불리한 형국이다.

몰이꾼들의 함성이 점점 멀어졌다. 큰 짐승을 잡으려면 은밀히 접근해야 한다. 그래서 김양상과 김경신은 김주원의 무리들과 반대쪽을 택하고 서둘러 사냥터로 향했다. 갑작스런 사냥꾼의 출현에 산새가 푸드덕거리며 날아올랐다.

"저깁니다!"

김경신이 산새를 가리켰다. 그러나 김양상은 활을 겨누지 않았다. 산새 따위로는 김주원을 이길 수 없을 것이다. 내색하지 않았지만 기실 김양상도 상황이 불리함을 절감했다. 그때 제안을 받아들였던 것은 호랑이를 잡을 생각이었기 때문인데 호랑이를 잡는 게 쉬운 일이 아니었다. 벌건 대낮에 호랑이가 나타날 리도 없는 데다 저렇게 몰이꾼들이 소란을 피우면 호랑이는 깊은 산속으로 몸을 피할 것이다.

그렇다면 멧돼지다. 멧돼지 큰 놈을 잡으면 그런대로 승산이 있을 것이다. 그렇게 판단하고 멧돼지를 찾기로 했는데 몰이꾼들의 소란에 놀란 것일까. 숲 속은 쥐 죽은 듯 고요했다.

"짐승들이 놀라서 전부 달아난 것 같습니다."

김경신이 주위를 둘러보며 우려를 표했다. 그렇지만 이제 와서 걱정해봐야 아무런 소용이 없다. 김양상은 신경을 집중시키며 조심스레 전진했다. 어디서 노루라도 뛰쳐나왔으면 하는 심정이었다. 제법 깊숙이 들어왔는지 몰이꾼들이 떠들어대는 소리는 더 이상 들리지 않았다.

"다른 곳으로 가는 게 어떻겠습니까?"

사방이 너무 조용하자 김경신이 불안해했다. 아무래도 장소를 잘못 고른 것 같았다. 이러다 빈 손으로 돌아가면 경연에서 패하는 것은 물론 내물계 전체가 웃음거리가 될 것이다. 어쩌면 무열계와 서라벌 귀족들로부터 협공을 받게 될지도 모른다.

김양상은 입술이 타들어갔다. 아무리 헤집고 다녀도 개미 새끼 한 마리 눈에 들어오지 않았다. 김주원은 지금쯤 꿩이며, 토끼와 노루를 여러 마리 잡았을 것이다. 어쩌면 몰이꾼들에게 내몰린 멧돼지를 잡았을지도 모른다. 그렇다면 이제 기대할 것은 맹수밖에 없는데 맹수는커녕 다람쥐도 구경하기 힘든 판이었다.

"김주원이 부당하게 많은 몰이꾼을 동원했음을 들어 경연 취소를 요청해야 합니다. 경연은 대등한 조건에서 해야 하는 것 아닙니까."

김경신은 이제라도 이의를 제기해야 한다고 주장했다. 이대로 당할 수는 없었던 것이다.

"더구나 공연히 소란을 피워 맹수를 노리는 우리를 방해했습니다. 이 또한 정당한 경연이 아닙니다."

김경신의 지적은 틀리지 않았다. 불공정한 경연에 치졸한 방법까지 동원했다. 김경신의 말대로 이의를 제기할까. 잠시 망설임이 일었지만 오래가지 않았다. 통할 리도 없거니와 어쨌거나 내 입으로 수락한 마당이다. 이제 와서 다른 말을 하는 것은 자존심이 허락하지 않았다. 모든 면에서 불리하지만 아직 경연이 끝난 것은 아니다. 김양상은 투혼을 불태웠다.

"잠시 쉬어가자."

김양상이 바위에 걸터앉았다. 이럴수록 냉정해야 한다. 흥분은 패배를 자초할 뿐이다. 김양상은 눈을 감고 대책을 강구했다. 그런 김양상을 보며 김경신도 더 이상 뭐라 하지 않았다.

어떻게 하면 불리한 상황을 타개할 것인가. 경연은 해가 지기 전까지다. 이제 호랑이는 기대하기 힘들다. 표범도 마찬가지다. 멧돼지는 어디 숨었는지 그림자도 보이지 않았다. 그렇다면 또 뭐가 있을까. 만추의 하늘을 올려다보던 김양상은 퍼뜩 곰이 떠올랐다. 곰은 아직 월동에 들어가지 않았을 것이다. 그렇다면 부근에 굴을 파고 겨울을 날 채비를 하는 곰이 있을지 모른다. 곰을 포획하면 설사 김주원이 멧돼지를 잡았다고 해도 얼마든지 누를 수 있을 것이다.

"곰이다!"

김양상이 벌떡 일어서며 소리쳤다.

"네?"

"곰을 잡을 것이다."

"곰이라니? 곰을 어디서 잡습니까?"

김경신이 놀라서 물었지만 김양상은 대답 대신에 활과 화살을 챙겨 들었다.

"혹시 덤벼들지 모르니 장창을 잘 챙겨라."

김경신은 맹수 사냥에 대비해서 장창을 가지고 왔다. 그런데 도대체 어디에서 곰을 잡는단 말인가. 큰 곰은 호랑이에 버금가는 사냥감이다. 그렇지만 곰은 호랑이나 표범처럼 제 영역을 따로 두지 않고 여기저기를 떠돌아다니는 데다 잡식성이어서 먹이로 유인해 내는 것도 쉽지 않다.

김양상은 아무 말 없이 앞장섰다. 김경신은 두려움에 맞서는 용기, 그리고 의협심에 끌려서 철이 든 후로 줄곧 김양상을 따라다닌다.

"어디로 가는 겁니까?"

김양상은 마치 곰이 어디에 있는지 봐두기라도 한 듯 뒤도 돌아보지 않고 걸음을 재촉했다.

"어디에 있는지는 모르지만 곰은 지금 월동준비를 하고 있을 것이다. 그러니 동면할 만한 곳을 찾아보자."

김양상은 하늘을 올려다보고는 걸음을 서둘렀다. 해가 그리 오래 남지 않았다. 곰은 어디서 동면할까. 곰은 겨울 내내 깊은 잠을 잔다는 사실은 알지만 동면하는 곰을 본 적은 없다.

여기는 어딜까. 그 사이에 제법 먼 곳까지 온 것 같았다. 가끔 인기척에 놀란 산새들이 푸드덕거리며 날아갈 뿐, 사방은 조용했고 아무런 움직임도 감지되지 않았다. 깊은 산중에 달랑 둘만 남겨진 것 같으니 불현듯 두려움이 밀려왔다. 계속 헤매다가는 자칫 길을 잃을 판이다.

"일단 저곳으로 가서 지세를 살피는 것이 좋겠다."

주위를 살피던 김양상이 저 너머로 우뚝 솟은 바위를 가리켰다. 그게 좋을 것 같았다. 두 사람은 흐르는 땀을 닦으며 서둘러 그곳으로 걸음을 옮겼다. 지금쯤 김주원은 얼마나 잡았을까. 몰이꾼을 많이 동원했으니 제법 큼직한 놈을 잡았을 것이다. 이제 경연에서 이기려면 곰을,

그것도 큰 곰을 잡는 수밖에 없다.

바위에 이르자 일대가 한눈에 들어왔다. 저 아래로 경연을 주관하는 집사부의 차일이 보였다. 두 사람은 비로소 그들이 얼마나 멀리까지 왔는지를 파악하게 되었다. 서늘한 산바람이 땀으로 흥건히 젖은 두 사람의 얼굴을 스치고 지나갔다. 청명한 하늘과 수려한 산세. 경연만 아니라면 더없이 기분 좋은 산행일 것이다.

"서둘러야 합니다."

김경신이 하늘을 올려다보며 재촉했다. 지금은 누가 정찰이 될 것이냐를 겨루는 경연 중이다. 그것은 동시에 내물계와 무열계의 겨룸이기도 하다. 그러니 가을의 풍광을 완상하는 것은 훗날로 미뤄야 한다.

서두는 김경신과 달리 김양상은 침착한 자세로 지세를 살폈다. 김양상은 상황이 닥치면 다른 사람처럼 냉철해지고 침착해진다. 곰의 은신처를 정확하게, 그것도 한 번에 찾아내야 한다. 낯선 곳, 처음 해보는 일이지만 한 가지 다행인 것은 두 사람이 서 있는 바위는 일대를 살피기에 아주 적절한 곳이라는 사실이다. 곰은 굴속에서 겨울을 나는데 산세가 이리 험하고 가파르면 땅을 파고 들어가기보다는 바위틈을 동면처로 삼을 가능성이 크다. 그렇게 판단하고 김양상은 마땅한 바위가 있는지를 유심히 살폈다.

"벌써 동면에 들어간 것 아닙니까?"

김경신이 자꾸 불안해했다. 곰이 이미 동면에 들어갔다면 잡을 길이 막막하다. 아무리 살펴도 마땅한 곳이 눈에 들어오지 않는데 해는 점점 기울고 있었다. 김양상은 반드시 찾을 수 있다는 신념으로 정신을 집중시켰다.

"저곳이다."

김양상이 한 곳을 가리켰다. 저 아래 우거진 숲 사이로 자그마한 바위가 눈에 들어왔는데 주변이 제법 널찍했다. 나름대로 곰이 동면하기엔 적지適地 같았다. 동면을 앞둔 곰은 신경이 곤두서 있으리라. 김양상은 발걸음 소리를 죽이며 그곳으로 접근했다. 김경신은 장창을 쥐고 김양상의 뒤를 따랐다. 과연 곰이 저곳에서 동면할까. 이렇게 된 마당에 김양상의 판단을 믿는 수밖에 없었다.

조심스레 다가가던 김양상이 전진을 멈추었다. 가까이 가자 바위 틈 사이로 작은 굴이 보였다. 제대로 짚었을까. 부근이 바위여서 발자국을 확인할 수는 없었지만 왠지 꼭 곰이 몸을 숨기고 있을 것만 같았다. 정말로 곰이 있다면 얼마나 큰 놈일까. 김양상은 전통에서 화살을 뽑아 들었다.

"……!"

갑자기 뒤에서 살기가 밀려왔다. 반사적으로 몸을 돌리자 집채만큼 큰 곰이 두 사람을 노려보고 있었다. 곰은 굴 밖에 있었던 것이다. 곰이 상체를 일으키며 공격자세를 취했다. 피할 틈도, 마땅한 장소도 없었다. 화살을 급소에 명중시켜야 하는데 제대로 겨냥할 틈조차 없는 상황이었다.

"창을!"

김양상이 소리를 치자 그제야 겁에 질린 김경신이 달려드는 곰을 향해 창을 겨누었다. 창을 겨누자 곰은 더욱 흥분해서 날뛰었고 김경신은 허둥대며 뒤로 물러섰다. 기회를 놓치면 안 된다. 김양상은 김경신을 향해 달려드는 곰을 향해 화살을 날렸다.

제대로 겨냥하지 못한 화살은 곰의 급소를 명중시키지 못했고, 목에 화살을 맞은 곰은 미친 듯 날뛰며 김경신에게 달려들었다. 겁에 질려 장창을 마구 휘둘러대던 김경신이 발을 헛딛고 쓰러지자 곰은 몸을 벌떡 일으키며 김경신을 덮치려 했다. 절체절명의 순간이었다.

침착해야 한다. 김양상은 심하게 뛰는 가슴을 진정시키며 활을 겨누었고 김경신을 내려치려 앞발을 치켜든 곰을 향해 화살을 날렸다. 화살은 정확하게 곰의 정수리에 명중되었다. 급소를 맞은 곰은 펄쩍펄쩍 뛰었다. 워낙 큰 놈이어서 급소를 맞고도 쓰러지지 않은 것이다.

곰은 방향을 바꾸더니 김양상에게 달려들었다. 다시 화살을 날릴 틈이 없었다. 김양상은 황급히 환도를 뽑아들었다. 미쳐서 날뛰는 큰 곰을 칼로 상대할 수 있을지 의문이었지만 달리 도리가 없었다.

"……!"

뒷걸음치던 김양상은 걸음을 멈추었다. 바위 끝은 낭떠러지였다. 살아날 수 있을까. 살기등등해서 다가오는 곰을 보며 김양상은 숨이 멎을 것만 같았다. 다가오던 곰은 몸을 일으키더니 김양상을 향해 앞발을 높이 치켜들었다.

"이놈!"

김경신이 달려오며 장창으로 곰의 옆구리를 찔렀다. 장창이 곰의 몸에 꽂혔지만 곰은 끄덕도 하지 않았고 몸을 돌리더니 김경신을 밀쳐냈다. 김경신은 나뒹굴었고 곰이 다시 김양상에게 다가왔다. 그리고 살기 가득한 눈으로 김양상을 노려보며 천천히 몸을 일으켰다. 마주 서니 얼마나 큰 곰인지 실감이 났다. 김양상보다 거의 2배에 달하는 크기였다. 환도로 찌른들 별 소용이 없을 것이다. 그리고 뒤는 낭떠러지다.

자신의 목을 노리며 앞발을 치켜드는 곰을 보며 김양상은 절망에 빠져들었다. 이대로 끝인가. 그럼 정찰은…, 황금보검의 비밀은…. 많은 생각이 짧은 시간에 김양상의 뇌리를 스치고 지나갔다.

"……!"

그런데 다가오던 곰이 더 이상 버티지 못하고 앞으로 고꾸라졌다. 김양상은 온몸에서 힘이 빠져나가는 것을 느끼며 그대로 털썩 주저앉았다.

장안으로

1

정찰이 들이닥치자 창부倉部 영令은 화들짝 놀랐다. 정찰이 된 김양상은 나라의 재정을 관장하는 창부부터 규찰하기로 했다. 국고가 이미 텅텅 비어 있었다.

"장부에 기재된 곡물의 양과 실제로 창고에 쌓여 있는 양이 같아야 하거늘 어째서 차이가 나는 것이오?"

김양상이 지적하자 영의 얼굴이 벌겋게 달아올랐다.

"먼 거리를 운송하면서 흘린 것도 있고 또…."

영이 허둥댔다. 그렇지만 김양상은 창고가 비어 있는 것은 애초부터 귀족들이 제대로 조세를 납부하지 않았기 때문임을 이미 알고 있었다.

"실무를 담당하는 대사大舍들을 전부 부르시오!"

김양상이 추상같은 목소리로 지시를 내리자 영과 경卿은 두말 못하고 대사들을 소집했다. 불려온 대사들은 불안한 표정으로 영의 눈치를 살폈다.

"왜 장부상 곡물량과 실제로 창고에 쌓여 있는 양이 다른가?"

김양상이 눈을 부릅뜨고 호통을 치자 대사들은 벌벌 떨었다. 재고량에 차이가 나는 것은 귀족들이 제대로 공물을 바치지 않았기 때문이지만 창부 관헌들이 멋대로 빼돌린 탓도 있었다.

"그게…. 어째서 그런 일이 생겼는지 모르겠는데…. 아무튼 조사해서 보고하겠습니다."

대사가 우물쭈물하며 대답했다.

"기일을 정해줄 것이니 그 안에 부족한 양을 전부 채워 넣어라. 그렇지 못하면 엄벌을 내릴 것이다!"

김양상은 엄포를 놓고 창부를 나섰다.

"너무 혹독한 것 아닙니까? 꼭 저들만의 잘못이 아닐 텐데."

수행하는 김경신이 조심스레 입을 열었다. 김경신은 정찰 김양상을 보필하는 임무를 맡고 있었다.

"나도 알고 있다. 하지만 잘못을 바로잡기 위해서는 우선 저들부터 닦달해야 한다. 적당히 넘어가면 아무도 책임지려 하지 않을 것이고, 그리되면 개혁은 물거품이 될 것이다."

김양상은 단호했다. 정찰 경연은 우여곡절 끝에 김양상의 승리로 끝이 났다. 잠시 혼절했던 김양상이 정신을 되찾고 거대한 곰을 끌고 내려오자 멧돼지 새끼 두 마리와 노루, 그리고 토끼를 포획하고서 느긋한 자태로 기다리던 김주원은 대경실색했다. 일찍이 본 적이 없는 대웅大熊이었다. 시중 대정은 해가 기울었음을 들어 김양상의 사냥을 무효로 돌리려 했지만 통하지 않았다. 경연을 지켜보는 눈들이 하나둘이 아니었기에 이번에는 저들 뜻대로 되지 못했다.

정찰이 되자마자 김양상은 개혁에 착수했다. 우여곡절 끝에 뜻을 이루었지만 위기는 여전히 계속되었다. 무열계는 호시탐탐 반격의 기회를 노렸고, 한발 물러서서 느긋하게 지켜보던 서라벌 귀족들은 신경을 곤두세우고 김양상을 주시했다. 그러니 저들이 꼬투리를 잡고 늘어지기 전에 전광석화의 기세로 개혁을 추진해야 한다. 정찰의 소임은 백관을 규찰해서 해이해진 기강을 바로 세우는 것이다. 김양상은 각부의 관아를 면밀히 조사하는 것부터 시작하기로 했다.

짐작은 했지만 창부가 이토록 엉망일 줄이야. 귀족들이 부귀영화의 세월을 누리는 동안에 국고는 바닥을 드러냈다. 나라의 기틀이 풍전등화風前燈火에 처해 있건만 왕은 왕좌를 지키는 일에만, 귀족들은 재물을 챙기는 데만 몰두하고 있었다.

어떻게 해야 무너져 내린 기강을 바로 세우고 찬란했던 황금의 나라를 다시 이룩할 수 있는가. 천신만고 끝에 정찰이 되었지만 막상 현실과 마주치자 김양상은 난감했다. 어디서부터 손을 대야 할지 모를 만큼 깊은 곳부터 썩어가고 있었다. 그런 마당에 악재가 하나 더 있었다. 제대로 조사하려면 기무機務를 관장하는 집사부가 적극적으로 나서주어야 하는데 집사부를 관장하는 시중은 전혀 협조할 기미가 보이지 않았다. 획기적인 대책을 마련하지 못하면 정찰은 허수아비로 전락할 판이다.

"다음에는 어디를 조사할 겁니까?"

김경신이 물었다.

"조부調部를 살펴야겠다."

조부는 공물을 거두어들이고 조세를 관장하는 부서다. 나라 살림을 관장하는 창부가 저리 엉망이라면 공물을 거두어들이는 조부 또한 문제가 적지 않을 것이다.

"지출을 담당하는 창부와 세입을 관장하는 조부를 살피면 나라 살림이 어떻게 돌아가는지 대강 파악할 수 있겠군요. 그런데 조부라고 별반 다를 것 같지 않습니다."

김경신이 걱정했다.

"짐작하고 있다."

김양상은 맥이 빠졌다. 창부와 조부에 이어서 이방부理方部에 들러서 억울하게 투옥된 촌민들이 있는지 알아볼 작정인데 그 일도 집사부의 도움이 없으면 별 성과를 거두지 못할 것이다.

"몰아붙이는 것만이 능사가 아닌 것 같습니다."

김경신이 김양상의 눈치를 살피며 입을 열었다. 위기가 기회가 될 수 있듯이 기회도 위기로 변할 수 있다. 그렇다면 적당한 선에서 물러서는 것, 즉 내물계가 아직 살아 있다는 사실을 일깨워 주는 선에서 타협하는 것도 나쁘지 않을 것이다.

"벽이 높다는 것은 나도 잘 알고 있다."

김양상이 하늘을 올려다보며 말했다.

"그렇다고 해서 나라 꼴이 이 지경인데 맥없이 주저앉을 수는 없지 않느냐. 어떤 어려움이 따르더라도 절대로 물러서지 않을 것이다."

결심을 밝히는 김양상의 얼굴에서 일점의 두려움도 찾아볼 수 없었다. 말이 좋아 삼한일통이지 고구려가 차지했던 대륙의 넓은 땅을 전부 당나라에게 빼앗기고 반도 끝에 고립된 꼴이었다. 그런데도 귀족들은 희희낙락하며 향락의 세월을 보내고 있었다. 김양상은 상대가 누구든 비리를 저지른 자들은 엄중히 징치할 각오였다.

굳은 결심을 하는 김양상을 보며 김경신은 더 이상 만류하지 않기로 했다. 그렇지만 자꾸 불길한 예감이 들었다.

2

날이 밝기가 무섭게 김양상과 김경신은 조부로 달려갔다. 무열계와 귀족들이 훼방을 놓기 전에 일을 마무리 지을 심산이었다. 김양상의 호출을 받은 조부 영은 잔뜩 굳은 얼굴로 달려왔다. 전날 창부에서의 일을 전해 들었던 것이다.

"서라벌 인근의 장적帳籍을 전부 가지고 오시오!"

세금을 매기는 기준이 되는 토지장적에는 누가 어디에 정전丁田을 얼마나 경작하는지, 그 땅이 논인지 밭인지, 그리고 얼마나 기름지고 수확량은 얼마나 되는지 등이 상세히 기재되어 있다.

삼한이 일통이 되고 촌민들도 정전을 지급받게 되었고, 서라벌 인근의 땅을 경작하게 되었지만 좋은 시절은 오래가지 못했다. 귀족들이 갖가지 수단을 동원해서 촌민들의 정전을 빼앗아서 그들의 식읍食邑에 합쳐버린 것이다. 땅을 빼앗긴 촌민들은 귀족들의 땅을 부쳐 먹으며 근근이 입에 풀칠했고, 그마저도 안 되면 유민이 되어 객지를 떠돌아야 했다. 부당하게 빼앗긴 땅을 촌민들에게 돌려주는 것. 김양상은 그것을 개혁의 근본으로 삼았다.

장적을 살피자 부당하게 빼앗은 것으로 짐작되는 정전들이 여기저기서 눈에 들어왔다.

"이 정전은 왜 여기 식읍에 포함되었소?"

김양상이 도끼눈을 하고 영을 압박했다.

"땅을 경작할 수 없어서 넘긴 것입니다."

실무를 관장하는 조부 대사가 얼른 대답했다.

"토지를 넘길 때는 그와 관련된 근거를 장적에 기재하게 되어 있다. 그런데 왜 아무런 근거가 없는가? 따로 작성된 문건이 있거든 당장 가지고 오너라."

김양상이 추궁하자 대사는 쩔쩔맸다. 말이 양도지 실제로는 강탈이었던 것이다. 장적을 넘기자 그런 땅들이 수두룩했다. 서라벌 인근의 기름진 땅은 어느새 전부 귀족들의 소유로 넘어가고 말았다. 일전에 귀족의 집에서 봤던 번쩍이는 금세공품과 휘황찬란한 유리잔, 그리고 화려하게 수를 놓은 비단옷이 김양상의 뇌리를 스치고 지나갔다. 촌민들의 고혈을 짜내서 마련한 재물들일 것이다.

"예상보다 훨씬 심하군요."

김경신도 혀를 내둘렀다. 더 살펴볼 필요도 없었다. 현장을 확인했으니 이제 바로잡아야 한다.

"상세한 목록을 적어서 집사부에 넘기는 게 좋겠습니다."

김경신이 선수를 치고 나섰다. 김양상이 일을 크게 벌일까 염려되었던 것이다. 정찰의 소임은 백관을 규찰하는 것이라고만 규정되어 있을 뿐, 구체적으로 무엇을 어떻게 하는 것인지는 정해지지 않았다. 그러니 비리 조사에 한정할 수도 있고, 적극적으로 처벌하는 일에 나설 수도 있다. 김경신은 전자로 머무르는 것으로 무열계 및 귀족들의 예봉을 피할 생각이었다. 개혁은 열정만으로 되는 것이 아니다. 뒤를 받쳐줄 힘이 필요하다. 그런데 지금 내물계는 그런 힘을 가지고 있지 못하다.

"그래봤자 집사부에서 나 몰라라 하면 아무 소용도 없을 것이다."

김양상이 고개를 가로저었다.

"하면 어떻게 하실 생각입니까?"

김경신은 겁이 났다.

"내 손으로 직접 철저히 파헤치겠다."

김양상은 왕이나 화백회의와도 정면충돌을 불사할 기세였다. 김경신은 다리가 후들거렸다. 후사 문제로 신경이 날카로워진 무열계와 잔뜩 긴장한 서라벌 귀족들이 눈에 불을 켜고 지켜보는 형국이다. 까딱 잘못하다가는 반역으로 몰릴 수 있다. 그렇게 되면 내물계는 멸문滅門을 면치 못할 것이다. 이러다 근근이 살아 숨 쉬는 내물계의 숨통이 아예 끊기지나 않을까. 김경신은 두려움 가득한 눈길로 김양상을 쳐다봤다.

3

김양상이 창부와 조부를 차례로 조사했다는 소식이 전해지자 귀족들은 크게 동요했다. 우려했던 일이 기어코 현실로 나타난 것이다.

"이대로 두고 볼 수만은 없습니다."

귀족들이 우르르 상대등 김사인의 집으로 몰려들었다.

"우리에게 비수를 겨눈 마당입니다. 앉아서 당하기 전에 대책을 세워야 합니다."

귀족들은 벌겋게 단 얼굴로 목소리를 높였다.

"정찰의 소임은 백관을 규찰하는 것일 뿐, 문무관료의 인사와 징치는 집사부에서 관장하도록 되어 있습니다. 그런데 김양상은 제멋대로 설치고 다니고 있습니다!"

"그렇습니다. 김양상은 지금 월권을 하고 있습니다. 화백회의에서 나서서 제지해야 합니다!"

여기저기서 맞장구를 쳤다. 모두들 뒤가 구린 자들이었다.

"호들갑 떨지 마시오! 예상치 못했던 일도 아니지 않소!"

김사인이 짜증 섞인 얼굴로 귀족들을 나무랐다. 그 역시 몹시 분개하던 터였다. 그렇지만 중구난방으로 떠들어댄다고 해결책이 생기는 게 아니다. 이럴수록 냉정하게 생각하고 치밀하게 행동해야 한다. 지금 상황이 묘하게 돌아가고 있다. 무열계와 내물계, 그리고 서라벌 귀족들의 이해관계가 복잡하게 얽힌 형국이다. 그러니 누가 우군이고 누가 적인지 섣불리 단정 지을 일이 아니었다. 괜히 내물계와 정면충돌하다 무열계 좋은 일만 시켜줄 수도 있다.

"창고에 쌓여 있는 곡물이 장부와 다르다고 해서 그게 어떻게 우리 서라벌 귀족들의 책임입니까? 담당 관아에서 책임을 져야지. 그리고 옮기는 과정에서 흘린 것도 감안해야 할 것입니다."

"서라벌 인근의 정전들이 우리 식읍으로 많이 편입되었지만 우리들은 어디까지나 경작을 계속할 수 없게 된 촌민들로부터 양도받은 것일 뿐, 강제로 땅을 빼앗은 적은 없습니다. 김양상이 아무리 여기저기를 들쑤시고 다녀도 없는 증좌를 만들어내지는 못할 것입니다."

김사인이 주의를 주자 귀족들은 한 걸음 물러섰다. 그만큼 교묘하게 조세를 빼돌렸고, 증좌를 남기지 않고 땅을 빼앗았던 터였다.

"집사부에서 나서지 않으면 정찰 혼자서 뭘 어떻게 하겠소."

"그렇습니다. 제 풀에 지쳐서 나가떨어질 것입니다."

귀족들은 어느새 오만한 얼굴로 돌아서 있었다. 스스로의 힘을 과신

한 것이다. 그렇지만 상대등 김사인의 표정은 여전히 어두웠다. 그렇게 무시하고 넘길 일이 아님을 감지했다. 정찰은 본시 후사를 위해서 마련한 자리다. 그런데 내물계 왕족이 정찰을 차지했다. 자칫 촌민들의 지지를 업고 김양상이 다음 왕이 될 수도 있는 상황이다. 그것은 은근히 왕위를 넘보는 김사인으로서는 결코 받아들일 수 없는 일이다.

"그렇게 좋을 대로 생각할 때가 아닙니다."

돌연 끝자리에서 누가 큰 소리를 냈다. 김지정이었다.

"김양상은 만만한 인물이 아닙니다."

김지정이 좌중을 둘러보며 말을 이었다.

"제가 아무리 날뛰어도 집사부에서 모른 체하면 아무 일도 할 수 없을 것이다!"

나이가 지긋한 귀족이 못마땅한 표정을 지었다. 예의 없이 끼어드는 김지정이 마음에 들지 않았던 것이다.

"물론 그럴 것입니다. 하지만 김양상은 애초부터 집사부에 별 기대를 걸지 않았을 겁니다."

"하면 우리에게 직접 칼을 겨눌까?"

김사인이 나섰다.

"그렇습니다. 어쩌면 우리 귀족뿐 아니라 무열계에도 칼을 겨눌 좋은 기회를 잡았다고 판단할 겁니다."

김지정이 눈매를 날카롭게 번뜩이며 대답했다.

"무슨 소린가? 하면 김양상이 역모라도 꾀할 것이란 말인가?"

나이 지긋한 귀족이 깜짝 놀라며 대화에 끼어들었다. 일거에 왕과 화백회의를 제압하려면 군사를 일으키는 것 외에는 도리가 없을 것이다.

"김양상은 괄목상대이지만 그렇다고 무모한 자는 결코 아닙니다."

"그렇다면 서라벌 귀족과 무열계를 동시에 적으로 돌리는 게 얼마나 위험한 짓인지도 잘 알 것 아니냐?"

김사인이 김지정을 쏘아보았다.

"당연히 그럴 것입니다. 어쩌면 어부지리의 계책을 취할지도 모르지요."

물론 김양상이 모반을 꾀한다는 증좌는 없다. 그리고 그는 권모술수와는 거리가 먼 인물이다. 하지만 불의 열정을 지닌 김양상을 얼음의 냉정을 간직한 김경신이 보좌하고 있다. 그렇다면 호락호락 상대할 수 없을 것이다. 태자가 없는 마당에 정통성에서 앞서는 김양상이 촌민들의 지지를 업고 나서면…. 그보다 더 두려운 상대는 없을 것이다. 그렇다면 이 기회에 불안의 싹을 완전히 제거하면 좋을 것이다. 김지정은 그렇게 궁리하고 있었다.

"어부지리의 계책이라면?"

김사인이 다그쳤다.

"지금 촌민들은 억울하게 빼앗긴 땅을 정찰이 되찾아줄 것이라 믿으며 잔뜩 기대에 부풀어 있습니다."

그럴 것이다. 김사인이 계속하라는 듯 고개를 끄덕였다. 나머지 귀족들은 입을 굳게 다문 채 두 사람의 대화를 지켜보았다.

"그런데 집사부가 나 몰라라 하면 촌민들의 원망이 온통 무열계로 향할 것입니다."

그 또한 그럴 것이다. 기대가 큰 만큼 실망도 클 테니.

"무열계는 그렇지 않아도 지금 후사 문제로 어려움을 겪고 있습니다.

촌민들의 원성이 높아지면 그들의 환심을 살 요량으로 집사부에서 적극적으로 조사에 나설 것입니다."

그렇게 되면 무열계와 서라벌 귀족들이 정면으로 충돌하는 일이 발생할 것이다. 여태까지 무열계와 서라벌 귀족은 한통속이었다. 당연히 서로의 비리를 잘 안다. 다급해지면 서로의 비리를 폭로하고 나설 것이다. 그런 수가 있단 말인가…. 귀족들의 낯빛이 창백해졌다.

"대책은?"

김사인이 근엄한 표정으로 물었다. 자신이 우려하는 바를 김지정은 정확하게 꿰뚫고 있었다.

"김양상의 뒤통수를 쳐서 단번에 날려 보내야 합니다."

김지정이 지체하지 않고 대답했다.

"뭘 어떻게 하자는 것인가?"

나이가 지긋한 귀족이 참지 못하고 끼어들었다.

"김양상을 역모로 모는 것입니다."

"그게 무슨 소린가? 방금 김양상은 역모를 꾀하지 않았다고 하지 않았나?"

나이 지긋한 귀족이 어리둥절한 표정을 지었다.

"꾀하는 걸로 만들어야지요."

김지정이 단호한 표정으로 말했다.

"어떻게…."

재차 묻던 나이 지긋한 귀족은 김사인이 눈짓을 하자 머쓱한 표정으로 입을 다물었다.

"오늘 모임은 이만 파하겠소."

김사인의 말에 귀족들이 슬금슬금 자리에서 일어섰다. 하지만 김지정은 자리를 지키고 있었다.

"구체적인 대책은 마련했느냐?"

둘만 남자 김사인이 입을 열었다.

"예전부터 김양상을 은밀히 감시하고 있었습니다. 그런데 잘하면 꼼짝 못하게 옭아맬 수 있을 것입니다."

김지정이 회심의 미소를 지으며 대답했다. 더 물어볼 필요가 없다. 모반으로 몰리면 김양상은 물론 내물계는 끝장이다. 연후에 무열계를 몰아내면 된다. 위기는 기회고, 기회는 불쑥 찾아온다고 했다. 김사인은 지금이 그때라고 판단했다.

성골聖骨의 씨가 마르면서 힘 있는 자가 왕이 되는 세상이 되었다. 그리고 삼한이 일통되면서 상대등은 왕에 버금가는, 경우에 따라서는 능가하는 권한을 휘두르게 되었다. 어차피 힘 가진 자가 왕이 되는 세상이라면 나라고 왕이 되지 말라는 법이 없다. 천장을 올려다보는 김사인의 눈에서 불꽃이 일었다.

4

무슨 방도가 없을까. 김양상은 속이 타들어갔다. 심증만 가지고 귀족들을 잡아넣을 수는 없다. 확실한 물증을 잡기 위해서는 집사부가 적극적으로 나서주어야 할 텐데 아무리 닦달해도 집사부는 꿈쩍도 하지 않았다. 시중 대정이 가로막는 게 분명했다.

"너무 안타까워하지 마십시오. 그런대로 성과를 거둔 셈이니까요."

김경신은 김양상과 생각이 달랐다.

"서라벌의 촌민들은 지금 집사부를 원망하고 있습니다."

일단 무열계를 곤궁으로 몰아넣은 것으로 만족하고 이쯤에서 발을 빼는 것도 나쁘지 않을 것이라 판단했다.

물론 김양상도 김경신이 무슨 생각을 하는지 잘 알았다. 무열계를 궁지로 몰아넣고, 서라벌 귀족들의 신경을 곤두세우는 것만으로도 내물계로서는 나름 성과를 거둔 셈이다. 그렇지만 지금 시급한 과제는 왕위 다툼이 아니고 개혁을 통해서 도탄에 빠진 촌민들을 구제하는 것이다.

"억울하게 땅을 뺐기고 귀족들에게 항의하다 옥에 갇힌 촌민들이 있을 것이다. 그러니 이방부를 뒤지면 비리의 증좌를 찾을 수 있으리라."

이방부는 형벌을 관장하는 관아다. 억울한 옥살이를 하는 촌민 중에서 증언을 서겠다는 자도 있을 것이다. 김양상은 그쪽에서 해법을 찾기로 했다.

"물론 억울한 촌민들이 있을 겁니다. 하지만 그들을 찾아낸다고 해도 크게 달라지지 않을 겁니다. 정전을 강탈한 귀족들은 모두 그럴 듯한 구실을 만들었을 테니까요."

김경신은 어떻게 해서든 김양상을 말릴 작정이었다.

"그리고 이방부에서 순순히 협조하겠습니까?"

이방부도 집사부와 마찬가지로 시중 대정의 영향력이 미치는 곳이다. 적극적으로 나설 리 만무했다.

"이대로 가다가는 민란이 속출할 판이다. 혼란이 일면 호시탐탐 삼한을 노리는 당나라가 좋다고 달려들어 속국으로 삼으려 할 것이다. 그런 일이 생기기 전에 속히 개혁을 추진해야 한다. 내가 이방부 관헌들을 만나 설득하겠다."

김양상인들 권력은 비정한 것이며 현실은 얼음처럼 차갑다는 사실을 모를 리 없을 것이다. 그럼에도 대의大義를 앞세우는 김양상을 보며 김경신은 더 할 말을 잃었다. 편한 길을 놔두고 험한 길을 마다하지 않는 김양상에게 끌려서 여기까지 온 마당이었다.

과연 김양상의 뜻대로 될까. 무열계에는 김주원, 귀족들에게는 김지정이라는 호락호락하지 않은 인물들이 있다.

"누가 뵙기를 청하고 있습니다."

김경신이 궁리하는데 손님이 찾아왔음을 하인이 고했다. 누굴까. 때가 때이니만치 두 사람은 신경이 곤두섰다.

"들이거라."

김양상이 고개를 끄덕이자 웬 남자가 하인의 뒤를 따라 방으로 들어섰다. 초면인데 복색으로 봐서 관헌인 것 같았다.

"그대는 누구며, 무슨 일로 나를 보자고 하는가?"

김양상이 남자를 살피며 물었다. 김경신도 경계의 눈초리를 거두지 않았다.

"소인은 예작부例作部 대사입니다. 이렇게 정찰을 찾아온 이유는 아무래도 뵙고 말씀드려야 할 것 같아서…."

'예작부는 건축물을 신축하거나 수리하는 일을 맡고 있는 관아다. 그런데 왜 예작부의 실무를 관장하는 대사가 나를 보자고 할까.'

김양상은 선뜻 이해가 되질 않았다.

"그래, 무슨 일이냐?"

"지금 예작부에서는 성덕대왕 신종을 주조하고 있습니다."

"그래서?"

경덕왕은 선왕인 성덕왕을 기리기 위해서 커다란 종을 주조하기로 하고 그 일을 예작부에 맡겼다.

"종을 주조하려면 다량의 구리와 소량의 주석, 그리고 극소량의 납이 필요합니다. 각각 8할 3푼과 1할 5푼, 그리고 2푼의 비율로 혼합되었을 때 가장 맑은 소리를 내지요."

대사는 예작부의 실무자답게 종의 주조에 대해서 해박한 지식을 가지고 있었다. 그런데 무엇이 문제인가. 김양상은 계속하라는 듯 고개를 끄덕였다.

"좋은 소리를 얻으려면 양질의 재료가 필요합니다. 그래서 성덕대왕신종은 그 재료를 전량 당나라에서 들여오기로 했습니다."

처음 들어왔을 때는 잔뜩 경직되었던 대사는 안정을 찾자 제법 조리있게 얘기를 이어갔다.

"계속하거라."

"재료 중에서 특히 황동이 중요합니다. 소리의 질을 결정하니까요. 그래서 예작부에서는 최상질의 황동을 주문했는데 막상 들어온 물건은 아연 대신에 주석이 섞인 하질의 청동이었습니다. 쇠를 다룬 지 20여 성상이 흘렀습니다. 문건에는 황동이라고 기재되어 있지만 제 눈을 속일 수는 없습니다. 청동이 틀림없습니다."

"하면, 청동은 황동에 비해서 값이 싸다는 말이냐?"

김양상은 비로소 예작부 대사가 왜 자기를 찾아왔는지 파악했다. 관아를 막론하고 관헌들의 비리를 규찰하는 것은 정찰의 소임이다.

"그렇습니다. 예작부에서는 분명히 최상질의 황동에 해당하는 값을 지불했는데 정작 들어온 것은 하질이었습니다. 그것으로는 위에서 지시를 내린 대로 종을 주조할 수 없습니다."

김양상은 어이가 없었다. 그렇다면 당나라에서 황동을 들여오는 일을 맡은 자가 중도에서 대금을 가로챈 것인가.

"규찰에 나서려면 명확한 증좌가 있어야 한다. 증좌를 갖고 있느냐?"

김양상이 정색하고 물었다.

"먼저 들어왔던 황동 중에서 남아 있는 것이 어딘가에 있을 겁니다. 둘을 비교하면 어떻게 다른지 알 수 있습니다."

대사가 자신 있게 대답했다. 얼굴에 꼭 명종名鐘을 주조하겠다는 장인의 자부심이 가득했다.

"당나라에서 황동을 들여오는 일을 책임진 자가 누구인가?"

"신종 주조는 파진찬 김주원이 책임지고 있습니다. 황동을 들여오는 일도 그가 관장하는 걸로 알고 있습니다."

대사의 입에서 김주원이라는 이름이 나오자 김양상과 김경신 두 사람의 안색이 변했다. 성덕대왕 신종 주조는 경덕왕 필생의 사업이다. 그러니 신임하는 김주원에게 그 일을 맡긴 것은 당연한 일이다. 그런데 김주원이 부정을 저질렀다니.

"증좌를 확보하는 데 얼마나 걸릴 것 같으냐?"

내내 말이 없던 김경신이 흥분을 감추지 못하고 물었다. 사실이라면 엄청난 무기를 손에 넣게 되는 셈이다.

"쓰다 남은 황동이 여기저기에 흩어져 있을 텐데 찾아서 확인을 마치려면…. 한 닷새는 걸릴 것입니다."

"더 당길 수 없겠느냐? 아주 중요한 일이다!"

훼방을 놓는 대정과 김주원의 목에 칼을 겨눌 수 있는 절호의 기회다. 김경신은 흥분을 감추지 못했다.

"아니다. 서두를 필요 없다!"

김양상이 김경신을 제지했다.

"분명한 증좌가 필요하다. 서두르지 않아도 좋으니 남의 눈에 띄지 않게 은밀히 행동하라."

"알겠습니다. 그럼 명백한 증좌를 손에 넣는 대로 다시 찾아뵙겠습니다."

대사가 예를 표하고 물러갔다.

"김주원의 발목을 잡을 수 있는 절호의 기회입니다. 서둘러야 합니다."

김경신이 채근했다.

"일에는 순서가 있다."

김양상은 여전히 급할 게 없다는 태도였다.

"당연히 비리를 밝혀야겠지만 지금은 촌민들의 억울함을 풀어주는 것이 먼저다."

김양상은 김경신이 왜 저리 흥분하는지 잘 알고 있었다. 하지만 방금 말한 대로 일에는 순서가 있게 마련이다. 귀족들이 왕의 머리 꼭대기에 앉아 있는 판이다. 그렇다면 내물계든 무열계든 누가 왕이 되더라도 허수아비 신세를 면하지 못할 것이다. 황금의 나라는 강력한 왕권에 기반한 것이다. 따라서 김양상에게는 왕위를 다투는 무열계보다는 왕권을 위협하는 귀족들을 제거하는 것이 먼저였다. 그 점이 김경신과 달랐다.

'어쩔 수 없군!'

귀족들과의 일전을 각오하는 김양상을 보며 김경신은 저도 모르게 한숨을 내쉬었다. 검은 구름이 몰려오고 있었던 것이다.

5

그렇게 김양상이 귀족들과의 일전을 결의할 무렵에 시중 대정은 선도산 기슭의 저택에서 잔뜩 찌푸린 얼굴로 김주원과 머리를 맞대고 있었다. 무열계의 위기였다.

"어쩔 수 없었소. 지켜보는 눈들이 하나둘이 아니어서."

대정이 정찰 자리를 김양상에게 내준 것을 못내 아쉬워했다. 어쩌다 죽을 쒀서 개에게 주었단 말인가.

"김양상이 벌써부터 여기저기를 들쑤시고 다닌다고 합니다."

김주원이 볼멘소리로 말을 받았다.

"알고 있소. 하지만 뜻대로 되지 않을 것이오. 집사부와 이방부에는 협조하지 말라는 지시를 내렸소. 대부분 촌민들이 스스로 정전을 양도하는 형식을 취했을 테니 아무리 설치고 다녀봤자 헛수고에 불과할 것이오."

대정이 어디 해볼 테면 해보라는 투로 말했다. 화백회의가 왕 위에 있다고 하지만 그래도 실무부서는 여전히 무열계가 장악하고 있었다. 김양상 혼자 날뛰어봐야 아무것도 손에 넣지 못할 것이다.

"아니, 그냥 협조하는 게 좋겠습니다."

김주원이 다른 의견을 내놓았다.

"그게 무슨 소리요? 파진찬은 김양상이 생색은 제가 내고 원성은 우리 무열계에게 떠넘기려는 속셈인 걸 모르시오?"

대정이 펄쩍 뛰었다.

"물론 알고 있습니다."

김주원이 날카로운 눈매를 번뜩이며 대답했다.

"털면 먼지가 나게 마련입니다. 계속 들쑤시고 다니면 귀족들이 가만히 있지 않을 겁니다."

"하면 귀족들의 손을 빌려 김양상을 치자는 계책이로군. 그리 될 수 있다면야 더 바랄 게 없지만 일이 우리 마음처럼 되겠소? 김양상도 바보가 아닌 바에야 귀족들과 죽기로 싸우려 하지 않을 텐데. 귀족들의 신경을 잔뜩 건드려놓고 결정적인 순간에 슬쩍 비켜서면 촌민들의 신망은 그에게 향할 것이고 원성은 우리에게 쏠릴 텐데."

대정이 고개를 가로저었다.

"문제는 김양상이 적절한 선에서 멈추지 않을 것이란 사실이지요."

김주원이 눈을 번뜩이며 말을 이었다.

"김양상은 비리를 보면 그냥 넘어가지 않는 자입니다. 주위에서 만류해도 소용이 없을 겁니다."

김주원은 김양상에 대해서 잘 알고 있다고 자부했다. 그리고 그의 뒤에 김경신이 있다는 사실도 잘 알고 있었다. 비리를 확인하면 김양상은 김경신이 아무리 만류해도 절대로 멈춰 서지 않을 것이다.

"하면 적당히 돕는 척하면서 싸움을 붙이자는 말이로군."

대정이 비로소 김주원의 계책을 이해했다.

"그렇습니다."

3파전에서는 나머지 둘이 서로 물어뜯도록 만드는 쪽에 승산이 있다. 김주원은 김주원대로 어부지리의 계책을 염두에 두고 있었다.

"무슨 말인지 알겠소. 하면 집사부에게 그렇게 지시를 내리겠소."

대정이 흡족한 얼굴로 대답했다.

"나중을 대비해서 정찰의 지시로 어쩔 수 없이 끌려들어가게 되었음을 명백히 해야 합니다."

김주원이 주의를 주었다. 정찰을 김양상에게 내주면서 닭 쫓던 개 지붕 쳐다보는 꼴이 되었지만 이 기회에 내물계의 씨를 말리고 귀족들에게도 타격을 준다면 그야말로 전화위복轉禍爲福이 될 것이다. 김주원은 스스로의 계책에 만족해서 흡족한 웃음을 지었다.

6

예상대로 이방부 관헌들은 냉랭했다.

"정찰의 소임은 백관을 규찰하는 것으로 알고 있소. 그러니 옥에 갇힌 죄수들은 정찰의 소임과는 관련이 없소."

이방부 영이 고개를 가로저었다. 그의 말이 틀린 것은 아니지만 귀족들의 비리를 캐려면 죄수들을 조사하는 수밖에 없다. 이럴 때는 강하게 나가야 한다. 김양상은 눈을 부릅뜨고 호통쳤다.

"무슨 소리요! 옥리獄吏들이 맡은 일을 제대로 하는지를 살피는 것은 당연히 정찰의 소임이거늘! 당장 옥으로 안내하시오!"

김양상이 윽박지르자 이방부 영은 못마땅한 표정을 지으며 물러섰다. 죄수가 아니고 옥리들을 규찰하러 왔다는데 달리 할 말이 없었다. 그리고 시중으로부터 못 이기는 체 끌려가며 소극적으로 도우라는 지시를 받은 터였다.

"당장 앞서지 못하겠소!"

김양상이 거듭 압박하자 이방부 영은 어쩔 수 없다는 표정으로 김양상과 김경신을 옥으로 안내했다. 볕이 제대로 들지 않는 옥에 이르자 창백한 얼굴의 죄수들이 퀭한 눈으로 두 사람을 쳐다봤다. 옥에 갇힌 죄수들은 줄잡아 50명이었다. 저들 중에서 억울하게 땅을 빼앗긴 자를 찾아내서 증언을 확보해야 할 텐데 그게 생각만큼 쉽지 않을 것이다.

"대체 저자들은 왜 옥에 갇힌 것인가?"

"저자는 남의 곡물을 훔치다 잡혀왔고, 저자는 싸움하다 사람을 크게 다치게 만들었습니다."

두 사람의 뒤를 따르는 이방부 대사가 시큰둥한 얼굴로 대답했다. 옥을 지키던 형리들은 무슨 일인가 해서 대사와 두 사람을 번갈아 쳐다봤다.

"땅 문제로 잡혀온 자는 없는가?"

김양상이 죄수들을 살피며 물었다.

"땅과 관련된 일이라면 조부로 가셔야지요."

대사는 영악한 자였다.

"공출과 관련된 일이 아니고 정전 문제로 귀족들과 다투다 투옥된 자가 있는지를 묻는 것일세."

이번에는 김경신이 물었다.

"그런 자는 없습니다."

대사가 단호하게 부인했다.

"정전은 어디까지나 나라 땅입니다. 그러니 누가 나라의 땅을 빼앗는단 말입니까."

대사는 쉽게 빈틈을 보이지 않았다. 그의 말대로 원칙적으로 모든 땅은 나라의 소유다. 김양상과 김경신은 난감했다. 형옥을 관장하는 대사가 그런 자는 없다고 하는데 일일이 찾아다니며 물어볼 수도 없었다.

"오늘은 여기까지 하고 그만 가시지요."

김경신이 김양상에게 돌아갈 것을 권유했다. 벽에 막혔을 때는 한발 물러서는 것도 방법이다. 무리해서 밀어붙이다가는 일이 더 꼬이는 수가 있다. 김양상은 김경신의 말대로 오늘은 현장을 파악하는 것으로 만족하기로 하고 걸음을 돌렸다.

"자꾸 밀어붙이면 귀족들이 가만히 있지 않을 겁니다."

김경신이 경계의 빛을 띠었다. 철저하게 거리를 두고 있는 대사가 마음에 걸렸던 것이다.

"포기하기는 아직 이르다. 비리가 만연해 있는데 어찌 증좌를 찾지 못하겠느냐."

김양상은 속단하지 않기로 했다. 첫걸음이 어렵지 실마리만 풀리면 일은 일사천리로 진행될 것이다.

"어쨌거나 어떤 경우에도 집사부나 이방부를 끼고 움직여야 합니다."

김경신은 다시 한 번 주의를 주었다. 적절한 시점에서 치고 빠져야 할 텐데 과연 김양상이 따라줄까. 김경신은 걱정이 되었다.

"이보십시오!"

걸음을 재촉하고 있는데 뒤에서 누가 부르는 소리가 들렸다. 고개를 돌리니 웬 촌민이 초췌한 표정으로 달려오고 있었다.

"무슨 일인가?"

김양상이 촌민을 살피며 물었다. 면식이 없는 자였다.

"드릴 말씀이 있습니다. 어디 조용한 곳에서…."

제법 나이가 지긋한 촌민은 무엇이 두려운지 연신 사방을 살폈다. 김양상은 고개를 끄덕이고는 그의 뒤를 따랐다.

"소인은 서라벌 북쪽 고소리 마을에 사는 비달이라고 합니다. 정찰께 긴히 고할 일이 있어 이렇게 따라왔습니다."

사람들이 통행이 없는 곳에 이르자 촌민은 자신이 누구며 왜 김양상을 찾았는지를 밝혔다.

"그래 내게 긴히 고할 일이 무엇이냐?"

"억울하게 땅을 빼앗긴 사람들을 찾고 계신다고 들었습니다."

촌민은 김양상과 김경신을 번갈아 쳐다보며 입을 열었다.

"그렇다."

"제 아우가 소를 훔쳤다는 누명을 쓰고 지금 이방부 옥에 갇혀 있습니다."

"누명을 썼다는 말은 소를 훔치지 않았다는 뜻이냐?"

김양상은 귀가 번쩍 띄었다. 하면 귀족의 강박을 거부하다 억울하게 누명을 썼단 말인가.

"물론입니다. 제 아우는 땅을 넘기라는 파진찬 장엄의 제안을 거절한 죄밖에 없습니다."

촌민이 억울함을 하소연했다. 김양상은 김경신에게 고개를 돌렸다. 잘하면 정전 강탈의 증좌를 잡을 수 있을 것 같았다.

"구체적으로 말해 보거라."

김경신이 처음으로 입을 열었다.

"말씀 드린 그대로입니다. 파진찬 장엄은 소인의 아우가 정전을 순순히 넘기지 않자 소도둑으로 몰아서 이방부에 가둔 것입니다."

촌민은 거듭 억울함을 호소했다.

"하면 그와 관련한 증좌를 가지고 있느냐?"

"증좌라면…. 아무튼 소인의 아우는 절대로 소를 훔치지 않았습니다."

김양상이 캐묻자 촌민이 허둥댔다. 그 모습을 보며 김양상과 김경신은 적이 실망스러웠다. 촌민은 억울하다고 하지만 교활한 귀족은 틀림없이 그럴 듯한 죄명을 뒤집어 씌웠을 것이다. 지금 김양상에게 필요한 것은 꼼짝 못하게 얽어맬 수 있는 명확한 증좌다.

"해서 어쩔 셈이냐?"

"어떻게 하겠습니까? 사람부터 살리고 봐야 하지 않겠습니까. 아우를 만나 땅을 넘기자고 하려던 차에 두 분을 뵙고서 이렇게 달려온 것입니다."

김양상은 착잡한 심정으로 촌민을 쳐다보았다. 촌민은 김양상에게 큰 기대를 거는 듯했지만 물증 없이 파진찬 장엄을 소환하기는 힘들다. 무슨 말을 해주어야 하나. 간절한 표정으로 쳐다보는 촌민을 보며 김양상은 비로소 자신이 얼마나 단단한 벽과 마주하고 있는지를 절감했다.

"땅을 넘기는 일은 잠시 미루거라."

잠시 생각하더니 김양상이 입을 열었다.

"하면…."

"곧 무슨 조치가 내려질 것이다. 그때까지 참고 기다리거라. 그리고 필요하면 부를 테니 그때 당시의 정황을 상세히 진술하라."

"알겠습니다."

촌민이 꾸뻑 절을 하고 물러갔다.

"끝내 증좌를 찾지 못하면 저들이 어디서 재물이 생겨서 저렇듯 부귀영화를 누리는지를 밝혀서라도 비리를 반드시 적발하겠다."

김양상이 일말의 오기가 일었다.

"신중해야 합니다. 자칫 섶을 지고 불 속으로 뛰어드는 꼴이 될 수 있습니다."

김경신이 거듭 신중할 것을 일렀다. 위태롭게 외줄을 타는 상황이다. 한 발이라도 헛디뎠다가는 떨어질 판이다.

"장적 개정이 금년이 아니더냐?"

김양상이 물었다.

"그렇습니다."

촌 이름과 가구, 노비, 우마, 토지, 수목, 그리고 호구의 수가 기재되는 장적은 식년式年(3년)에 한 번씩 고치게 되어 있는데 금년이 그에 해당하는 해였다. 그래서 창부와 조부의 관헌들은 지금 눈코 뜰 새 없이 바쁜 나날을 보내고 있었다.

"녹읍제를 앞두고 지금 귀족들은 이것저것 챙기느라 정신이 없을 것이다."

"그렇군요."

김경신은 고개를 끄덕였다. 비로소 김양상이 무엇을 노리려는지 파악했다. 서두르다 보면 허점이 생기게 마련이다. 그러니 장적을 면밀히 살피면 강탈의 증좌를 확보할 수 있을지 모른다.

"그런데 장적을 조사하는 것은 정찰의 소임에서 벗어납니다. 조부와 창부가 적극적으로 나서주어야 할 텐데 우리 뜻대로 되겠습니까? 돕는 척하면서 사지로 몰아넣으려 할 것입니다."

김경신이 우려를 표했다. 창부와 조부 뒤에도 시중 대정이 도사리고 있다.

"나라의 기틀이 백척간두에 서 있다. 어찌 내물계며 무열계를 따진단 말이냐."

김양상은 당장이라도 달려갈 기세였다. 김경신은 가슴이 철렁 내려앉았다. 염려했던 일이 그예 현실로 나타난 것이다. 위태롭게 균형을 유지하던 김양상은 방금 만난 촌민 때문에 냉철한 판단력을 잃은 듯했다. 제 발로 함정 속으로 뛰어들 수는 없다. 김경신은 무슨 수를 써서라도 말릴 작정이었다.

"요즘 시중에 이상한 소문이 떠돌고 있습니다."

김경신은 화제를 바꾸었다. 일단 김양상을 진정시킬 필요가 있었다.

"무슨 말이냐? 이상한 소문이라니?"

김양상이 뜨악한 표정을 지었다.

"황금보검에 관한 소문입니다."

황금보검이라는 말에 김양상이 정색했다.

"황금보검이 왜?"

깊숙한 곳에 보관하고 있는 가보가 어찌 사람들의 입에 오르내린단 말인가.

"아마도 대식국 상인의 입을 통해 이야기가 퍼진 것 같습니다."

김경신은 그렇게 추리하고 있었다.

"그래 무슨 소문이 떠도느냐?"

김양상이 재촉을 했다.

"황금보검은 오래전에 먼 서쪽에서 보내온 보물이라는 말이 서라벌 저잣거리에서 떠돌고 있습니다."

그렇다면 김경신의 추측대로 대식국 상인의 입을 통해서 퍼져나간 소문일 것이다.

"그런데 이런 소문도 떠돕니다."

김경신이 목소리를 죽였다. 얼굴에 경계의 빛이 가득했다.

"황금보검은 서라벌의 정통 왕위를 상징하는 증표라는 소문입니다."

"그게 무슨 말이냐? 어떻게 해서 그런 소문이…?"

김양상은 깜짝 놀랐다. 그것은 자칫 반역으로 몰릴 수도 있는 심각한 사안이었다.

"어쩌면 누가 의도적으로 퍼뜨렸을 수도 있습니다."

김경신이 잔뜩 긴장한 얼굴로 대답했다.

"대체 누가…."

"은밀히 알아보고 있는 중입니다. 상황이 심상치 않게 돌아가고 있습니다. 그러니 매사에 조심해야 합니다."

김경신은 그 말을 남기고 자리에서 일어났다. 빨리 진상을 파악해서 대비책을 마련해야 할 것이다.

김양상은 눈을 감고 상념에 잠겼다. 김경신의 말대로 상황이 심상치 않게 돌아간다. 누굴까. 누가 그런 소문을 퍼뜨렸을까. 대식국 상인은 아닐 것이다. 그자는 단순한 사실만을 밝혔을 것이다. 그렇다면 나를 파멸시키려는 자의 소행일 텐데 김주원일까. 귀족들의 소행이라면 김지정이 관련됐을 것이다.

아무튼 정찰의 소임에 몰두한 사이에 수면 아래서 엄청난 모략이 추진된 것이다. 김양상은 비로소 피비린내 풍기는 권력다툼의 한복판에서 있다는 사실을 실감했다.

돌발상황이 발생했지만 김경신이 진상을 알아보겠다고 했으니 일단은 결과를 지켜봐야 할 것이다. 황금보검은 정말로 정통 왕위를 상징하는 보물이 아닐까. 느닷없이 그런 생각도 들었다. 소문이야 모략에 불과하지만 어쨌거나 이역의 통치자가 황금의 나라를 다스리는 왕에게 보낸 귀한 물건임에는 틀림이 없다.

드높은 기상으로 넓은 세상과 소통했던 시절의 영광을 간직한 황금보검. 김양상은 문득 황금보검의 비밀을 밝히는 것이 찬란했던 시절을 재현하는 길이라는 생각이 들었다.

7

김사인의 가을 저택에 다시 서라벌 귀족들이 모여들었다. 그들은 재물에 찬탄하던 지난번과는 달리 모두들 잔뜩 흥분해 있었다.

"김양상이 이번에는 이방부를 들쑤시고 다닌다고 합니다."

김사인으로부터 과히 멀지 않은 곳에 자리를 한 귀족이 흥분을 감추지 못했다. 김양상이 조부와 창부에 이어 이방부까지 조사하고 나서자 귀족들이 당황하기 시작한 것이다.

"우리의 목에 비수를 들이댔습니다. 그냥 두고 볼 수 없습니다."

"그렇습니다. 장적 개정을 마무리 짓기 전에 후환을 잘라버려야 합니다."

귀족들이 흥분해서 날뛰었다.

"조용히 하시오!"

김사인이 정숙할 것을 이른 후에 김지정에게 시선을 돌렸다.

"그리 소란을 피울 일이 아닙니다."

김지정이 나섰다. 그리고 차분한 어조로 말을 이었다.

“김양상이 설치고 다니지만 머지않아 세상 무서운 것을 알게 될 겁니다.”

“그자가 우리 목에 칼을 들이댔는데 어찌 그리 한가한 말을 하는가!”

뒷줄의 귀족이 짜증을 냈다.

“대아찬은 일전에 집사부에서 협조하지 않을 것이라 했는데 지금 목전에서 벌어지는 일은 대아찬의 예측과 다르지 않는가!”

“그렇소. 털어서 먼지 나지 않는 자 없다고 물고 늘어지면 입장이 난처해질 수도 있소.”

비리가 심한 귀족일수록 열을 올렸다.

“예측이 빗나간 점, 송구합니다. 하지만 김양상은 곧 제거될 것입니다.”

김지정은 입맛이 썼다. 대정과 김주원에게 뒤통수를 맞은 것이다. 어떻게 되돌려줄까 절치부심하던 차에 김양상이 황금보검을 가지고 있다는 말을 들었다. 귀가 번쩍 뜨인 김지정은 쾌재를 부르며 소문을 퍼뜨렸다. 황금보검 소문은 지금쯤 김주원의 귀에도 들어갔을 텐데 황금보검의 주인이 진짜 왕이라는 소문은 무열계를 자극하기에 충분할 것이다.

“뭘 믿고 기다리란 말인가! 대책이 있거든 이 자리에서 밝히게!”

나이 지긋한 귀족이 짜증을 냈다. 김지정이 상대등을 믿고 너무 설치는 게 못마땅했던 것이다. 김사인은 입을 굳게 다문 채 대화에 끼어들지 않고 있었다.

“김양상은 엄청난 일을 도모하고 있습니다. 파멸을 자초하는 셈이지요."

김지정이 좌중을 둘러보며 입을 열었다.

"파멸을 자초하다니? 그게 무슨 소리인가?"

귀족들의 시선이 일제히 김지정에게 집중되었다.

"반역이지요."

반역이라…. 방 안에 정적이 흘렀다.

"대체 무슨 근거로…."

"김양상은 황금보검을 가지고 있는데 그 황금보검이 신라의 정통 왕위를 상징하는 보물이라고 떠들고 다니고 있습니다."

김지정은 자신의 모략을 마치 사실인 것처럼 밝혔다. 아무도 입을 여는 사람이 없었다. 그렇다면 반역으로 몰려도 할 말이 없을 것이다.

"규찰은 이제 물 건너갔군."

누가 뒷줄에서 중얼거렸다. 귀족들의 얼굴이 차례로 펴졌다.

"하면, 화백회의를 열어야 하지 않겠습니까?"

뒷줄에서 누가 조심스럽게 입을 열었다. 시선이 일제히 김사인에게 집중되었다. 반역을 다스리는 것은 화백회의 소관이다.

"아니, 서두를 필요가 없습니다."

김지정이 다시 나섰다.

"이유는…?"

김사인이 오랜만에 입을 열었다.

"우리가 가만히 있어도 집사부에서 난리를 칠 것입니다. 물론 내물계의 반격도 만만치 않을 것이고."

둘이서 힘이 다 빠질 때까지 물고 늘어지도록 내버려둔 연후에 차례로 치는 것이 상책일 것이다. 김사인은 고개를 끄덕이며 김지정의 계책에 동의를 표했다.

8

그렇게 김사인과 김지정이 모략을 추진할 때 시중 대정은 잔뜩 상을 찌푸린 채 방을 서성이고 있었다. 신경을 곤두세우게 하는 일이 터진 것이다.

"늦었습니다."

김주원이 들어섰다. 대정이 급히 호출한 것이다.

"김양상이 조부며 창부, 그리고 이방부를 들쑤시고 다니는 통에 귀족들이 크게 당황하고 있습니다. 슬쩍 발을 뺄 때가 된 것 같습니다. 김양상은 전혀 멈출 기색이 없으니까요."

김주원이 득의만만한 표정으로 보고했다.

"그 일 때문에 부른 게 아니오. 파진찬은 지금 저잣거리에 떠도는 소문을 못 들었소?"

대정이 잔뜩 굳은 표정으로 말했다.

"소문이라니? 무슨 소문 말입니까?"

"황금보검에 관한 소문 말이오."

"황금보검이라니…. 그것이 무엇입니까?"

아직 소문을 듣지 못한 김주원은 무슨 소리인가 하는 표정으로 대정을 쳐다봤다.

"내물계에 가보로 전해 내려오는 황금보검인데 김양상이 가지고 있다고 하오."

"그렇습니까? 처음 듣는 말이로군요. 대체 어떻게 생긴 보검입니까?"

김주원이 경계의 빛을 띠었다. 왠지 불길한 예감이 스치고 지나갔다.

"커다란 보석이 박혀 있고 화려한 금으로 꾸민 단검인데 가장자리에는 신비로운 무늬가 새겨져 있다고 들었소."

대정이 소문을 김주원에게 전했다.

"예사롭지 않은 칼 같군요. 그런데 보검이 어떻게 내물계의 가보가 되었습니까?"

"그건 알 수 없지만 떠도는 소문에 의하면 황금보검은 신라의 왕을 상징하는 보물이라고 하오."

김주원의 얼굴이 창백해졌다. 비로소 사안의 심각함을 깨달은 것이다. 무열계는 내물계에 비해서 정통성에서 뒤진다. 대가 끊길 경우 왕위가 다시 내물계로 돌아갈 수도 있다. 더구나 정찰을 빼앗긴 마당이다.

"소문이란 본시 크게 믿을 게 못 됩니다!"

유력한 차기 왕 후보인 김주원이 강하게 반발했다.

"물론 소문은 쉽게 믿을 게 못 되지요. 그래서 태학감 박사에게 은밀히 알아본바, 황금보검이 왕실의 보물로 전해지다가 왕위가 무열계로 넘어올 무렵에 자취를 감추었다고 했소."

대정의 목소리가 떨렸다. 어쩌면 김양상을 제거하려 귀족들이 거짓 소문을 퍼뜨렸을 것으로 추정했는데 확인해본바, 일부가 사실로 밝혀진 것이다.

"그렇다고 해도 김양상이 보관하는 황금보검이 왕위를 상징하는 보물이라는 증거는 없지 않습니까?"

김주원이 강하게 항의했다.

"그야 그렇지요. 박사도 기록이 남아 있지 않아 상세한 것은 모른다고 했소. 추측건대 먼 곳에서 신라 왕에게 보낸 보물 같다고 했소."

대정이 박사로부터 들은 바를 전했다.

"말 그대로 추측일 뿐입니다. 어쩌면 김양상이 퍼뜨린 것일지도 모르지요. 아무런 증좌가 없지 않습니까?"

김주원이 얼굴이 벌게져서 소리를 질렀다. 그렇지 않아도 지금 김양상은 촌민들로부터 신망을 얻고 있는 판이다. 정통성마저 넘어간다면 회복하기 힘들 것이다.

"그렇소. 박사도 구체적인 내력은 그 이상 알 길이 없다고 했소. 그래서 말인데…."

대정이 돌연 정색을 했다.

"무슨 말입니까?"

김주원도 따라서 긴장을 했다.

"김양상을 반역으로 몰면 어떻겠소? 엄연히 왕이 군림하고 있는 판에 정통성 운운하는 것은 반역에 해당하는 행위요."

대정의 눈에서 빛이 일었다.

"나도 그 생각을 안 해본 것이 아닙니다. 그렇지만 반역은 중죄여서 명확한 증좌가 없으면 징치하기 어렵습니다. 화백회의에서 동의하지 않을 겁니다."

김주원이 고개를 가로저었다.

"하지만 소문이 김양상의 입에서 나왔다면 상황이 달라질 것이오. 황금보검을 실제로 목도한 자가 있는 모양인데 그자를 찾아서 정통 왕위 운운하는 말이 김양상의 입에서 나왔다는 자백을 받아내면 될 것이오."

대정이 계책을 내놓았다.

"그러면 되겠군요. 지금 귀족들은 도끼눈으로 김양상을 지켜보고 있습니다. 화백회의에서도 반대하지 않을 겁니다."

김주원이 고개를 끄덕였다.

"김양상 쪽에서 대책을 마련하기 전에 마무리 지으려면 서두르는 게 좋겠습니다."

"사람을 찾는 일이라면 그리 염려할 필요가 없소."

집사부를 장악하고 있는 대정이다. 그런 일이라면 자신이 있었다.

대책이 마련되자 김주원은 냉정을 되찾았다. 그러면서 곰곰이 전후를 고려해보았다. 아마도 김지정이 꾸며낸 일 같았다. 무열계의 손을 빌려 김양상을 치자는 속셈일 것이다. 기실 서라벌 귀족들은 차기 왕위를 노리는 김주원에게는 김양상 못지않은 장애물이었다.

'그렇게 호락호락 당하지 않을 것이다.'

김주원은 김지정의 이간책을 역이용해서 김양상으로 하여금 실컷 귀족들을 물어뜯게 내버려둘 심산이었다. 연후에 사냥개를 잡아도 늦지 않으리라.

9

"지적하신 장적들을 전부 마련해 놓았습니다."

마중 나온 집사부 대사가 공손한 태도로 채비를 마쳤음을 보고했다.

"뜻밖이군요. 집사부에서 우리 마중을 다 나오다니."

김경신은 집사부에서 갑자기 태도를 바꾸자 경계의 빛을 띠었다. 하룻밤 사이에 태도를 달리해서 적극적으로 협조하겠다고 나선 것이다. 뜻밖이기는 김양상도 마찬가지였다.

"잘 된 일 아닌가. 장적을 빠뜨리지 않고 살피면 틀림없이 비리를 찾아낼 수 있을 것이다."

김경신은 의심의 눈초리를 거두지 않았지만 김양상은 복잡하게 생각하지 않기로 했다. 무슨 연유로 저들이 태도를 바꿨는지 모르겠지만 정찰의 소임을 충실히 수행하는 것이 우선이다. 장적에 기재된 소유자와 실제로 경작하는 사람이 같은지 여부를 살피면 얼마나 많은 땅이 언제, 누구에서 누구에게로 넘어갔는지를 파악할 수 있을 것이다.

"집사부로 가자."

김양상은 보무당당하게 집사부로 향했고 김경신은 잔뜩 긴장해서 뒤를 따랐다. 황금보검의 소문은 이제 대정과 김주원의 귀에도 들어갔을 것이다. 그래서 이방부 관헌들이 들이닥칠지 모른다고 각오하던 차였다. 그런데 왜…. 뭔가 음모가 도사리고 있는 게 틀림없었다.

집사부에 이르자 뜻밖에 김주원이 관헌들을 대동하고서 두 사람을 기다리고 있었다. 경연 이후로 마주친 일이 없었는데 김주원은 별다른 감정을 드러내지 않고 김양상을 맞았다.

"조부로 가서 장적을 살펴야겠소."

"좋으실 대로 하시오."

김주원은 두말 않고 집사부 관헌들을 직접 인솔하고 김양상의 뒤를 따랐다.

"서라벌 인근의 정전이 지난 3년 동안에 어떻게 줄고 늘었는지를 상세히 살피거라!"

김양상은 장적부터 살피기로 했고 집사부 관헌들은 순순히 김양상의 지시를 따랐다. 조부에서 군말 없이 장적을 내놓은 것도 물론이다.

"김주원이 직접 나올 줄 몰랐습니다."

김경신이 김양상에게 다가왔다. 사실 김양상도 속으로 놀랐다. 기껏해야 경卿이나 대사가 나올 줄 알았는데 김주원이 직접 나설 줄이야. 아무튼 김주원이 직접 나서는 바람에 일이 일사천리로 진행되었다.

"아무래도 무슨 꿍꿍이속이 있을 겁니다. 그러나 절대 김주원을 놓치면 안 됩니다. 행여 저들이 발을 뺄 기미를 보이거든 즉각 따라서 조사를 멈추어야 합니다."

김경신은 멀찍이 떨어져서 먼 하늘을 올려다보고 있는 김주원을 살피며 거듭 김양상에게 주의를 주었다.

"그리 하겠다."

김양상도 불길한 기운을 감지했는지 순순히 김경신의 조언을 따랐다. 조사는 오래 걸리지 않았다. 이전 장적과 새로 작성된 장적을 대조해보니 서라벌 인근의 정전이 3년 사이에 어떻게 바뀌었는지 한눈에 드러났다.

이럴 수가…. 김양상의 표정이 굳어졌다. 머지않아 서라벌 인근의 땅은 전부 귀족들의 땅이 될 판이었다.

"짐작했던 것보다 훨씬 심각하군요. 이러다가는 촌민들의 정전이 모조리 귀족들의 소유가 되겠습니다."

김경신도 놀라움을 금치 못했다. 김양상은 분노가 치밀었다. 환부는 이미 골수에까지 퍼져 있었다. 무능한 왕과 부패한 귀족들…. 통째로 갈아엎기 전에는 개혁이 불가능할 것 같았다.

실태가 파악되었으니 이제 본격적으로 개혁의 칼을 휘두를 차례다. 하지만 환부가 깊은 만큼 치밀한 계획을 세워야 할 것이다. 김양상과 김경신은 무거운 발걸음을 옮겼다.

비분강개한 얼굴로 조부를 나서는 김양상을 보며 김주원은 회심의 미소를 지었다. 일이 순조롭게 풀리고 있었다. 대정으로부터 대식국 상인을 찾았다는 연통을 받았다. 칼자루를 손에 쥐었으니 이제 김양상이 사납게 귀족들을 물어뜯는 것을 지켜보면 될 것이다.

10

방 안에 무거운 기운이 감돌았다. 막상 일을 시작하려 하니 어디부터 손을 대야 할지 막막할 따름이었다.

"집사부에서 발 벗고 나섰다는 사실을 알면 입을 굳게 다물고 있는 촌민들도 생각을 바꿀 것이다."

김양상은 이방부를 뒤지는 것부터 시작하기로 했다.

"비리의 뿌리가 예상보다 훨씬 깊습니다. 설사 증인을 확보했다고 해도 서라벌 귀족들을 전부 소환할 수는 없지 않습니까."

김경신은 여전히 경계를 거두지 않았다. 낮의 일이 석연치 않았던 것이다. 마음에 걸리는 일이 하나 더 있었다. 아무리 수소문을 해도 대식국 상인을 찾을 수 없었다. 무열계에서 먼저 찾아내서 회유한다면 꼼짝없이 걸려들 판이다.

"뭔가 이상합니다. 이쯤에서 발을 빼고 사태를 관망하는 게 좋겠습니다."

김경신은 황금보검 문제를 처리하는 게 우선이라고 판단했다.

"그럴 수는 없다. 의심이 드는 부분을 찾아냈다. 조금 더 조사하면 명백한 증좌를 손에 넣게 될 것이다."

김양상은 밀어붙이는 것으로 상황을 타개할 작정이었다.

"대체 뭘 가지고 그러십니까."

김경신은 여전히 말리고 싶은 심정이었다.

"나정蘿井 일대의 정전들이 전부 부근의 한 농장에 합쳐진 것을 확인했다."

"하면 그 토지의 주인을 소환할 겁니까?"

나정 일대는 서라벌 인근에서 최고의 옥토다. 그 일대 토지를 모조리 병탄했다면 예사 인물이 아닐 것이다. 김경신은 덜컥 겁이 났다.

"물론이다. 그렇게 무리했으니 틀림없이 강탈했다는 증좌가 남아 있을 것이다."

김양상은 자신이 있었다. 무리한 흔적이 엿보였다. 자신만만해 하는 김양상을 보며 김경신은 만류할 생각을 잠시 접기로 했다. 비리가 명백한 귀족 한 사람을 찍어서 집사부로 넘기고 발을 빼는 것도 나쁘지 않을 것이다. 그렇게 되면 김양상은 정찰의 소임을 충실히 수행한 것이 되고 귀족들의 공격은 무열계로 집중될 것이다.

"그럼 그 토지의 주인이 누구인지 알아봐야겠군요."

"이미 알아놨다."

"그렇습니까? 누굽니까?"

아마도 아까 조부에서 잠시 자리를 비운 사이에 대사를 다그쳤던 모양이었다.

"상대등 김사인이다."

김양상의 입에서 김사인이라는 이름이 나오는 순간 김경신은 까무러칠 뻔했다. 서라벌 귀족을 대표하는 상대등 김사인은 지금 왕에 버금가는, 어떻게 보면 왕을 능가하는 막강한 권력을 지닌 사람이다. 그런 그를 건드리려 한단 말인가.

"상대등을 적으로 돌리는 것은 너무 위험합니다."

김경신은 사색이 되어 김양상에게 매달렸다. 그렇게 되면 돌아올 수 없는 선을 넘게 된다.

"나도 김사인이 얼마나 막강한 권한을 지녔는지를 잘 안다. 하지만 그렇다고 해서 비리가 명확한 마당에 그냥 넘어갈 수는 없지 않느냐."

김양상은 한 치의 흔들림도 없었다.

"황금보검 말입니다."

김양상은 화제를 바꾸기로 했다. 그렇게 해서라도 김양상을 말리고 싶었다.

"그렇지 않아도 이 일을 마치는 대로 황금보검과 관련된 일을 밝히려 한다."

김양상이 즉각 반응을 보였다. 사안의 중요성을 그도 잘 알고 있었다. 소문은 김양상을 함정에 빠뜨리기 위해 누군가가, 아마도 김지정이 고의로 퍼뜨렸으리라. 그러니 소문이 사실이 아님을 빨리 밝혀내야 한다.

"일이 어렵게 돌아가고 있습니다."

김경신이 정색했다.

"대식국 상인을 여태 찾지 못했습니다. 행여 누가 의도적으로 숨겼다면 해명할 방도가 마땅치 않습니다."

소문은 지금의 왕을 부정하는 뜻으로 비칠 수도 있다. 그것은 엄연한 역모였다.

"네가 뭘 우려하는지 잘 알고 있다. 하지만 지금은 억울하게 정전을 빼앗긴 촌민들에게 땅으로 되찾아주는 것이 먼저다. 연후에 황금보검에 관련된 소문을 해명토록 하겠다."

김경신은 헛소문임을 밝혀서 모함에서 벗어나려 하지만 김양상은 소문이 사실임을 밝히는 쪽에 관심을 기울이고 있었다. 역모는 헛소문일 때 해당하는 것이지 황금보검이 진정 신라의 왕을 상징하는 보물이라면 소지하고 있다는 사실 자체로 벌할 수는 없을 것이다.

황금보검은 정말로 신라의 왕을 상징하는 보물이 아닐까. 그런 생각이 들 때마다 김양상은 황금보검의 비밀을 밝히고 싶은 충동에 사로잡혔다.

11

긴 밤이 지나고 날이 밝기가 무섭게 김양상은 점을 찍어놓았던 촌민에게 달려갔다.

"당신이 경작하던 정전은 기름진 옥토인데 왜 상대등에게 땅을 넘겼는가?"

김양상이 다그치자 촌민은 잔뜩 겁에 질린 얼굴로 허둥댔다.

"이 몸이 늙어 논일을 하는 게 힘이 부쳐서 소 4마리를 받고 넘긴 것입니다."

촌민은 김양상의 눈길을 피하며 간신히 대답했다.

"하면 지금 소 4마리를 가지고 있는가?"

"그게…."

김양상이 거듭 추궁하자 촌민은 어쩔 줄을 몰라 했다.

"강제로 땅을 빼앗긴 촌민들이 있는지 조사하는 중이다. 증좌만 확실하면 땅을 되찾을 수 있을 것이니 솔직하게 고하거라."

"소인은 그저 힘이 부쳐서 땅을 넘기고 소를 받은 것뿐입니다."

촌민은 거듭 부인했다. 후환이 두려운 모양이었다.

"그렇다면 소를 어떻게 처분했느냐?"

김양상은 틈을 주지 않고 몰아붙였다.

"그것이…. 실은 나중에 받기로 한 것입니다."

촌민은 허둥대며 변명을 이어갔다. 속으로는 죽을 맛이었다.

"오늘은 여기까지 하는 게 좋겠습니다."

김경신이 끼어들었다. 그 이상 따지고 들려면 김사인과 대질심문을 해야 할 판이다. 그것은 무슨 일이 있어도 피해야 한다. 더구나 서두르느라 집사부 관헌도 데리고 오지 못했다.

"알겠다. 나중에 다시 부를 것이니 그때 당시의 정황을 소상히 고하도록 하라."

무조건 밀어붙이는 것만이 능사는 아니다. 김양상도 들고날 때를 잘 구분하고 있었다.

"이제 어떻게 하실 겁니까?"

"촌민들이 잔뜩 겁을 집어먹고 있다. 아무래도 다른 방법을 찾아봐야 하겠다."

"하지만 어떤 경우에도 집사부 없이 혼자서 조사에 나서는 일을 해서는 안 됩니다."

김경신은 무슨 일이 있어도 그것만은 막을 생각이었다.

"잘 알겠다."

김양상도 거부하지 않았다.

그럼 이제 어디서 일을 풀어나갈 것인가. 김양상은 굳은 얼굴로 하늘을 올려다보았다. 김양상과 김주원, 그리고 김지정이 서로의 등에 칼을 꽂을 기회를 엿보는 가운데 비를 잔뜩 머금은 먹구름이 늦가을의 서라벌 하늘을 향해 밀려오고 있었다.

12

보고를 받은 김사인은 노발대발했다. 감히 내 땅을 건드렸는가.

"대아찬이 들었습니다."

하인이 김지정이 도착했음을 고했다. 김사인이 급히 부른 것이다.

"얘기를 들었느냐?"

김지정이 자리에 앉기 바쁘게 김사인이 다그쳤다.

"김양상이 나정의 땅을 뒤지고 다니는 것 말씀입니까?"

김지정은 이미 알고 있었다.

"그렇다. 그런데 집사부에서도 적극적으로 조사에 참여하고 있다고 한다. 어떻게 된 것이냐?"

김사인이 매서운 눈매로 김지정을 노려보았다.

"김주원을 너무 가볍게 본 것 같습니다."

김지정은 사죄를 했다.

“그렇지만 김양상은 계획대로 역모로 몰릴 것입니다. 잠시 차질을 빚었지만 결국 우리 뜻대로 될 것입니다.”

김지정은 입맛이 썼다. 도리어 강공을 펼치는 김양상과 그런 김양상을 이용해서 귀족들에게 흠을 내려는 김주원. 상대를 너무 쉽게 생각했던 것이다.

“그런데….”

김사인이 눈을 가늘게 떴다.

“소문이 사실일지 모른다는 생각은 안 해봤느냐?”

김지정은 뜨끔했다. 사실 김지정도 그 문제로 혼란을 겪고 있었다. 분명 소문은 김양상을 함정에 빠뜨릴 목적으로 자신이 퍼뜨린 것이다. 그런데 일이 묘한 방향으로 흐르고 있었다. 서라벌의 저자를 오가는 사람들이 소문을 진실로 믿기 시작한 것이다.

황금보검이 정말로 신라의 왕을 상징하는 보물이라면, 그리고 김양상이 가지고 있는 황금보검이 전설의 대왕의 보검이 맞다면 김지정은 엄청난 실수를 저지른 것이다. 자칫 왕위가 더 멀어질 수도 있다. 그렇다면 빨리 수습할 필요가 있다.

“화백회의를 소집하십시오!”

김지정은 뒤통수를 친 무열계에게 앙갚음을 하기로 했다.

“해서?”

김사인은 여전히 도끼눈을 하고 있었다.

“화백회의에서 역모를 직접 징치하겠다고 나서는 겁니다.”

김주원이 더 이상 시간을 끌지 못하도록 압박하는 게 좋을 것이다.

역모라면 화백회의에서 직접 주관할 수 있다. 김양상을 친 후에 역모를 제대로 다스리지 못했음을 이유로 집사부를 몰아붙이면 될 것이다.

"화백회의를 소집하겠다."

김사인이 즉각 동의를 표했다. 김지정의 계략을 단번에 간파한 것이다.

13

아무리 궁리를 해도 뾰족한 수가 떠오르지 않았다. 어떻게 하면 상대등 김사인의 비리를 만천하에 밝힐 수 있을까. 나정 일대 촌민들의 옥토를 강탈한 게 분명한데 당사자들은 약속이라도 한 듯 일제히 적절한 보상을 받고 김사인에게 양도했다고 말했다. 이렇게 되면 정찰이 아무리 애를 써도 성과를 거둘 수 없다. 도저히 방도가 없는 것일까. 김사인을 찾아가서 담판을 지을까. 아니면 장적 관리를 제대로 하지 못했음을 이유로 조부 관헌들을 닦달하면 무슨 수가 생기지 않을까. 김양상은 고개를 가로저었다. 어느 쪽도 신통한 계책이 되지 못할 것이다.

김경신은 김경신대로 고심에 잠겨 있었다. 폭풍 전의 고요가 이런 것일까. 귀족들과 무열계 모두 약속이나 한 듯 너무 조용했다.

"빨리 손을 쓰지 않으면 모략에 빠지게 될 겁니다."

김경신이 김양상에게 적극 해명에 나설 것을 채근했다. 가타부타 아무 말이 없으면 무언의 긍정으로 비쳐질 것이다.

"내 입으로 부정한다고 크게 달라지는 게 없을 것이다. 기회가 닿는 대로 적극적으로 황금보검의 비밀을 밝힐 요량이다. 하지만 지금은 때가 아니다."

김양상은 일에는 선후가 있음을 밝혔다.

"지금 급한 일은 모략에 걸려들지 않는 것입니다."

김경신은 애가 탔다.

"예감이 불길합니다. 집사부에서 들이닥치기 전에 대책을 마련해야 합니다. 귀족들의 움직임도 심상치 않습니다."

김경신은 거듭 김양상을 재촉하고 나섰다.

"대식국 상인을 서둘러 찾아보도록 하거라."

김양상이 생각을 바꾸었다. 김경신이 저리도 안절부절못하는 판에 자기주장만 내세울 수는 없었다.

"알겠습니다. 도무지 행방이 묘연한데 사람을 풀어서 서라벌 구석구석을 다 뒤져서라도 꼭 찾아내겠습니다."

제발 집사부에서 먼저 손을 대지 말았어야 할 텐데…. 김경신은 불길한 생각을 떨쳐버리며 몸을 일으켰다.

"……!"

김경신이 방을 나서려는데 갑자기 집 밖에서 소란이 일었다. 두 사람은 반사적으로 문을 열고 나섰다. 그러자 어느 틈에 나타났는지 일단의 집사부 관헌들이 집을 에워싸고 있었다. 김경신은 가슴이 철렁 내려앉았다. 아무래도 한발 늦은 것 같았다.

"무슨 일이냐!"

"조사할 것이 있소. 집사부로 가셔야겠소."

집사부 영은 김양상의 호통에 아랑곳하지 않고 연행할 뜻을 비쳤다.

"백관을 규찰하는 정찰이다. 집사부도 규찰의 대상이거늘 어찌 정찰을 조사하겠다는 것이냐!"

김경신이 나서며 호통을 쳤다.

"역모로 고변이 되었소! 그러니 다른 말 말고 빨리 따라오시오!"

집사부 대사가 언성을 높이자 관헌들이 우르르 김양상에게 달려들었다.

"비키거라!"

김양상은 집사부 관헌들을 가로 막으려는 김경신을 제지하며 앞으로 나섰다. 여기서 그들과 승강이하느니 집사부에 출두해서 당당하게 사실을 밝히는 게 좋을 것이다.

"집을 뒤져라! 역모의 증좌가 있을 것이다!"

영이 집사부 관헌들에게 집을 뒤질 것을 명령했다.

"기다려라. 내가 가지고 가겠다."

김양상은 집사부 관헌들을 제지하고는 황금보검을 꺼내들고 나왔다.

"너무 염려할 것 없으니 속히 상인을 찾아보거라."

김양상은 사색이 된 김경신에게 그렇게 지시를 내리고 앞장서서 집사부로 향했다.

집사부에 이르자 시중 대정과 김주원이 김양상을 기다리고 있었다. 김양상은 잡아먹을 듯 노려보는 대정에게 큰 소리로 물었다.

"시중은 무슨 까닭으로 나를 역모로 모는 것이오!"

"닥쳐라! 역모를 획책한 마당에 어디서 큰 소리냐!"

대정이 눈을 부라렸다.

"대체 무슨 근거로 내가 역모를 꾸몄다고 하오!"

김양상도 지지 않고 목소리를 높였다. 김주원은 입을 굳게 다문 채 두 사람의 공방을 지켜보고 있었다.

"네가 지금 왕은 가짜 왕이며 자기가 진짜 왕이라는 소문을 퍼뜨린다고 하는데 그것이 역모가 아니고 무엇이겠느냐!"

"무슨 소리를 하는지 모르겠소!"

"너는 네가 가지고 있는 황금보검이 진짜 왕을 상징하는 증표라며 서라벌 사람들을 현혹하지 않았느냐!"

"황금보검은 가보로 전해 내려온 것이오. 그리고 보검의 내력에 대해서는 나도 궁금해하고 있소. 어쨌거나 나는 그런 소문을 퍼뜨린 적이 없소!"

버티다 보면 김경신이 대식국 상인을 찾아서 데리고 올 것이다. 김양상은 추호도 위축되지 않았다.

"닥쳐라! 네가 그런 소문을 퍼뜨렸다는 걸 밝혀줄 증인이 있다!"

대정이 호통을 치자 집사부 관헌이 잔뜩 겁에 질려 있는 대식국 상인을 끌고 왔다.

아뿔싸…. 규찰에 정신을 쏟고 있는 사이에 저들에게 선수를 빼앗긴 것이다. 대식국 상인은 사시나무 떨듯 와들와들 떨며 감히 김양상을 마주보지 못했다. 이제 와서 따진들 무슨 소용이 있겠는가. 대식국 상인은 저들로부터 엄청난 협박을 받았을 것이다.

"저자를 당장 하옥시켜라!"

대정의 명이 떨어지자 관헌들이 김양상에게 달려들어 황금보검을 빼앗고 김양상을 옥으로 끌고 갔다. 김양상은 항거할 의지조차 잃어버리고 말았다.

이제 어떻게 되는 걸까. 옥에 갇힌 김양상은 진작 김경신의 충고에 귀를 기울이지 않은 것이 후회되었다. 너무 앞만 보고 달렸던 것이다. 역모로 몰린 마당에 빠져나갈 길은 화백회의뿐인데 귀족들이 편을 들어줄 리 만무했다. 그럼 이제 신라는…. 황금보검의 비밀은…. 김양상의 입에서 장탄식이 새어나왔다.

그때 덜컹하며 옥문이 열리고 김주원이 옥으로 들어섰다. 김주원이 눈짓을 하자 따라온 옥리가 얼른 자리를 비켰다.

"날이 밝는 대로 네 역모를 밝힐 것이다."

김주원이 빙글빙글 웃으며 김양상에게 다가왔다.

"닥쳐라! 이런 식으로 내게 누명을 씌운다고 해서 일이 끝날 것 같으냐! 진실은 반드시 밝혀질 것이다!"

김양상이 김주원을 쏘아보며 호통을 쳤다.

"곧 목이 달아날 자가 큰 소리는…."

빙글빙글 웃던 김주원이 정색을 하더니 말을 이었다.

"네가 살 수 있을 길을 일러주겠다."

이자가 또 무슨 짓을…. 김양상은 긴장해서 김주원을 쏘아보았다.

"황금보검은 본시 진덕여왕이 무열왕에게 전하려고 했던 것인데 내물계가 유훈을 어기고 중간에서 가로챈 것임을 인정하면 역모의 죄만은 면하게 해주겠다."

참으로 무서운 자였다. 이 상황에서 그런 계책을 생각해 내다니.

"말도 안 되는 소리!"

김양상은 버럭 소리를 질렀다. 이제 와서 내 한 목숨 건지자고 없는 사실을 꾸며낼 수는 없다.

"황금보검과 관련되어 전해 내려오는 말이 사실인지 여부는 나도 모른다. 하지만 내물계가 강탈한 게 아니라는 사실은 똑똑히 알고 있다!"

김양상이 단호한 태도를 보이자 김주원은 김양상을 잡아먹을 듯 노려보고는 휑하니 걸음을 돌렸다. 목숨을 건질 수 있는 마지막 기회를 스스로 차버렸지만 김양상은 조금도 후회가 되지 않았다. 이제 남은 것은 하나. 두려움 없이 떳떳하게 최후를 맞는 것이다. 그리 생각을 하니 마음이 조금 차분해졌다.

마지막 밤이라고 생각하니 만감이 교차했다. 글을 배우고 무예를 익히며 겪었던 지난 세월의 희로애락들이 주마등처럼 뇌리를 스치고 지나갔다. 아쉬운 마음을 떨쳐버릴 수 없는 것은 황금보검의 비밀을 풀지 못하게 되었다는 사실이다. 형용키 어려운 복잡한 심사를 느끼며 이리 뒤척 저리 뒤척 하는 가운데 마지막 밤이 지나가고 햇빛이 영창으로 스며들기 시작했다.

"나오시오!"

덜컹 문이 열리며 집사부 대사가 안으로 들어서더니 핏발이 선 눈으로 올려다보는 김양상을 일으켜 세웠다. 이미 항거할 의지조차 상실한 마당이다. 김양상은 그들의 부축을 받으며 옥을 나섰다. 화백회의로 송치되는 걸까. 화백회의에서 귀족들이 눈을 부릅뜨고 기다릴 것이다.

그런데 왜 이렇게 조용할까. 집사부는 의외로 조용했다. 대정과 김주원은 보이지 않았고 호송해갈 함거도 눈에 띄지 않았다. 김양상이 이상하게 여기며 집사부를 나서는데 돌연 대사가 걸음을 멈추었다.

"증인이 증언을 번복했소. 그래서 방면하겠소."

이게 무슨 소리인가…. 김양상은 귀를 의심했다. 그런데 대사는 그 말을 마치자 집사부로 들어갔고 곧 문이 쾅하며 닫혔다.

"몸은 괜찮습니까?"

저쪽에서 김경신이 달려왔는데 손에 황금보검이 들려 있었다.

"어떻게 된 것이냐?"

"예작부 대사에게서 문건을 받아냈습니다."

예작부 대사…? 그제야 김양상은 예작부 대사가 성덕대왕 신종 때문에 찾아왔던 일이 떠올랐다. 그때 대사는 김주원이 비리에 연루되어 있는 것 같다고 했다.

"하면, 김주원이 비리를 저지른 증좌를 찾아냈느냐?"

"그렇습니다. 그걸 가지고 김주원과 협상했습니다."

김양상은 그제야 일의 자초지종을 깨닫게 되었다. 다음 왕 후보로 강력하게 거론되는 김주원에게 비리는 커다란 흠이 될 것이다.

이런 식으로 살아나게 될 줄이야. 비로소 살았다는 실감이 들면서 김양상은 하늘을 올려다보았다. 높고 푸른 하늘은 아직 내가 해야 할 일이 남았다는 것을 일러주는 것만 같았다.

"하지만 서라벌을 떠나야 합니다. 숙위학생宿衛學生이 되어 장안으로 가기로 김주원과 약조했습니다."

김경신이 풀이 죽어 말했다. 형식으로는 장안으로 유학가는 것이지만 실제로는 국외추방이었다. 그것도 언제 돌아올지 기약할 수 없는.

"잘됐구나. 그렇지 않아도 넓은 세상을 구경하려던 참이었다. 어쩌면 황금보검의 비밀을 밝혀낼 수 있는 기회가 될지도 모른다."

김양상은 미안해하는 김경신을 도리어 위로했다. 순서가 바뀐 것뿐이다. 개혁은 황금보검의 비밀을 밝힌 후에 다시 시작하면 될 것이다.

"부디 몸조심하십시오. 돌아오실 때까지 황금보검을 잘 간직하고 있겠습니다."

김경신이 다짐했다.

"그래, 잘 부탁하겠다. 나는 꼭 돌아올 것이다."

김양상은 걱정 가득한 눈길로 바라보는 김경신의 손을 힘껏 잡았다.

"기다리고 있겠습니다. 언제일지는 알 수 없지만 반드시 뜻을 이룰 날이 올 것입니다."

김경신도 김양상의 손을 꼭 잡았다.

옥문관을 나서다

1

천보 9년(750년) 대당제국의 황도 장안의 대로변은 온통 단풍으로 물들어 있었다. 가을은 풍요의 계절이다. 그래서인지 동시東市를 오가는 사람들 얼굴 모두 여유가 있어 보였다. 그렇지만 김양상은 그들처럼 여유롭지가 못했다. 서라벌에서 쫓겨 온 지 어언 2개 성상이 흘렀건만 돌아갈 길은 여전히 아득하기만 했다.

김경신으로부터 가끔 서신이 당도하는데 서라벌은 별로 달라진 것이 없었다. 여전히 귀족들 세상이고 무열계는 감시의 눈초리를 늦추지 않고 있었다. 김경신에게 반드시 돌아오겠노라고 호언했지만 과연 그 약조를 지킬 수 있을지 막막할 따름이었다.

김양상은 장안 국자학에 적을 두고 있었다. 국자학에는 신라에서 온 숙위학생들이 여럿 있는데 서라벌 귀족 출신인 그들은 김양상을 차갑게 대했다. 김양상이 사실상 추방자라는 사실을 잘 알기 때문이다. 반면에 육두품 출신이 대부분인 태학과 사문학의 숙위학생들은 김양상을 따듯하게 대해주었다. 바다 건너 멀리 떨어진 장안에서도 골품에 따른 반목이 존재했던 것이다.

홍로시鴻盧寺에 들러 탕금을 수령한 김양상은 숙소를 향해 걸음을 재촉했다. 탕금 3만 관貫은 신라 유학생들이 한 달 동안 먹고 지낼 돈이다. 여유가 없는 김양상은 숙위학생들을 뒷바라지하며 장안에서의 삶을 영위하고 있었다.

"……!"

김양상은 눈앞에 펼쳐진 휘황찬란한 야경에 정신이 번쩍 들었다. 여기가 어디일까. 주위를 둘러본 김양상은 그제야 자신이 곡강曲江에 왔음을 깨닫게 되었다. 울적한 심사를 삭이느라 이런저런 생각을 하는 사이에 그만 길을 잘못 들었던 것이다.

고관대작들과 시인묵객들이 즐겨 찾는 장안의 명소인 곡강의 해질 무렵 정경이 묘한 향수鄕愁를 불러오면서 김양상의 걸음이 저도 모르게 그쪽으로 향했다. 자운루慈雲樓며 부용원芙蓉園의 호화 주루들이 하나 둘씩 등을 밝히기 시작했고, 행원杏園 길목에 줄지어 매달린 등불들이 물 위에 반사되면서 황거黃渠로 흘러들어가는 물을 아름답게 수놓았다. 잠시 후면 물 위에 떠 있는 주선酒船마다 미녀들이 나와 앉아 장안의 풍류객들을 유혹할 것이다.

곡강의 야경이 이리도 사람의 마음을 홀린단 말인가. 김양상은 감탄을 금치 못했다. 귀족의 자제들은 시도 때도 없이 곡강을 출입하며 향락을 즐기지만 곤궁한 삶을 이어가는 김양상에게 곡강은 언감생심 꿈도 꾸지 못하는 곳이었다.

"……!"

나와는 다른 세상이라고 치부하며 걸음을 돌리려던 김양상은 과히 멀지 않은 곳에서 들려오는 비파소리에 걸음을 멈추었다. 황거 쪽에서 들려오는 은은한 비파소리에는 무어라 형용키 어려운 애절함이 배어 있었다. 풍류객들이 주루를 찾기는 아직 이른 시각이다. 아마도 무희가 주객을 기다리는 동안에 줄을 고르고 있는 모양인데 가락이 어찌 저리도 애절할 수 있는가. 김양상은 비파소리에 이끌려 황거로 발걸음을 옮겼다. 김양상은 서라벌에 있을 때부터 비파의 애절한 음색에 심취해 있었다.

예상대로 비파 소리는 곡강에 떠 있는 주선에서 들려왔다. 김양상은 소리쳐 배를 불렀다.

"아직 손님을 받지 않습니다."

선주인 듯한 남자가 손을 가로저었지만 김양상이 계속 부르자 할 수 없다는 듯 배를 강가에 대었다. 김양상은 배에 올라타자마자 선실로 들어섰다.

김양상이 선실로 들어서자 여인은 비파를 타던 손을 멈추고 때 이른 주객을 올려다보았는데 뜻밖에도 호희胡姬(페르시아 여인)였다. 주선은 호희주사胡姬酒肆(페르시아 여인이 시중을 드는 술집)였던 것이다. 아직 채비가 끝나지 않았는데 주객이 배에 올랐기 때문일까. 호희는 조금 당황해했다.

날개깃 달린 어깨에 고리가 늘어진 소매, 그리고 허리에 꼭 끼고 가슴이 깊이 파인 호복을 입은 호희를 보는 순간 김양상은 숨이 막힐 것만 같았다. 푸른색이 감도는 눈동자와 붉은 입술, 눈처럼 하얀 피부 그리고 또렷한 이목구비…. 일찍이 장안의 풍류객들이 앞다퉈 호희의 미색을 시로 읊었지만 그 어떤 미사여구도 이 여인 앞에서는 빛을 잃을 것만 같았다. 요사이 황상(당 현종)의 넋을 빼놓고 있다는 양귀비도 이 여인 앞에서는 부끄러워 숨을 것만 같을 정도였다.

"시각이 이른 줄은 알지만 비파소리에 끌려서 이렇게 실례를 범하게 되었소."

비록 주루에 나와 있긴 하지만 어쩐지 쉽게 범접할 수 없는 기품을 지닌 여인이었다. 김양상은 예의를 갖추고 상대하기로 했다.

"아직 손님을 맞을 채비를 끝내지 못했지만 그래도 이렇게 찾아주셨는데 어찌 그냥 돌아가라고 하겠습니까. 술을 내오겠습니다."

장안에 온 지 꽤 되는지 호희는 당나라 말을 능숙하게 구사했다.

"비파 솜씨가 보통이 아니오. 나도 음은 조금 알지만 이토록 처연한 소리는 처음 들었소."

무예와 더불어 서화와 음音도 중요시했던 화랑의 전통은 지금까지 이어져 내려오고 있었다.

"별것도 아닌 솜씨를 그렇게 칭찬해주시니 부끄러울 따름입니다."

호희는 고개를 숙여 사의를 표하고는 비파줄을 고르더니 금세 길고 흰 손가락으로 연주를 이어갔다. 호희의 탄주가 연撚에서 말抹로, 다시 도挑로 바뀌면서 손놀림은 점점 현란해졌고 비파소리는 차츰 빨라졌다. 이전에는 들어본 적이 없는 빠른 음률이었다. 아마도 호희의 고향 음률인 듯했다. 김양상은 마치 먼 서역을 거니는 기분에 빠져들었다.

"아!"

끊어질 듯 가늘게 이어지던 소리가 돌연 격한 음률을 토해내자 김양상의 입에서 탄성이 새어나왔다. 장안 내교방內敎坊(가무교습소)의 이름난 악공도 저처럼 세련된 탄주彈奏를 하지는 못하리라. 손재주만으로는 저런 탄주가 불가능하리. 필시 여인의 가슴 속에 응어리진 한恨이 있어 현판 위에서 춤추는 손을 무아의 지경을 몰고 갔을 것이다.

응어리진 한이 밖으로 분출되지 못하고 다시 안으로 파고드는지 연주는 느린 음률로 바뀌었다. 김양상은 눈을 감았다. 점점 약해지는 비파의 애절한 소리…. 이대로 끝인가 여기는데 호희의 청아한 목소리가 이어졌다.

황하 멀리 흰 구름이 머무는 곳에 이르면
한 외로운 성이 높은 산 위에 있네
오랑캐의 피리소리는 양류楊柳로구나
봄빛은 옥문관을 넘지 못하는데

왕지환의 양주사凉州詞에 가락을 붙여 부르는 호희의 노래는 사람의 마음을 파고들었다. 저 먼 서역으로 통하는 관문인 옥문관玉門關. 호희의 고향은 그 옥문관 너머 머나먼 서역 어디일 것이다. 그렇다면 이 여인도 향수에 사무쳐 이처럼 처절한 소리를 내는가. 여인의 고향이 서쪽 땅 끝나는 곳이라면 김양상의 고향은 동쪽 바다 너머다. 김양상은 동병상련의 정을 느꼈다.

"노래가 마음에 들지 않는 모양이군요."

호희는 김양상의 안색을 살피고는 탄주를 멈추었다.

"아니, 그렇지 않소. 망향의 정이 가슴에 와 닿아서…."

김양상은 꿈길에서 깨어나는 기분이었다.

"손님은 이곳 사람이 아니군요."

호희가 정이 가득 담긴 눈길로 쳐다봤다.

"그렇소. 나도 고향을 떠나 이역을 헤매고 있는 신세요. 내 이름은 김양상, 동쪽 바다 건너에 있는 신라에서 왔소. 그런데 당신은 무슨 연유로 그 먼 파사波斯(페르시아)에서 이곳까지 오게 되었소?"

답답한 현실로, 망향의 정으로 심사가 울적하던 판이었다. 김양상은 모처럼 고향의 푸근함을 느끼게 해준 호희에게 친근감이 일었다.

"내 이름은 소피아蘇皮阿, 아버지를 따라 장안에 왔습니다. 그리고 내 고향은 파사가 아닙니다. 그보다도 더 먼 곳이지요."

이름을 소피아라고 밝힌 호희는 미소를 지으며 상냥하게 대답했다. 수심에 차 있던 얼굴이 처음으로 밝게 펴졌다. 호희의 웃는 모습에 김양상의 공연히 가슴이 설렜다. 물론 호희를 처음 본 것은 아니었다. 장안은 대당제국의 황도답게 사방각지에서 모여든 여러 종류의 사람들로 들끓고 있었다. 거리에서 흰 피부의 서역인, 기골이 장대한 북방 번인蕃人, 그리고 반대로 왜소한 남쪽 만인蠻人을 만나는 것은 별로 신기한 일이 아니었다. 그렇지만 지금 마주하고 있는 호희는 이전의 그 어떤 사람들과도 다른 묘한 매력을 지니고 있었다.

"파사보다도 먼 곳이라면…?"

남쪽 멀리 천축天竺(인도)이 있고, 서쪽 하늘 끝나는 곳에 파사와 대식국大食國(이슬람제국)이 있다는 사실은 김양상도 알고 있었다.

"여기서는 대불림이라고 부르는 곳이죠."

대불림이라면 일찍이 대식국 상인에게서 들어본 적이 있는 곳이다. 대진국(동로마제국)의 황도로 사람들도 많이 살고 물자도 풍부한 곳이라고 했다.

"대불림이라면 콘스탄티노플…?"

김양상은 그때의 일을 떠올리며 물었다.

"잘 아시는군요. 그렇습니다. 내 고향은 콘스탄티노플이라는 곳입니다. 우리 집은 바다와 접한 언덕 위에 있었지요. 하얀 포말을 드러내며 밀려오는 파도는 어릴 적부터 친구였습니다. 지금도 눈을 감으며 푸른 물결이 눈앞에 넘실댑니다."

소피아의 얼굴에 망향의 정이 가득했다. 그러는 사이에 술상이 마련되었고 암담한 현실과 망향의 정이 뒤섞인 데다 미모의 호희에게서 연민의 정까지 느낀 김양상은 술잔을 거푸 기울였고, 금세 취기가 올랐다. 술기운이 오르자 처음의 어색함도 많이 누그러들었다.

"비파는 서역에서 전래된 악기지만 내 일찍이 그대처럼 사람의 가슴을 울리게 하는 연주를 들어본 적이 없소. 나도 서라벌에서 비파를 잠시 익혔던 적이 있는데 그대의 탄주를 들으니 참으로 보잘 것 없는 솜씨였음을 깨닫게 되었소."

취기가 오른 탓일까. 김양상은 말이 많아지기 시작했다.

"손님께서 비파를?"

소피아는 신기하다는 눈길로 김양상을 바라보더니 비파를 넘겨주었다. 김양상은 줄을 한번 고르고는 천천히 현을 집어 나갔다. 오랜만에 잡아본 비파지만 그런대로 음이 집혔다.

"아! 예상우의곡霓裳羽衣曲."

소피아의 입에서 탄성이 새어나왔다. 서역에서 전래된 예상우의곡은 듣는 이로 하여금 아련한 애상에 잠기게 하는 비조를 지녔지만 탄주가 쉽지 않아서 웬만한 악공들도 선불리 연주하지 못하는 곡이다.

"그런데 장안에는 무슨 일로?"

비파를 한쪽으로 밀어놓은 김양상은 궁금해하던 것을 물었다.

"부친은 대상隊商이셨습니다. 부친을 따라 고향을 떠났는데, 서역을 두루 거치고 장안까지 오게 되었지요."

시간이 되었는지 다른 주선에도 형형색색의 등불이 환하게 빛을 발하며 풍류객들을 유혹했다. 주선이 물결에 따라 잔잔하게 흔들리면서 김양상은 마치 우화등선羽化登仙이라도 된 기분이었다.

"그런데 부친은 나쁜 사람의 꾐에 빠져서 그만 힘들게 번 돈을 모두 잃으셨습니다."

그럼 소피아의 부친은 궁파사窮波斯(페르시아 걸인)가 되었는가. 장안 거리에는 장사에 실패해서 구걸하며 지내는 처량한 신세의 대상들을 어렵지 않게 볼 수 있다.

"저런…."

김양상은 동정심 가득한 눈길로 소피아의 다음 말을 기다렸다.

"아버지는 화병으로 눕게 되었습니다. 가진 것 없이 사고무친四顧無親의 이역에서 병치레를 하자니 빚을 지는 수밖에 없었습니다. 아버지는 끝내 돌아가셨고 빚만 남게 되었습니다."

"하면 그대는 빚을 갚기 위해 주가의 기녀로 나선 것이오?"

"그렇습니다. 여기 주루 선주가 빚을 대신 갚아주었습니다. 그러니 빚을 갚을 때까지 여기서 지내야 합니다."

김양상은 사고무친의 이역에서 부친을 여의고 빚에 팔려 주가에 몸이 묶이는 신세가 된 소피아를 보며 어떻게 위로해야 할지 난감했다.

"속히 빚을 갚고 부친의 유품을 챙겨서 어머니에게 돌아가는 게 소원입니다."

막막한 처지임에도 소피아는 의연함을 잃지 않고 있었다.

"그럼 언제부터…?"

"오늘이 처음입니다."

그럼 내가 첫 손님이란 말인가. 김양상은 감회가 묘했다. 자태로 봐서 기녀생활을 오래한 여인 같지는 않았지만 그래도 첫 손님일 줄이야.

"곡강은 진정한 풍류를 아는 시인묵객들이 찾는 곳이지만 그래도 무뢰배가 없다고 어찌 장담하겠소. 사고무친의 땅에서 혹여 어려운 일이라도 당하면 어쩌려고…."

김양상은 거기서 말을 멈추었다. 소피아가 그걸 몰라서 호희주사에 몸을 맡기겠는가. 그렇지만 벌어서 빚을 갚는 게 쉽지 않을 것이다. 어쩌면 평생 이 배에 묶여서 지내야 할지도 모른다. 소피아도 그런 사실을 잘 알기에 망향의 정이 그리도 간절했을 것이다.

김양상은 문득 부끄럽다는 생각이 들었다. 연약한 여인의 몸으로 어려운 처지에도 미소를 잃지 않고 지내는 마당에 헌헌장부로서 어찌 실의에 젖어 허송세월을 하는가.

"대체 빚은 얼마나 되는 거요?"

"2만 관입니다."

괜히 아픈 데를 건드린 것이 아닌가 하는 후회가 들었지만 김양상에게 신뢰를 느꼈기 때문일까 소피아는 개의치 않고 답해주었다. 2만 관이라면 적지 않은 액수다. 짐작건대 소피아는 평생을 곡강에서 벗어나지 못할 것이다.

"그래 빚을 갚고 나면 고향으로 돌아갈 셈이오?"

어느새 달이 높이 솟아 있었다. 별반 의미 없는 물음인 줄 알면서도 김양상의 입에서 그 말이 나왔다.

"그렇습니다."

대답은 분명했지만 소피아 자신도 죽어서 원혼이 되기 전에는 고향 땅을 밟을 수 없음을 잘 알 것이다. 형용키 힘든 연민의 정이 밀려왔다. 정녕 이 젊은 여인은 머나먼 이역에서 평생 망향의 정을 느끼다 죽어야 하는가.

"이보시오!"

단숨에 술을 들이켠 김양상이 비감한 얼굴로 선주를 불렀다. 그리고 무슨 일인가 해서 달려온 선주에게 호기롭게 말했다.

"이 여인의 빚이 2만 관이라고 들었소. 내가 대신 변제하겠소."

질겁하며 만류하는 김경신의 얼굴이 뇌리를 스치고 지나갔지만 김양상의 결심은 흔들리지 않았다. 어려운 처지의 사람을 보고 외면하는 것은 화랑의 후예가 취할 도리가 아닐 것이다.

"손님!"

소피아는 깜짝 놀라서 김양상을 바라보았고 주루선주는 뭘 잘못 들은 게 아닌가 하는 표정으로 멍하니 서 있었다.

"2만 관이오. 이것으로 저 여인이 진 빚을 갚은 것이오."

김양상은 홍로시에서 수령한 탕금 3만 관 중에서 2만 관을 떼어내 주루선주에게 내밀었다.

"손님…."

주루선주는 선뜻 받지 못했다. 2만 관은 적은 돈이 아니다. 그런데 초면인 듯한 주객이 그것도 차림새로 봐서 과히 부호 같지도 않은데 무슨 까닭으로 이런 거금을….

“괜찮으니 받으시오. 그리고 이 여인을 풀어주시오.”

김양상은 경계의 눈초리로 자신을 살피는 주루선주에게 거듭 2만 관을 내밀었다.

“그리하겠습니다.”

주루선주는 더 망설이지 않고 돈을 받아들었다. 비록 복색은 남루했지만 거부할 수 없는 기백이 전해졌던 것이다.

“어쩌자고 이런 일을….”

돈을 받아들고 나가는 선주를 보면서도 소피아는 여전히 믿기지 않는 표정이었다.

“어려운 처지에 놓인 사람을 보고 어찌 모른 척하겠소. 그리고 이 돈을 노자로 해서 고향으로 돌아가시오. 여인 혼자서 먼 길을 가는 게 쉽지 않겠지만 그래도 여기서 평생 이렇게 살 수는 없지 않겠소.”

김양상은 남은 1만 관도 소피아에게 건넸다. 그리고 몸을 일으켰다. 일을 마쳤으니 더 있을 이유가 없었다.

“번진藩鎭의 군병軍兵이 되든, 고관대작의 저택에서 하인으로 일하든 돈은 내가 알아서 마련할 것이니 그대는 마음 쓸 것 없소. 대상들을 따라가면 고생은 되겠지만 푸른 물결이 넘실댄다는 그대 고향으로 돌아갈 수 있을 것이오.”

김양상은 황급히 따라 일어나는 소피아에게 그 말을 마치고 주루를 나섰다.

“잠깐만!”

소피아가 배에서 내리려는 김양상을 급히 불렀다.

“백골난망입니다. 혹여라도 다시 뵙게 된다면 꼭 보은하겠습니다. 은인의 이름을 알려주십시오.”

“내 이름은 김양상. 그대는 서쪽으로, 그리고 나는 동쪽으로 떠날 테니 다시 만날 일은 없겠지만 아무튼 먼 길에 몸 조심하시오.”

김양상이 씩씩하게 대답하고 발길을 돌렸다.

“은인께서도 속히 뜻을 이루시기를….”

소피아는 목이 메는지 말을 맺지 못했다.

배에서 내리니 그 사이에 안개가 자욱하게 끼어 있었다. 시간이 제법 흘렀는지 휘황찬란하게 곡강을 밝히던 등불들도 하나둘씩 꺼져가고 있었다. 취기는 여전했지만 김양상은 방금 자신이 한 일을 또렷하게 기억했다. 엄청난 일을 저질렀지만 후회는 없었다. 김양상은 머리를 가볍게 흔들고는 성큼성큼 걸어 곡강에서 벗어났다.

2

새벽안개가 스멀스멀 피어오르고 있었다. 주위를 둘러보니 멀지 않은 곳에 절이 있었다. 여기가 어딘가. 장안에 이런 곳도 있었던가. 주위가 낯설었다. 어딘지 알 수 없지만 술기운에 정신없이 걷다보니 여기까지 온 모양이었다.

그 사이에 술이 많이 깨었다. 정신이 들자 김양상은 비로소 자신이 얼마나 엄청난 일을 저질렀는지를 깨닫게 되었다. 탕금을 멋대로 써버렸으니 중벌을 면치 못할 것이다. 오매불망 꿈꾸던 귀향이 물거품이 될 판이었다. 벌을 받지 않으려면 3만 관을 마련해야 하는데 무슨 수로 그

큰돈을 수중에 넣겠는가.

소피아에게 호언했던 대로 당나라 군문에 적을 둘까. 당은 번병藩兵(외국인 병사)에게 문호를 개방하고 있다. 지금 안서절도부에서 위용을 떨치는 고선지 장군도 번병으로 시작해서 절도사까지 오른 고구려 유민 출신이라고 들었다.

그런데 번병이 된다고 해서 그런 거금을 손에 넣을 수 있을까. 불가능할 것이다. 돈 많은 귀족의 하인이 된들 결과는 마찬가지일 것이다. 어떻게 한다…. 일단은 국자학의 숙위학생들을 만나 자초지종을 솔직히 얘기한 후에 그들의 처분을 따르는 게 옳을 것 같았다.

각오를 하니 마음이 조금 가벼워졌다. 그런데 여기는 어딜까. 어느새 절 입구에 이르렀는데 천복사遷福寺라 쓰여 있었다. 김양상은 마음을 다스릴 겸 천복사로 들어섰다.

예불을 드리는지 향냄새가 코끝에 전해졌다. 멀지 않은 곳에 아담한 연못이 있는데 스멀스멀 피어오르는 물안개 사이로 연꽃이 유유자적 떠 있었다. 김양상은 그쪽으로 천천히 걸음을 옮겼다.

"시주께서는 이 야심한 시각에 웬일이시오?"

대탑을 지나던 불승이 연못을 배회하는 김양상을 보고 돌다리를 건너왔다.

"별일 아닙니다. 복잡한 심사를 정리하려고 잠시 들렀습니다."

사람이 있는 줄 몰랐던 김양상은 조금 당황이 되었다.

"가을 이슬이 제법 찹니다. 오래 있으면 몸에 해로우니 내 방에서 쉬다 가도록 하시오."

중년의 불승이 온화한 얼굴을 하고 다가왔다.

"괜찮습니다. 그만 떠나겠습니다. 정신이 많이 맑아졌습니다."

혼자 있고 싶은 김양상은 즉시 떠날 뜻을 비쳤다.

"소승의 눈에는 시주의 고심이 깊은 것 같은데…. 그런데 말투로 보아 여기 사람이 아닌 것 같소."

불승이 김양상의 얼굴을 지긋이 살폈다. 불승은 사려심이 깊은 사람 같았다.

"서라벌에서 왔습니다. 2년째 장안에 머무르고 있습니다."

김양상도 불승에게서 호감을 느꼈다.

"동향인을 만났군. 실은 나도 신라에서 왔소."

불승이 크게 반가워했다. 그럼 대사는 도당渡唐 불승인가. 김양상은 반가운 마음이 일었다.

"무슨 일로 그리 고심하는지 몰라도 내 방으로 가서 찬찬히 얘기하는 게 어떻겠소. 모처럼 고향 사람을 만났는데."

"그러지요."

김양상은 순순히 불승의 뒤를 따랐다.

"혜초慧超라고 하오. 오래전에 신라를 떠났는데 지금은 천복사에서 밀교 경전을 번역하고 있소."

자리에 앉자 불승이 자기소개를 했다.

"김양상이라고 합니다. 말씀 드린 대로 2년 전부터 장안에서 기거하고 있습니다."

"소승의 눈에는 예사 인물이 아닌 것 같소. 하면 서라벌에서는 무슨 일을 하셨소?"

김양상을 살피는 혜초대사의 눈에 호기심이 가득했다. 장안에는 많은 신라인들이 건너와 살고 있다. 차림새로 봐서 숙위학생 같은데 그렇다고 호의호식하는 귀족의 자제 같지는 않아 보였던 것이다.

"정찰을 지냈습니다."

김양상은 혜초대사에게 솔직하게 모든 것을 얘기하기로 했다. 숨길 이유도 없으려니와 신뢰감이 와 닿았기 때문이다.

"정찰이라면 백관을 규찰하기 위해 새로 설치한 관직 아니오?"

혜초대사가 눈을 휘둥그레 떴다.

"그렇습니다. 정찰 소임을 수행하다 누명을 쓰고 추방되었습니다."

김양상은 그동안에 있었던 일을 혜초대사에게 소상하게 고했다.

"허! 그런 일이. 예사 인물이 아니라는 것은 짐작했지만 내물계 왕손일 줄이야!"

혜초대사가 깜짝 놀랐다.

"서라벌의 실정은 소승도 잘 압니다. 촌민들의 고초가 심하다고 들었는데 참으로 장한 일을 하셨군요. 비록 뜻을 이루지 못하고 서라벌을 떠났지만 기회는 또 있을 것입니다."

혜초대사는 김양상에게 왕족에 대한 예우를 갖추었다.

"그리 말씀해주시니 더욱 면목이 없습니다. 괜한 객기로 감당할 수도 없는 일을 저지르고 말았습니다."

김양상이 고개를 숙였다.

"그런데 시주께서는 어떻게 생각하십니까? 황금보검이 정말로 신라의 왕좌를 상징하는 보물이라고 보십니까?"

혜초대사가 황금보검을 화제로 올렸다.

"말씀드린 대로입니다. 오래전부터 전해 내려오는 가보인데 서라벌에서 만든 게 아니며 중원에도 없는 물건이라는 것 외에는 확실한 것이 없습니다. 대진국에서 건너온 물건일지 모른다는 말도 들었지만 확인할 길이 없습니다. 원주인이 누구인지, 왜 서라벌에 있는지, 정말로 전해 내려오는 말대로 신라의 왕좌를 상징하는 보물인지 궁금할 따름입니다."

김양상이 솔직한 심정을 밝혔다.

"그렇군요. 그런데 여기는 무슨 일로? 보아하니 우연히 들른 것 같습니다만."

혜초대사는 뭔가를 잠시 생각하더니 궁금한 것을 물었다.

"실은…."

기왕에 시작한 일이다. 김양상은 혜초대사에게 곡강에서의 일도 사실대로 털어놓았다.

"그런 일이 있었군요. 시주처럼 의협심이 강한 사람이 어찌 어려움에 처한 사람을 보고 모른 체할 수 있겠습니까. 그래도 탕금에 손을 댄 것은 잘한 일이 아닙니다."

짧은 순간에 혜초대사의 얼굴에 감탄과 우려의 표정이 차례로 스치고 지나갔다.

"알고 있습니다. 엄청난 일을 저질렀다는 것을."

김양상은 순순히 시인했다.

"해서 어쩔 셈입니까?"

"숙위학생들에게 사실대로 이야기하고 그들의 처분에 따르겠습니다. 그들의 종복이 되든지 아니면 절도부의 번병이 되어 싸움터를 전전하든지…. 어떻게 해서든 탕금은 채워 넣겠습니다."

김양상이 막연한 생각을 혜초대사에게 전했다.

"시주의 마음은 이해하겠지만 좋은 방도는 아닙니다. 신라의 왕손이 어찌 당나라 사람의 종복 노릇을 할 것이며, 또 번병이 된들 무슨 수로 3만 관이라는 거금을 마련할 수 있겠습니까."

혜초가 고개를 가로저었다. 그 사이에 시간이 흘러서 창밖이 환해지고 있었다.

"답답해서 해본 소리입니다."

김양상의 입에서 한숨이 새어나왔다. 하지만 여전히 후회는 없었다.

"그럼…."

그만 일어서야 할 것 같았다. 김양상은 혜초에게 목례를 보냈다.

"잠깐 기다리십시오."

혜초대사가 몸을 일으키는 김양상을 만류했다.

"이제 내 이야기를 해야 할 것 같군요."

그러고 보니 혜초에 대해서 아는 것이 없었다. 김양상은 다시 자리를 잡았다.

"개원 11년(723년)의 일이니 벌써 27년 전의 일이군요."

혜초대사는 눈을 감고 지난날을 회상했다.

"소승은 젊은 시절에 천축을 다녀온 적이 있습니다."

"대사께서 천축을?"

혜초가 천축을 다녀왔다고 하자 김양상은 깜짝 놀랐다. 옥문관玉門關을 나서는 것은 예삿일이 아니다. 그래서 당나라 승려 중에도 입축구법승入竺求法僧을 찾기 어려운데 오래전에 천축을 다녀온 신라 승려가 있다니.

"사조 금강지선사의 권유로 불경을 수집하러 천축으로 갔는데 갈 때는 배를 타고 가서 다섯 천축을 두루 돌아본 후에 돌아올 때는 육로로 서역을 거쳐 장안에 당도했지요."

지난 세월을 회상하는 혜초의 눈에 감회가 가득했다. 북천축의 토화라吐火羅(파키스탄 탁실라)의 눈 덮인 설산과 가엽미라迦葉彌羅(신장위구르자치구 카스)로 향하는 까마득한 낭떠러지길. 고생은 이루 말할 수 없었고 목숨을 잃을 뻔했던 적도 한두 번이 아니었다.

"참으로 대단하십니다. 그 멀고 험한 길을 다녀오셨다니."

김양상은 거듭 감탄했다.

"하면, 불경은 구해오셨습니까?"

"그렇습니다. 장안으로 돌아와서 번역에 매진하고 있지요. 거의 끝나 가는데 마무리 짓는 대로 천축을 다녀온 여행기를 저술할 계획입니다. 제목은 왕오천축국전往五天竺國傳이라 정했습니다."

혜초대사의 얼굴에 자부심이 가득했다.

"옥문관 너머의 세상은 신이神異한 일들로 가득하다고 들었습니다. 대사의 여행기는 틀림없이 서역행을 꿈꾸는 사람들에게 훌륭한 지침서가 될 것입니다."

김양상은 진심이었다.

"그리 말씀해주시니 고맙기 이를 데 없습니다. 그런데 황금보검 말인데…."

혜초대사가 다시 화제를 황금보검으로 돌렸다.

"황금보검에 붉은 보석이 박혀 있다고 했습니까?"

혜초대사가 정색을 하고 물었다.

"그렇습니다. 홍옥도 아니고 슬슬도 아니지만 아주 영롱한 빛을 발하는 보석이었습니다."

"그렇다면 오래전에 목도했던 그 붉은 보석과 같은 것일지 모르겠군요."

혜초대사가 잠시 생각하더니 혼잣말 비슷하게 중얼거렸다.

"오래전이라면 그럼 서역 여행 중에…?"

김양상의 귀가 번쩍 뜨였다. 황금보검에 박힌 붉은 보석의 정체를 알 수 있다면 황금보검의 비밀을 밝히는 데 한 걸음 다가설 것이다.

"나이사불(이란 동부 니샤푸르)을 지나던 중에 현지 왕족을 구했던 일이 있습니다. 입축승入竺僧들은 위급시에 대비해서 약간의 의술을 익히고 있거든요. 그때 그의 궁에서 신비로운 붉은 빛을 발하는 보석을 본 적이 있습니다. 시주의 말대로 홍옥도 아니고 슬슬도 아니었지만 매우 영롱한 빛을 뿜어내고 있었지요."

"혹시 그 왕족에게 보석을 어디서 구했는지 물어보셨습니까?"

김양상이 강한 호기심을 드러냈다.

"그렇습니다. 나중에 여행기를 저술할 요량으로 지나는 곳의 지리와 풍습, 기이한 산물들을 빠뜨리지 않고 기록해 놓았으니까요. 그때 그는 분명히 대불림에서 건너온 보석이라고 했습니다."

혜초의 입에서 대불림이라는 말이 나오는 순간 김양상은 가슴이 쿵쿵 뛰었다. 황금보검이 대불림에서 건너온 것일지 모른다는 것은 대식국 상인의 막연한 추측에 불과했다. 그런데 혜초대사가 황금보검에 박힌 것과 같은 붉은 보석을 봤다고 했다. 그리고 대불림에서 건너온 보석이라고 했다.

"대불림은 서역을 지나고 서해西海(지중해)를 건너야 도달하는 먼 곳이라고 들었습니다. 황금보검이 대불림에서 제작된 것이라면 어떻게 그 먼 곳에서 서라벌로. 더구나 중원을 거치지 않고…."

김양상은 따지듯 물었다.

"소승도 그 이상은 알 길이 없습니다. 아무튼 우리 선조들은 넓은 세상과 활발하게 교류했던 것만은 분명합니다. 금관을 비롯한 황금 장신구들이 그 증거인 셈이지요. 황금보검도 그때 서라벌로 들어왔을 겁니다."

세상을 보는 혜초의 안목은 서라벌 귀족들과 달랐다. 김양상은 가슴이 뛰었다. 우연찮은 기회에 황금보검의 비밀에 한 걸음 다가선 것이다.

"소승은 서역을 주유하면서 서라벌에서 봤던 금관이며 금귀고리를 현지에서 목도하고 깜짝 놀랐습니다. 중원에서도 본 적이 없는 물건들이 왜 이곳에…. 호기심이 일었지만 일정에 쫓기는 바람에 그냥 장안으로 돌아오고 말았습니다."

신라의 금관이며 금귀고리가 서역에…? 김양상은 가슴이 뛰었다. 막연한 추측이 사실로 확인된 것이다. 선조들은 무슨 까닭으로 중원을 거치지 않고 넓은 세상과 소통했을까. 어쩌면 황금보검이 그 비밀을 간직하고 있을 텐데, 실체에 한 걸음 다가선 만큼 궁금증도 더해갔다.

"시주께서는 김일제金日磾란 이름을 들어본 적이 있습니까?"

혜초는 혼란을 겪고 있는 김양상을 찬찬히 살피더니 화제를 바꿨다. 김일제? 처음 들어보는 이름이었다. 김양상은 고개를 가로저었다.

"김일제는 흉노匈奴 휴도왕의 아들로 한 무제에게 투항해서 투후秺侯

라는 벼슬을 얻은 사람입니다. 중원에 정착한 김일제는 김씨 성을 처음으로 쓴 사람입니다."

그런 인물이 있었던가. 김양상은 잠자코 혜초의 다음 말을 기다렸다.

"김일제는 신라 김씨 왕계의 시조입니다."

혜초대사가 김양상을 똑바로 쳐다보며 입을 열었다. 이게 무슨 소리인가? 김씨 왕계의 선조가 초원을 헤매던 유목민이라니.

"흉노는 북방의 미개한 부족들 아닙니까? 그런 자들이 어떻게 김씨 왕계의 시조가 된다는 겁니까?"

김양상이 거칠게 항의했다.

"흉노는 결코 야만인이 아니었습니다. 오랑캐를 의미하는 흉노라는 말은 중원 사람들이 멋대로 붙인 것이지요."

혜초대사가 손을 저으며 김양상의 말을 반박했다.

"흉노는 드넓은 초원을 달리며 동서 문물교류를 중계했던 사람들입니다. 그들은 진취적인 기상과 두려움을 모르는 용기를 겸비한 초원의 전사들이었지요. 다만 워낙 척박한 땅에 살다보니 가끔 중원을 침범해서 사람을 잡아가고, 곡식을 빼앗아 갔기에 중원사람들이 오랑캐라 비하하며 미워한 것이지요."

"그렇다고 해도 어떻게 흉노가 김씨 왕계의 선조가 됩니까?"

김양상은 여전히 불만이었다.

"김씨 가문의 시조인 김알지 공은 전한前漢이 망하면서 중원에 혼란이 일자 서라벌로 옮겨온 김일제의 후손입니다. 김씨로는 처음으로 신라의 왕이 된 미추왕은 김알지 공의 7대 손이지요. 중원의 사서史書는 그러한 사실을 세세하게 기록하고 있습니다."

혜초의 입에서 생각지도 못했던 말이 나왔다. 김양상은 화들짝 놀랐다. 김씨 가문의 시조가 흉노라니.

"그렇다면 왜 서라벌에는 그와 관련해서 아무런 기록이 없습니까?"

선조의 뿌리와 관련된 일이다. 그러니 절대로 유야무야 넘어갈 수 없다. 김양상은 강한 어조로 항의했다.

"김씨 왕계의 선조가 투후 김일제라는 사실은 문무대왕의 비문에도 새겨졌던 명백한 사실입니다. 그런데 삼한일통 이후로 그와 관련된 기록들이 일시에 종적을 감추었지요. 당풍에 젖어 오로지 중원의 문물만을 고귀한 것으로 여기는 서라벌 귀족들에게 신라의 왕가가 흉노의 후손이라는 사실은 감추고 싶은 사실일 테니까요."

김양상은 할 말을 잃었다. 김씨 왕가의 선조가 흉노라는 사실이 문무대왕 비문에도 새겨져 있다면 마냥 부정할 일이 아니었다.

"삼한일통의 주춧돌이 되었던 화랑도는 흉노의 기상과 용기에 뿌리를 둔 것입니다. 그런데 썩어빠진 서라벌의 귀족들은 수치로 여기고 기록을 모조리 없애버렸지요."

하면, 불과 70여 년 전까지도 김씨 왕계의 뿌리가 흉노라는 사실을 세인들은 알았던가. 김양상은 깊은 혼란에 빠져들었다.

"저들이 비문을 감추고 기록을 말살했지만 사실을 숨길 수는 없습니다. 손바닥으로 해를 가릴 수는 없으니까요. 소승은 서역을 돌아다니면서 적석목곽분積石木槨墳 형태의 분묘를 많이 보았습니다. 서라벌의 왕묘와 아주 흡사한 모습이지요."

혜초대사가 차분한 어조로 부연했다. 나무관 위로 흙을 높이 쌓는 적석목곽분은 중원에는 없는 분묘며 김씨 왕계가 자리를 잡을 무렵부터 서라벌에 등장하기 시작했다는 사실은 김양상도 알고 있었다.

"그렇다면 신라가 과거에 찬란한 황금의 나라를 이룩했던 이유는 뿌리를 같이하는 북방의 유목민들과 직접 통교하면서 넓은 세상을 받아들였기 때문이라는 말씀이로군요."

한참 만에 김양상이 입을 열었다. 이것으로 그간의 의문이 상당 부분 해소되었다. 그렇지만 아직은 추측에 불과한 부분도 많다.

"그렇습니다. 우리의 선조들은 넓은 세상과 통교하며 황금의 나라를 구가했지요. 그렇지만 허울뿐인 삼한일통 이후로 진취적인 기상이 자취를 감추면서 동방의 작은 나라로 전락하고 말았지요."

혜초대사가 크게 아쉬워했다. 김양상은 혼란에서 쉽게 벗어나지를 못했다. 정말 김씨 왕계가 북방 초원지대의 유목민이었던 흉노와 뿌리를 함께하고 있을까. 그래서 대초원을 지배하던 그들과 활발하게 교류하면서 황금의 나라를 이룩했던 것일까. 그렇다면 황금보검은 어떻게 된 것일까. 대불림에서 온 것이라면 흉노와는 관련이 없을 것이다. 흉노는 훨씬 이전에 멸망했다는 사실을 김양상은 잘 알고 있었다.

김양상은 깊은 한숨을 토해냈다. 마음 같아서는 당장이라도 서역으로 달려가서 황금보검의 비밀을 밝히고 싶지만 그럴 형편이 못 되었다. 하지만 이대로 자취를 감추면 숙위학생들은 큰 곤경에 빠질 것이며 김양상은 죄인이 되어 다시는 서라벌로 돌아가지 못할 것이다.

"황금보검의 비밀이 궁금하신 모양이로군요."

혜초대사가 김양상의 마음속을 들여다보기라도 한 듯 말을 꺼냈다.

"이르다 뿐이겠습니까. 그로 인해서 서라벌에서 추방된 처지입니다.

할 수만 있다면 그 어떤 어려움이 닥치더라도 두려움 없이 길을 떠날 것입니다."

김양상의 입에서 탄식이 새어나왔다.

"그렇다면 소승이 제안을 하나 하겠습니다."

허탈해하는 김양상에게 혜초가 뜻밖의 말을 꺼냈다.

"제안이라면 무슨…?"

"제자를 천축으로 보내려 하는데 서역의 정세가 어지러워서 차일피일 미루던 참입니다."

혜초의 말대로 지금 서역은 정세가 갈수록 혼미해지고 있다. 안서대도호 고선지 장군이 토번吐蕃(티베트)과 소발률小勃律(길기트)을 평정하면서 안전 통행이 보장되었던 서역에는 대식국이 동쪽으로 진출하면서 다시 혼란이 일기 시작했다. 서역에 전운이 감돌면 옥문관이 닫힌다.

"하면…."

"시주는 무예에 능한 것 같은데 제자가 무사히 천축에 이를 수 있도록 호위를 부탁하겠습니다. 소승의 청을 승낙하면 탕금 3만 관은 본사에서 대신 변제하겠습니다. 어차피 입축入竺에 소용될 비용으로 마련해놓은 돈이니까요."

김양상은 귀가 번쩍 뜨였다. 3만 관을 대신 내주겠다니. 궁즉통이라더니 이런 수가 생길 줄이야.

"그리하겠습니다."

김양상은 즉각 수락했다. 더 망설일 이유가 없었다.

"그리고 청이 하나 더 있습니다."

흥분을 감추지 못하는 김양상을 보며 혜초는 흡족한 표정으로 말을 이었다.

“아까 얘기했던 것처럼 불경 번역을 마치는 대로 왕오천축국전을 집필할 예정입니다. 서역을 여행하면서 틈틈이 자료를 모았는데 막상 책을 편찬하려 하니 부족한 것들이 많습니다. 나이사불에서 발길을 돌렸던 것도 많이 아쉽습니다. 그 너머의 파사와 대식국, 그리고 소불림小佛臨(시리아)과 대불림은 어떤 곳인지 몹시 궁금합니다. 할 수만 있다면 시주께서 서역의 소상한 사정을 기록해서 내게 보내주십시오. 왕오천축국전을 집필하는 데 큰 보탬이 될 것입니다.”

“그 또한 그리하겠습니다.”

김양상은 주저 없이 승낙했다.

“고맙습니다. 시주 덕분에 고심거리를 풀게 되었습니다. 그런데 옥문관을 나서면 많은 어려움이 따를 것입니다. 서역은 어떤 일이 벌어질지 예측할 수 없는 땅이니까요.”

“잘 알고 있습니다. 박망후博望侯의 열정을 간직하고 정원후定遠侯의 기개를 되새기며 성심을 다해서 대사의 뜻을 받들겠습니다.”

박망후 장건은 전한 무제 때 서역을 개척한 인물이고, 정원후 반초는 후한 명제 때 서역을 평정했던 사람이다. 김양상은 일찍이 서역을 누볐던 두 사람을 호명하며 각오를 전했다.

“시주는 틀림없이 해낼 것입니다.”

혜초대사가 흐뭇한 얼굴로 김양상의 손을 힘껏 잡았다.

“이런 기회를 주신 대사께 그저 감사할 따름입니다. 기필코 약조를 지키겠습니다.”

김양상은 당장이라도 서역으로 달려갈 기세였다.

"당나라는 신라가 그들의 도움으로 삼한을 일통했다고 하지만 신라는 본래부터 대륙을 품었던 동방의 대국이었습니다. 꼭 황금보검의 비밀을 밝혀서 웅혼했던 선조들의 기상을 되살리고, 찬란했던 황금의 나라를 다시 세우는 계기를 마련하십시오. 소승은 왠지 황금보검이 실제로 대왕의 보검이라는 생각이 듭니다."

"잘 알겠습니다. 소생, 미력하지만 힘을 다해 대사의 뜻을 꼭 이루겠습니다."

김양상은 결연한 어조로 대답했다.

3

김양상이 혜초대사의 제자 일선日宣과 함께 장안을 떠난 때는 낙엽도 다 떨어진 늦가을이었다. 김양상은 하늘을 날 것만 같았다. 혜초와의 약조를 마무리 지은 후에 황금보검의 비밀을 밝힐 계획인데 그 생각만으로도 밤에 잠이 오질 않을 지경이었다.

김양상과 일선은 서쪽으로 걸음을 재촉했다. 난주蘭州에서 황하를 건너고 긴 하서회랑을 지나 옥문관에 이르면 그 다음부터는 호마胡馬가 구슬피 우는 서역이다. 일선과는 구자龜玆(쿠차)를 거쳐 소륵疎勒(카슈가르)까지 동행할 예정이었다. 천축에 가려면 총령蔥嶺(파미르 고원)을 넘고 신두하新頭河(인더스 강)를 건너야 하지만, 소륵 이남은 안서도호부에서 치안을 확보하고 있기에 일선 혼자서도 갈 수 있을 것이다.

장안을 출발한 두 사람은 보름을 걸어 난주에 도착했다. 상류로 향할수록 황하의 물줄기는 거세졌는데 저 황하가 발원되는 곳에서부터 서역이 시작된다. 서역으로 떠나는 출발지인 만큼 난주 거리는 대상들로

붐볐다.

어느새 해가 기울고 있었다. 김양상은 객잔을 알아볼 겸해서 난주의 거리로 나섰다. 호기심이 많은 김양상은 보이는 것 모두에 눈길이 갔지만 일선은 혹시 도적이라도 만나면 어쩌나 연신 불안해했다. 저렇게 겁이 많은 사람이 어떻게 천축으로 갈 결심을 했는지 의아할 정도였다.

"혜초대사로부터 시주 이야기를 들었습니다. 과연 대자대비의 마음입니다. 시주같이 의협심이 뛰어난 사람과 동행을 하게 되어 마음이 든든합니다. 신라에서 오셨다고 들었는데 무슨 일로 장안에…?"

김양상과 비슷한 연배인 일선은 김양상이 왜 위험한 서역행을 자처하고 나섰는지 궁금한 모양이었다. 혜초대사로부터는 소륵까지 동행할 것이라고만 들었던 터였다.

"관리들의 비리를 규찰하다 그들의 모함으로 서라벌에서 추방되었지요. 서역으로 가는 이유는 혜초대사와의 약조 외에도 반드시 밝히고 싶은 일이 있기 때문입니다."

"그렇군요. 꼭 뜻을 이루기를 기원하겠습니다."

일선이 합장을 했다.

"마땅한 객잔이 보이질 않는군요."

아직 서역에 이르지도 않았는데 눈에 보이는 풍경이 너무 낯설었다. 김양상은 새삼 세상은 넓다는 사실을 실감했다. 대상들을 상대하는 객잔은 많았지만 입축승이 머무를 만한 조용한 객잔은 쉽게 눈에 들어오지 않았다.

"와!"

그때 갑자기 시장 한구석에서 환성이 일었다. 고개를 돌리니 환인幻

人(마술사)이 사람들을 모아놓고 백희술百戱術(마술)을 펼치고 있었다.

"자! 이번에는!"

젊은 환인이 형형색색의 공을 들어 보이며 큰 소리로 외쳤다. 공을 여러 개 공중에 띄워놓고 돌리는 농환弄丸을 펼쳐 보일 모양이었다. 김양상과 일선도 사람들 틈에 끼어 환인의 백희술을 지켜보았다. 서역에서 전래된 백희술은 장안에서도 성행하고 있었다.

공이 하나둘씩 늘더니 마침내 6개의 공이 정신없이 허공에서 돌아갔다. 장안에서 8개의 공을 돌리는 환인을 본 적이 있었던 김양상은 난주의 환인은 과연 몇 개나 돌릴까 궁금했다. 얼핏 한인漢人처럼 보였던 환인은 자세히 보니 한인이 아니었다.

"와!"

다시 한 번 탄성이 일었다. 환인은 손을 현란하게 돌리더니 무려 10개의 공을 차례로 허공에 띄웠다. 젊은 나이에 대단한 솜씨를 지닌 환인이었다. 동전이 쏟아졌다. 환인은 만족스러운 웃음을 짓더니 이번에는 큰 칼을 집어 들었다. 그리고 보란 듯이 사람들 앞에 내밀었다. 날이 시퍼렇게 선 무시무시한 칼이었다.

"탄도呑刀를 펼칠 모양이네."

사람들이 수군거렸다. 큰 칼을 목구멍 속으로 삼키는 탄도는 공을 놀리는 농환이나 입에서 불을 토하는 토화吐火보다 훨씬 어려운 백희술이다.

"끔찍하군요."

일선은 그만 자리를 뜨자고 했지만 김양상은 조금 더 지켜보기로 했다. 환술 중에서 경업輕業(아크로바트)은 경지에 이르려면 꾸준히 기예를 연마해야 하지만 기술奇術(마술)은 사람의 눈을 현혹시키는 사술이다. 김양상은 이번 기회에 환인들이 어떻게 사람의 눈을 속이는지를 확인해볼 요량이었다.

환인이 기합을 지르며 칼을 내두르자 제법 굵은 몽둥이가 두 동강이 나버렸다. 무시무시한 칼에 겁을 먹은 구경꾼들이 한두 걸음씩 뒤로 물러섰다. 환인은 의기양양한 웃음을 지으며 칼을 입으로 가져갔다. 구경꾼들은 모두 숨을 죽이고 환인을 지켜보았다.

"그만 갑시다."

일선이 상을 찡그리며 김양상의 소매를 끌었다. 불제자에게는 끔찍한 장면일 것이다. 그런데 칼이 부드러운 천으로 바뀌기라도 한 듯 슬금슬금 환인의 목구멍 속으로 들어가기 시작했다. 그 사이에 벌써 사술을 썼단 말인가. 김양상은 주의해서 살펴봤지만 특별히 눈에 들어오는 것은 없었다.

"나무아미타불!"

환인이 그 큰 칼을 손잡이만 남겨놓고 다 삼켜버리자 일선은 덜덜 떨며 염불을 외웠다. 김양상은 언제 어디서 어떤 사술을 썼는지 밝혀내고 싶었지만 일선을 생각해서 그만 자리를 뜨기로 했다.

"악!"

구경꾼들이 비명을 질렀다. 본능적으로 고개를 돌린 김양상의 눈에 환인이 목구멍에서 뽑아낸 칼로 자기 손목을 내리치는 장면이 들어왔다. 그러자 손목은 피를 뿌리며 땅바닥에 떨어졌고, 곧 꿈틀거리며 구경꾼에게 달려들었다. 말로만 듣던 지해支解인데 너무도 완벽했다. 참으로 대단한 솜씨를 지닌 환인이었다. 김양상이 감탄하는데 잘린 손목이 다섯 손가락을 발삼아 슬금슬금 기면서 일선에게 다가갔다.

"이게…. 이게 무슨 짓이오!"

일선이 기겁을 하며 뒤로 물러서자 구경꾼들은 박장대소를 했다.

"앗!"

그렇지 않아도 끔찍한 광경에 질려 있던 일선은 허둥대다 그만 뒤로 나뒹굴고 말았다.

"고약한 사람이로군. 살생을 금하는 불제자에게 이게 무슨 해괴한 짓인가!"

김양상이 일선을 부축해 일으키며 빙글빙글 웃는 환인을 나무랐다. 환인은 정말 손목이 잘려나가기라도 한 듯 소매가 헐렁거렸다.

잠시 멈추어 섰던 손목이 다시 일선을 향해 슬금슬금 기어갔다. 화가 난 김양상이 걷어차려 하자 손목이 갑자기 방향을 틀더니 달아나기 시작했다. 도대체 어디로 갈 것인가. 사람들이 숨을 죽이며 지켜보는데 갑자기 펑하는 소리와 함께 연기가 일었다.

"와!"

탄성이 일었다. 연기가 걷히자 어느 틈에 손목이 다시 환인의 팔에 붙어 있었다. 많은 돈이 쏟아졌다. 김양상은 놀림을 당한 기분이었지만 따지지 않기로 했다. 객잔을 구하는 것이 우선이었다. 그런데 언제 무슨 수를 썼을까. 자꾸 궁금증이 일었다. 잘려나간 것처럼 보였던 손목 속에는 조련시킨 다람쥐 새끼라도 들어 있었을까. 김양상은 기회가 있으면 꼭 사술을 밝혀내리라 마음먹었다.

다행히 발품을 판 덕분에 그런대로 마음에 드는 객잔을 구할 수 있었다. 두 사람은 노독을 풀기로 하고 방으로 들어갔다.

"서역에는 별 신기한 일이 많다는 것을 혜초대사로부터 들었지만 제대로 발을 디디기도 전에 험한 꼴을 당했습니다."

일선은 아직도 놀란 가슴을 진정치 못하고 있었다.

"끔찍해 보였지만 눈속임에 불과한 것이니 너무 마음 쓰지 마십시오."

김양상은 일선을 안심시켰다. 밤이 되자 낮에는 그리도 번잡하던 난주 거리가 고요 속에 잠겼다. 일선은 몹시 피곤했던지 자리를 잡자 곧 잠에 빠졌다. 그렇지만 김양상은 쉽게 잠이 오지 않았다. 복잡한 심사가 이역의 정취와 어우러지면서 흥분이 쉽게 가라앉지 않았다. 처연한 달빛은 향수를 더욱 자극했다. 나 없는 사이에 서라벌에서는 무슨 일이 벌어지지는 않았을까. 김경신은 잘 지내고 있을까. 꼭 돌아오겠다던 약조를 지켜야 할 텐데 언제 서라벌 땅을 다시 밟게 될지 아득하기만 했다. 이제 옥문관을 나서면 많은 어려움과 마주칠 것이다.

문득 곡강 주루에서의 일이 김양상의 뇌리를 스치고 지나갔다. 소피아는 장안을 떠났을까. 제발 좋은 대상들을 만나 무사히 고향에 당도해야 할 텐데. 다시는 만날 길이 없는 여인 소피아. 그런데 우수에 젖은 그녀의 눈동자가 쉽게 잊어지지 않는다.

아무래도 쉽게 잠이 올 것 같지 않았다. 억지로 잠을 청하느니 무예를 연마하기로 하고 칼을 들고 밖으로 나섰다. 이곳 상인들은 대부분 무장을 하고 있기에 김양상도 칼을 한 자루 마련했던 터였다.

객잔 뒤 동산에 오른 김양상은 천천히 칼을 뽑아들었다. 칼자루를 두 손으로 감싸 쥐고서 가볍게 왼쪽 어깨에 올려놓고 정면을 주시했다. 본국검의 연마는 지검대적세持劍對賊勢부터 시작된다.

김양상의 몸이 천천히 오른쪽으로 돌았다. 바람소리가 일면서 칼이 허공을 갈랐다. 틈을 주지 않고 정면의 적을 향해 칼을 날린 후에 재빨리 뒤로 한 걸음 물러서면서 방어자세로 옮겼다. 진전격적세進前擊賊勢에서 금계독립세金鷄獨立勢로의 전환을 한순간에 마친 것이다.

이마에 땀방울이 맺혔다. 김양상은 땀을 닦으며 안도의 숨을 내쉬었다. 장안에 있는 동안에 무예를 멀리하고 있었기에 조금 걱정이 되었는데 막상 칼을 드니 예전의 기량이 금세 되살아났던 것이다.

칼을 거둔 김양상은 각저희脚抵戱를 순서대로 펼치기 시작했다. 자세를 잡자 양 손끝에 기가 모아졌다. 이어서 뜨거운 기운이 온몸을 타고 도는 것을 느낄 수 있었다. 하지만 무리할 필요는 없다. 가볍게 몸을 푼 김양상은 칼을 챙겨들고 객잔으로 향했다.

"……?"

객잔에 이른 김양상은 얼른 몸을 숨겼다. 인기척이 들렸는데 본능적으로 심상치 않은 기운이 느껴졌던 것이다. 몸을 감추고 지켜보자 객잔으로 다가가는 침입자가 눈에 들어왔다. 침입자는 어둠 속에 몸을 숨기고 잠시 객잔을 살피더니 다람쥐를 연상시키는 날렵한 몸놀림으로 재빨리 2층으로 올라갔다. 김양상은 지체하지 않고 2층으로 몸을 날리며 침입자의 뒤를 따랐다.

침입자는 복면을 했는데 주위를 살피더니 소리를 죽이며 객실로 다가가더니 익숙한 솜씨로 문을 따고 안으로 들어갔다. 상당한 무예를 지닌 자 같은데 그럼 좀도둑이란 말인가. 김양상은 조금은 맥이 빠지는 기분이었다.

복면의 도적은 오래지 않아 객잔을 빠져나왔고 몸을 날려 어둠 속으로 도주했다. 김양상은 소리쳐 사람을 부르려다 도적의 뒤를 따라갔다. 저리도 날랜 몸을 지닌 자가 좀도둑질을 하는 데 묘한 호기심이 일었던 것이다.

저 앞에서 도적이 달려가고 있었다. 김양상은 힘껏 내달았고 어렵지 않게 도적의 뒤를 잡았다. 뒤를 쫓는 자가 있음을 안 도적이 걸음을 멈추었다. 별로 당황하지 않는 것은 얼마든지 상대할 자신이 있다는 의미일 것이다.

도적은 편곤鞭棍을 빼들더니 김양상을 향해 사정없이 돌진했다. 도리깨처럼 생긴 짧은 편곤은 얼핏 보기에는 별것 아닌 것 같지만 제대로 맞았다가는 목숨이 위태로운 무서운 병장기다. 편곤은 김양상의 정수리를 노리고 달려들었다. 사정을 봐주지 않겠다는 뜻이다. 도적질을 하다 들켰으면 장물을 내려놓고 달아날 것이지 쫓아온 사람을 죽이겠다고 덤벼들다니. 괘씸한 생각이 든 김양상은 칼을 뽑아들었다. 그리고 달려드는 편곤을 쳐내며 공세로 전환했다.

"……!"

복면의 도적은 설마 반격해 오리라 예상하지 못했는지 당황해하며 두어 걸음 물러섰다. 그러더니 곧 마상 편곤술을 펼치듯 눈이 어지러울 정도로 편곤을 좌우 손으로 번갈아 돌리며 재반격을 시도했다. 무예가 상당한 자였다.

김양상은 도적이 왼쪽으로 노리고 편곤을 날릴 심사임을 이미 간파했다. 좌측을 방어하는 틈에 자편子鞭이 정수리를 노리고 달려들 것이다. 양쪽을 동시에 공격하는 효과가 있지만 편곤을 거두어들일 때 짧은 순간이나마 허점을 드러내게 된다. 김양상은 그 틈을 노리기로 했다.

예상대로 편곤이 먹이를 본 뱀처럼 왼쪽 옆구리를 노리고 달려들었고 김양상은 칼을 내밀어 편곤을 막았다. 도적은 그 순간 의지하던 손을 자편에서 모편으로 바꾸어 들었다. 그러나 김양상의 칼이 더 빨랐다. 도적이 미처 손을 바꾸기 전에 검 끝에 걸린 편곤은 둔탁한 소리를 내며 땅에 떨어졌고 김양상의 칼이 도적의 인중 앞에 멈추어 섰다.

"……!"

도적은 거친 숨을 몰아쉬며 김양상을 노려보았다.

"너는…?"

도적의 복면을 벗긴 김양상은 깜짝 놀랐다. 도적은 아까 거리에서 백희술을 펼치던 환인이었다.

"나도 당신이 누군지 알아. 불승을 따라다니는 사람이지? 내가 당신 전대에 손을 댄 것도 아닌데 왜 이리 악착같이 나를 쫓아오는 거야?"

환인은 도적질하다 들킨 주제에 도리어 김양상에게 따지고 들었다. 참으로 뻔뻔한 자였다.

"잔말 말고 전대를 내놓거라."

김양상이 정색을 하자 환인은 그제야 할 수 없다는 듯 전대를 건네주었다.

"너는 한인 같지 않구나. 회골回骨(위구르) 인이냐?"

"반은 한족이고 반은 회골 사람이지. 아무래도 오늘은 일진이 안 좋은 것 같군."

혼혈임을 밝힌 환인은 퉁명스럽게 쏘아붙이고는 등을 돌렸다. 살려달라고 빌어도 모자랄 판에 되레 큰소리치는 환인을 보며 김양상은 어이가 없었다. 그렇지만 전대를 돌려받은 마당에 소란을 피우고 싶지 않았다. 갈 길이 멀다. 가급적이면 복잡한 일에 휘말리지 않는 게 좋을 것이다.

"잠깐만!"

무슨 일인지 걸음을 옮기던 환인이 돌아서더니 다시 김양상에게 다가왔다.

"중원을 유람하면서 여러 검술, 다양한 권법을 상대해 봤지만 당신의 무예는 처음이다. 당신도 당나라 사람이 아니지?"

그게 궁금했는가. 김양상은 당돌한 회골인에게서 묘한 친근감이 느껴졌다.

"신라 사람이다."

"그렇군. 하면 나와 대적했던 무예는 본국검법인가?"

회골인은 제법 아는 것도 많은 자였다. 회골인은 야릇한 미소를 지어 보이더니 다시 돌아서서 어둠 속으로 사라졌다.

"……!"

뭔가 이상하다는 느낌이 들었다. 걸음을 옮기던 김양상은 아차 싶어 재빨리 품속에 손을 넣었다. 전대가 없었다. 그 사이에 회골인이 다시 빼간 것이다. 환인들의 손은 눈보다 빠르다더니 그야말로 멀쩡하게 눈을 뜬 채 당한 것이다. 서둘러 주위를 살폈지만 회골인은 이미 종적을 감춘 다음이었다. 미처 서역에 발을 들여놓기도 전에 쓴맛을 봤다. 김양상은 허탈한 웃음을 지으며 객잔으로 발길을 돌렸다.

4

하서회랑에 접어들자 이역의 정취가 한결 더해졌다. 북쪽의 고비사막과 남쪽의 기련산맥 사이로 난주에서 옥문관까지 3천 리에 걸쳐 길고 가느다랗게 이어진 하서회랑은 서역으로 향하는 통로다. 김양상과 일선은 모래바람을 맞으며 옥문관을 향해 서쪽으로 서쪽으로 걸음을 재촉했다. 만리장성이 끊어졌다 이어졌다를 되풀이하며 조금은 긴장된 마음으로 서역을 향하는 과객의 동반자가 되어주었다.

마침내 김양상과 일선은 하서사진河西四陣의 요충지인 양주涼州(무위)에 당도했다. 여기서 잠시 휴식을 취한 후에 감주甘州(장액)와 숙주肅州(주천), 그리고 사주沙州(돈황)를 차례로 거치면 옥문관에 이르게 된다.

"변경의 정취가 물씬 풍기는군요. 당장이라도 도적떼가 출몰할 것 같습니다."

일선이 잔뜩 긴장해서 주위를 연신 둘러보았다.

"서역의 정세가 혼미하다고 하지만 옥문관 동쪽은 안서절도부가 통제하고 있으니 너무 걱정하지 않아도 됩니다."

김양상이 일선을 안심시켰다. 함께 옥문관으로 향하는 대상들의 여유 있는 표정에서 안서절도부의 위용이 절로 느껴졌다. 그렇지만 옥문관을 나서면 사정은 달라질 것이다.

"아무튼 소륵까지는 시주와 동행할 테니 마음이 놓입니다."

일선이 애써 웃음을 지어보였다.

"그런데 소륵에서 헤어진 후에 시주께서는 어디로 가실 요량입니까? 서역의 정세가 한 치 앞을 예측할 수 없다고 하던데."

일선이 걱정 가득한 얼굴로 물었다.

"당장은 막막할 따름입니다. 하지만 넓은 세상을 두루 경험하다보면 무슨 수가 생기겠지요."

김양상은 솔직한 심사를 전했다. 그저 대막大漠(타클라마칸 사막)을 지나고 험산을 넘으면 파사와 대식국에 이르고 다시 서해를 건너면 대불림에 도달한다는 사실만 알고 옥문관을 나서기로 한 마당이었다. 서역행은 한 줄기 빛이었지만 막상 옥문관에 다다르면 그 다음에는 뭘 어떻게 해야 할지 막막했다. 대불림으로 간들 황금보검의 비밀을 푼다는 보장이 없었다.

"시주도 소승처럼 구법의 길을 떠난 셈이로군요. 깨달음을 얻기 위해 천축으로 향하는 소승이나 의문을 풀기 위해 서쪽으로 향하는 시주나 다를 바 없습니다."

일선의 말이 틀리지 않을 것이다. 두 사람은 마주보며 웃음을 지었다. 멀리서 말들이 무리를 지어 달리는 모습이 눈에 들어왔다. 부근 어딘가에 목장이 있는 것 같았다. 하서회랑은 그 옛날 한의 거기장군車騎將軍 곽거병이 풍진을 날리며 군마를 인솔했던 길이고, 기도위 이릉이 적진을 난무하며 흉노를 상대했던 땅이다. 바람소리에 그때의 함성이 실려 오는 듯했다.

그런데 중원 사람들이 그렇게 두려워하던 흉노가, 대초원을 호령했던 흉노가 김씨 왕계의 선조란 말인가. 그리고 황금보검과는 무슨 관계가 있을까. 김양상은 돌진하는 말 무리를 보며 반드시 뜻을 이룰 것을 다짐했다.

5

길고 긴 하서회랑을 빠져나오는 동안에 해가 바뀌어 천보 10년(751

년)이 되었고 두 사람은 마침내 옥문관에 이르렀다. 저 문을 나서면 전혀 다른 세상이 펼쳐질 것이다.

출관 점고를 받는 줄이 길게 늘어서 있어서 점고를 마치려면 제법 기다려야 할 것 같았다. 김양상은 대상의 무리와 동행하기로 했다. 여러 차례 대막大漠을 지난 적이 있는 그들과 함께 움직이면 어려움을 크게 덜 수 있을 것이다.

두 사람은 비단을 가득 실은 대상의 행렬 끝에 서서 차례를 기다렸다. 여러 필의 말과 낙타에 가득 실려 있는 저 비단들은 긴 여정을 거쳐 대불림에 도달하면 엄청나게 비싼 값에 팔릴 것이다. 그리고 대상들은 대불림에서 유리와 파사의 금은세공품, 호탄의 옥, 페샤와르의 청금석 등 진귀한 물자를 구입해서 장안으로 돌아오면 또 한 번 엄청난 이득을 취할 것이다. 그렇기 때문에 대상들은 그 길고 험한 여정을 마다하지 않고 나서고 있었다.

"형! 그렇게 혼자 가면 어떻게 합니까. 하마터면 놓칠 뻔했잖아요."

뒤에서 웬 사내가 호들갑을 떨며 김양상의 소매를 잡았다.

"아 그래, 이역만리에서 일행을 놓치기라도 하면 나는 어떻게 합니까. 짐은 제게 주시지요."

그러면서 사내는 빼앗듯 김양상의 짐을 받아들었다. 사람을 잘못 본 모양이구나 하며 다시 짐을 돌려받으려던 김양상은 깜짝 놀랐다. 느닷없이 다가온 사내는 난주 거리에서 백희술을 펼치던 환인, 밤이면 도적으로 변하던 바로 그 회골인이었다.

"당신은…."

"쉿!"

회골인이 경계의 빛을 띠는 김양상에게 조용히 하라며 슬그머니 구석으로 끌고 갔다. 할 말이 있는 모양이었다.

"이게 무슨 짓인가? 왜 내가 당신 형이지?"

김양상이 환인을 노려보았다.

"시주와는 면식이 있는 사람입니까?"

일선이 불안한 표정으로 따라오며 김양상에게 물었다. 그의 눈에도 회골인의 행동이 수상쩍어 보였던 모양이었다.

"대사께서도 그간 무고하셨습니까? 왜 저를 기억 못하십니까?"

회골인이 넉살좋게 웃으며 대신 대답하고 나서자 일선은 눈이 휘둥그레져서 김양상을 쳐다봤다.

"일전에 난주에서 백희술을 펼치던 사람입니다. 왜 지해를 행한다며 대사를 우롱했던…."

김양상의 말에 일선의 표정이 일그러졌다. 그때의 불쾌했던 기억이 되살아난 것이다.

"그저 조금 장난질했던 것뿐입니다. 기분이 상하셨다면 사죄드리겠습니다."

말은 그렇게 했지만 회골인은 별로 미안해하는 기색이 아니었다.

"여전히 넉살이 좋군. 그래, 대체 우리에게 무슨 용무가 있지? 허튼 수를 부리면 용서하지 않겠다."

"실은…."

김양상이 정색하자 회골인도 따라서 정색을 했다.

"제 이름은 석연당石淵唐입니다. 일전에 얘기했던 대로 반은 한인이고 반은 회골인이지요. 그동안 중원 이곳저곳을 유랑하며 지냈는데 이제 그만 고향 구자龜茲로 돌아가려고 합니다. 그런데 서두르는 바람에 출관장을 받아가지고 오는 걸 깜빡 잊었습니다. 부탁드리겠습니다. 출관 점고 때 나를 일행이라고 해주십시오. 은혜는 잊지 않겠습니다."

석연당은 이제와는 전혀 다른 태도로 정중하게 부탁했다. 입축승의 출관 점고는 크게 까다롭지 않아 일행이라고 하면 쉽게 통과될 것이다.

"혹시…?"

일선은 석연당이 서역으로 도주하려는 죄인이 아닐까 해서 김양상을 쳐다봤다. 하지만 김양상이 보기에 그런 것 같지는 않았다. 죄를 짓고 쫓기는 사람이 난주 큰 거리에서 사람들을 모아놓고 백희를 펼칠 리는 만무했다.

"혹시라도 죄를 짓고 달아났다면 벌써 옥문관에 방이 붙었을 것이고 이렇게 대낮에 얼굴을 드러내놓고 돌아다니지 못할 겁니다. 그저 한시 바삐 고향으로 돌아가고 싶은 마음에 서두르다 출관장을 빠뜨린 것뿐입니다."

석연당은 그날 밤의 일은 전혀 아랑곳하지 않는 투였다. 서두르다 출관장을 빠뜨렸다는 말은 아마도 거짓말일 것이다. 짐작건대 출관장을 손에 넣을 만한 여유가 없었을 것이다. 그리고 남의 전대에 손을 댄 것도 노자를 마련하기 위해서였을 것이다. 그렇지만 구자가 고향이라는 말은 사실인 것 같았다.

귀향 여비를 마련할 형편이 못되는 가난한 회골인으로부터 도움을 요청받은 셈이다. 사정은 이해되지만 그렇다고 선뜻 승낙할 수 없었다. 왠지 석연치 않은 구석이 있었기 때문이다. 편곤을 다루는 솜씨며 날랜 몸놀림에서 예사 환인이 아니라는 느낌을 지울 수 없었다. 괜히

호의를 베풀다 예기치 못했던 곤경에 빠지는 일이 생길지도 모른다.

"사정이 딱한데 도와주기로 합시다."

김양상이 고심하자 일선이 나섰다. 천성이 착한 데다 객잔에서의 일을 모르기에 석연당의 말을 그대로 믿은 것이다.

"좋아. 하지만 행여 다른 짓을 했다가는 용서치 않을 것이다."

김양상은 석연당에게 단단히 주의를 주었다. 어쨌거나 도움을 청하는 사람을 모른 체할 수는 없었다.

"물론입니다. 이 은혜 잊지 않겠습니다."

동행이 허락되자 석연당의 표정이 밝아졌다. 어수룩한 것 같으면서도 언뜻언뜻 느껴지는 날카로움. 아무래도 예사 환인은 아니었다.

세 사람은 별 어려움 없이 출관 절차를 마쳤고 김양상은 마침내 옥문관을 나서게 되었다. 드디어 서역에 발을 디딘 것이다. 김양상은 끝이 보이지 않는 광활한 사막을 바라보며 피가 끓어올랐다. 넓은 세상, 새로운 세계가 눈앞에 펼쳐진 것이다.

대상의 행렬은 낙타 방울소리를 울리며 서쪽으로 서쪽으로 걸음을 옮겼다. 바람에 물결이 일듯 가는 무늬를 이룬 모래언덕이 끝없이 펼쳐졌다. 작열하는 태양과 보이는 것이라고는 지평선뿐인 광활한 사막. 낯선 환경에 두려움이 일었지만 하루 거리마다 대상의 숙소가 있어서 길을 잃지만 않는다면 사막을 가로지르는 데 큰 어려움은 없겠다. 무엇보다도 대상을 이끄는 행두가 연륜이 깊은 사람이어서 든든했다.

다행히 일선은 잘 따라오고 있었다. 혹시나 해서 경계를 늦추지 않는 석연당은 정말로 고향으로 돌아가는 길인지 특별히 이상한 행동은 하지 않았다. 가도 가도 끝이 없는 사막. 350여 년 전에 대막을 지났던 동진의 구법승 법현이 '사하沙下에는 악귀와 열풍이 심해서 이를 만나면 모두 죽고 한 사람도 살지 못한다. 위로는 나는 새도 없고 아래로는 달리는 짐승도 없다. 아무리 둘러봐도 막막하기만 할 뿐, 어디로 가야 할지 알 수가 없다. 오직 인골人骨만이 길을 가리키는 표지다'라고 기술했는데 김양상은 비로소 그 말을 실감하게 되었다.

그렇지만 이 세상에 사람이 가지 못하는 길은 없으리라. 현장법사는 이 길을 따라 천축으로 갔고, 혜초대사는 이 길을 지나 장안으로 돌아왔다. 김양상은 그 사실을 되새기며 문득문득 찾아오는 불안감을 떨쳐버렸다.

모래바람이 불기 시작했다. 앞사람을 놓치면 큰일이다. 대상들은 낙타 방울소리에 귀를 기울이며 부지런히 걸음을 재촉했다. 바람이 그치고 나면 거짓말처럼 지형이 바뀌었다. 그러니 연륜이 짧은 사람은 길을 잃기 십상이다.

저 멀리 앞서가는 다른 대상의 행렬이 시야에 들어왔다. 점점이 줄을 지은 대상들은 모래의 바다를 부지런히 헤치고 지나가고 있었다. 보기에는 별로 떨어지지 않은 곳 같은데 행두는 우리보다 이틀 먼저 출발한 대상들이라고 했다. 그만큼 사막은 넓고 광활했다.

해가 지고 밤이 되자 추위가 엄습해 왔다. 대막은 낮에는 찌는 듯이 덥다가도 밤이 되면 이가 덜덜 떨릴 만큼 추웠다. 사람들은 서둘러 추위에 대비했다. 정녕 옥문관을 나서면 전혀 다른 세계가 펼쳐진다는 말이 허언이 아니었다.

6

대막에 발을 들여놓은 지 벌써 열흘이 흘렀다. 처음에는 계속되는 갈증과 살을 파고드는 모래바람, 숨 막히는 풍진風塵 때문에 몹시 힘들었지만 차차 익숙해지면서 이제는 그런대로 참고 견딜 수 있었다.

대상의 행렬은 백룡퇴白龍堆로 접어들었다. 백룡퇴는 사막 위에 허옇게 드러난 소금 덩어리들이 용의 비늘과 같은 형상으로 굳어진 암염지대다. 크고 작은 모래언덕과 괴기한 모양의 풍적토암들, 그리고 허연 소금 덩어리들. 그야말로 살아 있는 것이라고는 눈을 씻고 찾아봐도 없는 죽음의 지대였다.

힘든 하루가 지나고 다시 밤이 돌아왔다. 백룡퇴를 지나느라 피곤했는지 일선과 석연당은 잠자리에 들자마자 곯아떨어졌다. 두 사람이 잠든 것을 보고 김양상은 천막 밖으로 나섰다. 밤하늘 별들이 높은 곳에서 차가운 빛을 뿌리고 있었다. 옥문관을 나선 이후로 변함이 없는 것은 오로지 밤하늘뿐이었다. 별빛을 총총히 뿌리고 있는 저 밤하늘은 멀리 떨어진 서라벌까지 이어져 있을 것이다. 김양상은 머리를 내저으며 밀려오는 망향의 정을 뿌리쳤다. 지금은 향수에 젖어 있을 때가 아니다. 어렵게 잡은 천재일우의 기회다. 그러니 반드시 뜻을 이루고 서라벌로 돌아가야 한다.

어디서 뭘 어떻게 시작해야 하는가. 모든 게 너무 막막했고 서역은 넓고 험했다. 그리고 사막에서는 예측할 수 없는 일들이 연속되었다.

"……!"

김양상이 밤하늘을 올려다보고 있는데 갑자기 주위가 소란해지더니 대상들이 하나둘씩 천막 밖으로 나왔다.

"무슨 일입니까?"

김양상은 급한 일이라도 생긴 듯 바쁘게 움직이고 있는 대상에게 다가가 까닭을 물었다.

"행두가 행로를 바꾸었소. 날카로운 바위 조각이 널린 길로 간다 하니 낙타와 말들 발에 천을 씌워야 하오. 당신들도 발에 천을 단단히 감아야 하오. 그렇지 않았다간 칼에 벤 것처럼 갈기갈기 찢어질 테니까."

대상이 투덜거리며 천으로 낙타 발을 감쌌다. 왜 갑자기 행로를 바꾼 걸까. 김양상은 저쪽에서 대상들을 독려하는 행두에게 다가갔다.

"왜 갑자기 행로를 바꾸십니까? 길이 험하다고 하던데."

행두는 대답 대신에 은밀히 할 얘기가 있다는 듯 슬그머니 김양상의 소매를 잡아끌었다.

"당신네 일행 중에 그 회골인 말인데…. 정말 장안에서부터 동행한 사람이오? 혹시나 해서 그동안 유심히 살펴봤는데 아무래도 그런 것 같지 않아서 하는 말이오."

그게 지금 중요한 건가. 김양상은 솔직히 대답했다.

"행두 말대로 장안에서부터 동행한 사람은 아닙니다. 구자로 가는 길인데 출관장을 놓고 왔다고 해서 동행키로 한 것이지요. 그런데 그게 문제가 됩니까?"

혹시라도 행두가 돈을 더 우려내려고 공연한 트집을 잡는 건 아닌가 해서 김양상은 그를 쏘아보았다.

"경솔한 짓을 했소. 서역의 정세가 어지러워지면서 도적들의 출몰이 잦아지고 있소. 회골인이 도적 패거리가 아니라고 어찌 장담할 수 있겠소."

갑자기 행로를 바꾼 것이 그런 이유에서였단 말인가. 김양상은 공연히 미안한 생각이 들었다.

"회골인이 도적 패거리라고 해도 여기서 갑자기 행로를 바꾸면 미처 패거리들에게 연통할 틈이 없을 것이오. 대상들에게는 적당한 이유를 댔으니까 당신도 그리 알고 따로 내색하지 마시오. 행로를 바꾸는 바람에 일정이 이틀 더 길어지게 되었지만 그래도 도적에게 물건을 털리는 것보다 백배 나을 것이오."

행두는 경륜이 풍부한 사람이었다. 옥문관을 나서면 무슨 일이 언제 어디서 벌어질지 모른다. 그러니 안서절도부의 세력이 미치지 못하는 외진 사막 한복판에서 도적을 만나면 꼼짝 못하고 털릴 것이다. 김양상은 자신의 부주의를 후회하며 서둘러 천막으로 돌아갔다.

날이 밝으면서 대상들은 다시 길을 떠났다. 갑자기 행로가 바뀌면서 날카로운 바위 조각이 널린 험로를 지나가게 된 대상들은 연신 불평을 늘어놓았다.

"길이 많이 험합니다. 괜찮습니까?"

김양상은 일선이 걱정되었다. 일행 중에서 일선이 제일 힘들어했다.

"참을 만합니다."

일선은 창백해진 얼굴로 손을 내저었다. 석연당은 갑자기 행로가 바뀐 이유를 아는지 모르는지 그저 묵묵히 따라오고 있었다. 아무래도 뭔가 숨기는 구석이 있는 자 같은데 그렇다고 행두가 의심하는 것처럼 도적의 패거리 같지는 않았다. 패거리라면 갑자기 행로가 바뀐 이유를 궁금해하거나 정황을 간파하고 탈출했을 것이다.

"괜찮은가?"

김양상이 석연당에게 다가갔다. 아무튼 대막을 벗어날 때까지 눈 밖에 벗어나게 내버려두어서는 안 될 인물이다.

"대막은 내 고향이오. 형이나 조심하시오."

석연당이 퉁명스럽게 대답했다. 뭔가 초조해하는 것은 분명한데 행로가 갑자기 바뀐 것 때문은 아닌 듯했다. 도대체 무슨 꿍꿍이속인가. 속을 헤아릴 길이 없지만 여태 살펴본 바로는 악인은 아닌 것 같았다.

"정지!"

행렬을 선도하던 행두가 손을 번쩍 들었다. 무슨 일이 생긴 걸까. 김양상은 얼른 앞으로 달려 나갔다.

"왜 그러십니까?"

아무리 둘러봐도 황량한 사막만이 똑같은 모습을 하고 눈앞에 펼쳐져 있었다.

"저쪽을."

행두가 먼 곳을 가리켰다. 그곳에 무엇이 있나. 그러나 김양상의 눈에 특별히 들어오는 것이 없었다.

"유사流沙다!"

대상들이 겁에 질린 얼굴로 수군거렸다. 자세히 살펴보니 과연 멀리 떨어진 곳에서 모래가 강처럼 천천히 흘러내려오고 있었다. 잘못해서 그곳에 발을 디뎠다가는 영겁의 모래 속으로 빨려 들어가게 된다. 유사는 뱀이 기어오듯 느릿느릿 이쪽으로 다가왔다.

"유사에 빨려 들어가면 짐승은 물론 하늘을 나는 새도 빠져나올 수 없지요. 다행히 빨리 발견한 데다 비교적 작은 유사니 서둘러 비켜 가면 벗어날 수 있을 것입니다."

행두가 유사를 유심히 살피더니 뒤를 돌아보며 소리쳤다.

"빨리 움직여라!"

행두의 지시가 떨어지자 대상들은 허겁지겁 방향을 바꾸었다.

"유사가 다가오는 걸 보기만 해도 온몸에 피가 마릅니다. 저 속에서 수많은 사람들의 원혼이 울부짖고 있을 테니까요."

노련한 행두도 유사만큼은 겁이 나는지 안색이 창백했다. 메마른 열풍과 작열하는 태양, 널려 있는 인골들, 그리고 느릿느릿 다가오는 유사. 참으로 기분 나쁜 곳이었다. 김양상과 일선, 그리고 석연당은 대상의 뒤를 따라 위험지대를 벗어났다. 그런데 유사에서 벗어나자마자 이번에는 모래폭풍이 사정없이 불어댔다.

"정신을 바짝 차리고 앞사람을 놓치지 않도록 해라."

행두가 돌아다니며 대상들을 독려했다. 모래폭풍이 몰아치면서 모래가 사정없이 입과 코로 파고들었다. 그렇지 않아도 숨이 막히는 판에 입과 코를 틀어막고 걸으려니 어려움이 이만저만이 아니었다.

"행두 말이 조금만 가면 숙소에 이른다고 하니 참으십시오."

김양상이 힘겹게 따라오고 있는 일선에게 다가갔다.

"괜찮습니다. 각오하고 나선 마당입니다."

일선이 가쁘게 숨을 몰아쉬며 대답했다. 그런데 길게 가야 반나절을 넘지 않는다는 모래바람이 웬일인지 해가 질 무렵까지 그치지를 않았다. 허리를 잔뜩 구부린 채 입과 코를 틀어막고 걸으려니 걸음을 옮기기가 몹시 힘들었다. 그렇다고 한눈을 팔다 앞사람을 놓치면 꼼짝없이 사막 한복판에서 낙오할 판이다. 김양상은 점점 뒤로 처지는 일선을 부축하며 부지런히 대상의 뒤를 따랐다. 석연당은 언제나 그렇듯 묵묵히 혼자서 걸음을 재촉하고 있었다.

"이제 다 왔다. 저 사구만 넘으면 바람을 피할 수 있을 것이다."

그 와중에서도 행두는 앞뒤를 오가며 낙오자가 없는지 살폈다.

"이게 무슨 소리입니까?"

바람이 조금 잦아졌을 무렵에 김양상의 귀에 이상한 소리가 들려왔다.

"피리소리 같은데…. 누가 사막 한복판에서 피리를…?"

모래바람에 실려 오는 음산한 소리는 분명 피리의 것이었다. 김양상은 놀라서 행두를 쳐다봤다.

"피리는 피리지요. 인골 피리."

행두가 퉁명스럽게 대답했다. 그것은 모래바람이 사막을 지나가다 목숨을 잃은 사람들의 유골을 스치면서 울리는 소리였다.

"매번 듣는 나도 기분이 나쁜데 처음 듣는 사람은 오죽하겠소. 저게 밤새 들려올 때는 심약한 사람은 환각에 빠져 사막을 헤매다 목숨을 잃는 수도 있습니다. 당신이나 회골인은 별 문제가 없겠지만 불승이 걱정됩니다."

행두도 일선이 걱정이 되는 모양이었다.

"경전만 읽던 사람이라 많이 힘들어 하지만 그래도 믿음이 깊은 불제자여서 환각에 빠지는 일은 없을 겁니다."

"제발 그랬으면 좋겠군요. 바람이 많이 잦아졌군. 오늘은 여기서 지내야겠소."

행두는 앞으로 나서며 여기서 야영할 뜻을 비쳤다. 찌는 낮과 온몸이 얼어붙는 밤. 거기에 시도 때도 없이 불어대는 모래폭풍. 그리고 바람이 그치고 나면 완전히 바뀌어버리는 지형. 계속되는 갈증과 천근만근 무거운 몸. 거기에 언제 도적떼가 출몰할지 모른다는 두려움. 하지만 이제 열흘만 참으면 구자에 도착한다. 구자에 가면 두 발을 뻗고 마음껏 쉴 수 있을 것이다.

"이제 조금 살 것 같군요. 빨리 천막을 칩시다."

날이 완전히 저물면서 바람은 미풍으로 바뀌었다. 김양상은 일선을 도와 천막을 쳤고 석연당은 두 사람을 외면한 채 자기 일만 했다.

"천막을 거두시오. 빨리 여기를 빠져나가야 할 것 같소."

행두가 허겁지겁 달려왔다.

"아니 왜 갑자기…?"

"당신은 못 느끼겠지만 바람에 사람 냄새가 섞여 있소."

행두가 잔뜩 긴장한 얼굴로 이유를 설명했다.

"사람 냄새?"

"그렇소. 한 무리의 사람들이 이리로 다가오고 있소. 안서절도부 군사들이 야밤에 출동했을 리는 없을 테니 그럼 누구겠소? 빨리 피해야 하오."

"하면 도적이…?"

김양상은 아연 긴장이 되었다.

"도적이 아니면 누가 이리로 오겠소. 그런데 이상합니다. 이 길은 도적이 출몰하는 길도 아니고 근처에 마땅한 은신처도 없는 데다가 우리가 이리로 갈 거란 사실을 아는 사람이 아무도 없는데."

"그럼…."

석연당이 어느 틈에 패거리에게 연통을 했단 말인가. 김양상이 얼른 석연당에게 시선을 돌렸다. 사실이라면 용서할 수 없었다. 그러나 행두는 그렇게 생각하지 않는 것 같았다.

"회골인이 도적의 패거리라고 해도 행로를 바꾸었고 며칠 동안 아무도 만난 적이 없으니 무슨 수로 연통을 했겠소. 아무튼 빨리 몸을 숨겨야 하니 서두르시오."

행두는 그 말을 남기고 다른 천막으로 뛰어갔다. 그때 저쪽에서 천막을 치던 석연당이 낌새가 이상했는지 이쪽으로 다가왔다. 김양상은 칼을 뽑아들고 석연당을 겨누었다. 아무래도 분명히 해야 할 것 같았다.

"왜 이러시오!"

석연당이 깜짝 놀라며 김양상을 쳐다봤다.

"허튼 수작을 부리면 네 목이 붙어 있지 못할 것이다."

김양상은 여차하면 칼을 휘두를 기세였고 석연당은 저항하지 않았다. 김양상과 행두는 대상들이 사구 뒤로 피하는 것을 확인하고서 얼른 구릉 위로 달려갔다. 위험이 사라질 때까지 경계를 철저히 해야 한다. 석연당이 따라왔지만 김양상은 개의치 않았다. 따로 무장을 하지 않았기에 얼마든지 제압할 수 있었다.

자세를 낮춘 채 구릉 아래를 지켜보자 한 무리의 사람들이 이쪽으로 다가오고 있는 것이 확연히 느껴졌다.

"……?"

조금 있자 사람들의 모습이 드러났는데 뜻밖에도 대여섯 명에 불과했고 소요하듯 느릿느릿한 걸음이었다. 수십 명의 도적떼가 들이닥칠 것으로 예상했던 김양상은 눈앞에 전개되는 상황이 이해가 되질 않았다. 도대체 옆집 나들이하듯 대막 한복판을 걷는 저들은 누구인가. 서두르는 기색이 전혀 없는 걸로 봐서 길을 잃고 헤매는 사람들은 아닌 것 같다.

"대체 저들은 누굽니까? 도적 같지는 않은데."

김양상은 혹시 행두는 알지 모른다는 생각이 들었다.

"그동안 수도 없이 대막을 지났지만 이런 일은 나도 처음이오. 도적은 아닌 것 같은데 그렇다고 길을 잃은 대상들 같지도 않고…. 이 일대는 물도 없고 풀도 자라지 않는, 모래바람만 불어오는 불모지대인데."

행두가 고개를 절레절레 흔들었다. 정체를 알 수 없는 사람들은 점점 구릉 쪽으로 다가왔는데 거리가 가까워지면서 그들이 말하는 소리도 들렸다.

"허! 한족이잖아!"

행두는 놀란 얼굴로 당신도 들었냐는 듯 김양상을 쳐다봤다. 김양상도 똑똑히 들었다. 틀림없는 중원 말이었다.

"나도 들었습니다. 분명 중원 말이었습니다."

그런데 일행 중에는 여인도 있는 듯했다. 대막에 출몰하는 도적떼도 아니고 길을 잃은 대상들도 아니면 대체 죽음의 사막 한복판에서 놀이를 나온 사람처럼 유유자적 행보하는 저들은 누구인가. 그럼 대막을 지나다 죽은 원혼들…? 그런 생각이 들자 김양상은 겁이 덜컥 났다.

숨을 죽이며 지켜보는데 다행히 정체를 알 수 없는 그들은 방향을 틀더니 구릉 저 편으로 점점 멀어져 갔다. 혹시 내가 환각에 빠진 것은 아닐까. 그러나 노련한 행두도 같이 보고 있었다.

"정말 모를 일이오. 아무튼 빨리 여기를 뜨는 게 상책이오."

행두가 출발을 재촉했다. 김양상은 강한 호기심이 일었지만 지금은 무사히 구자에 당도하는 일이 우선이다. 김양상은 아쉬움을 달래며 몸을 일으켰다.

"엇!"

갑자기 석연당이 몸을 일으키는 김양상을 밀쳐내더니 구릉 아래로 내달리기 시작했다.

"저자를! 저자를 빨리 잡아야 하오!"

행두가 기겁을 하며 소리쳤다. 김양상은 자신의 방심을 탓하며 재빨리 석연당의 뒤를 좇았다.

"이보시오! 이보시오!"

석연당은 미친 듯이 소리를 지르며 사람들이 사라져 간 쪽으로 달려갔다. 평지 같으면 금방 잡을 수 있겠지만 발이 푹푹 빠지는 사막이어서 따라 잡는 게 쉽지 않았다.

"기다리시오!"

석연당은 목이 터져라 소리를 질렀다. 왜 갑자기 저러는 걸까. 짓거리로 봐서 한패 같지는 않았다. 아무튼 석연당을 잡고볼 일이다. 김양상은 죽을힘을 다해 석연당을 좇아갔다.

"서라!"

김양상이 몸을 날려 석연당의 허리를 잡아챘다. 두 사람은 한 몸이 되어 모래 위를 뒹굴었다. 석연당이 맹렬하게 저항하며 김양상을 뿌리치려 했다.

"놓으시오! 당신과는 관계없는 일이오!"

석연당이 발버둥을 쳤다.

"분명히 경고했지! 허튼 짓을 했다가는 용서하지 않겠다고!"

김양상이 눈을 부릅떴다.

"내가 언제 당신을 속였다고 그러시오?"

석연당이 큰 소리로 항변했다.

"귀향길인데 서두르느라고 출관장을 잊고 왔다고 하지 않았느냐? 한데 아까 그 사람들은 누구냐? 너는 도적 패거리지? 지금 네 패거리들을 부르는 것 아니냐?"

김양상은 여차하면 칼을 뽑아들 기세였다.

"나는 당신에게 거짓말을 한 적이 없소. 나는 분명 고향으로 돌아가는 길이오. 그리고 나도, 또 아까 그 사람들도 도적이 아니오. 그 사람들을 꼭 만나야 하는데 당신 때문에 일이 틀어지고 말았소."

김양상을 올려다보는 석연당의 눈에 원망이 가득했다.

"하면 너는 아까 그 사람들의 정체를 알고 있나? 대체 그들은 누구냐? 어떤 사람들이기에 사막 한복판을 유유자적 걸어 다니느냐?"

김양상이 석연당을 추궁하는데 일선이 소리를 지르며 이쪽으로 달려왔다.

"시주! 시주! 큰일 났습니다."

숨을 몰아쉬며 달려오던 일선은 김양상 앞에서 그대로 쓰러졌다.

"대상들이 떠나버렸습니다. 이제 사막에 우리만 남게 되었소."

일선이 간신히 숨을 몰아쉬며 말했다.

"그게 무슨 소리입니까?"

"도적들이 몰려오기 전에 여기를 빠져나가야 한다면서 자기들끼리 떠나버렸습니다. 내가 아무리 간청해도 들은 척도 하지 않았소."

이럴 수가…. 김양상은 망연자실해서 밤하늘을 올려다보았다. 별들은 여전히 처연한 빛을 뿌리고 있지만 방금 전과 느낌이 너무도 달랐다. 석연당도 사태의 심각성을 깨닫고 사색이 된 채 아무 말이 없었다. 물 한 모금 없이 대막에 버려졌다는 것은 곧 죽음을 의미한다.

"이제 어떻게 해야 합니까?"

한참 만에 일선이 입을 열었다.

"당장은 막막합니다만 날이 밝는 대로 무슨 수를 강구해야겠지요."

달리 할 말이 없었다. 석연당은 여전히 말없이 고개를 푹 숙이고 있었다. 이런 상황이 발생한 것이 다 석연당 때문이라는 생각이 들자 당장이라도 요절을 내고 싶었다. 그렇지만 그런다고 달라질 게 없다. 김양상은 스스로에게 냉정할 것을 이르며 대책을 강구해 보았다.

추위가 몰려왔다. 하지만 날이 밝을 때까지 이렇게 덜덜 떨면서 지내는 수밖에 없다. 어쩌다 이런 기막힌 일을 당했는가. 행두 말대로라면 이곳은 대상의 통로에서 한참 벗어난 외진 곳이다. 물을 구할 수 있는 곳까지 가려면 닷새는 걸어야 할 텐데 닷새는커녕 사흘도 견디지 못하고 모두 죽고 말 것이다. 서역행을 결심할 때부터 위험은 각오했지만 이토록 허무하게 죽게 될 줄은 몰랐다.

"이게 다 네놈 때문이다. 대체 네놈의 정체가 뭐냐!"

화가 치민 김양상은 맥을 놓고 앉아 있는 석연당에게 다가갔다. 생각 같아서는 단칼에 요절을 내고 싶지만 그 전에 그의 정체를 알아내야 할 것 같았다.

"말을 하자면 길지요. 이상하게 들리겠지만 내가 태어난 곳은 이 부근입니다."

허탈한 표정으로 멍하니 밤하늘을 올려다보던 석연당은 뜻밖에 차분한 목소리로 입을 열었다. 여태까지와는 전혀 다른 사람 같았다.

“그럼 여기가 네 고향이냐?”

김양상은 어이가 없었다. 아무리 둘러봐도 모래뿐인 여기는 도저히 사람이 살 수 없는 곳이다.

“아무래도 석 시주에게 말 못할 무슨 사연이 있는 것 같은데 어디 한번 들어봅시다.”

일선이 김양상을 만류하고 나섰다. 일단 사연을 들어보는 게 좋을 것 같았다. 김양상은 한 걸음 물러섰다.

“좋다. 그럼 어디 속 시원하게 전후좌우를 밝혀 보거라.”

“전에 얘기했듯이 나의 부친은 회골족, 모친은 한족인 혼혈입니다.”

석연당은 짧은 한숨을 내쉬고는 천천히 입을 열었다.

“철이 들면서 환인인 부친을 따라 장안과 낙양을 전전하며 백희술을 펼치며 살았지요. 모친에 대해서는 전혀 아는 것이 없었습니다. 부친은 일절 모친 얘기를 해주지 않았으니까요. 유랑의 삶이 고달프기는 했지만 피를 타고 났는지 금세 백희술을 익히면서 그럭저럭 끼니는 거르지 않고 지냈습니다.”

점점 추워졌지만 김양상과 일선은 석연당의 이야기에 귀를 기울이며 파고드는 한기를 참아냈다.

“그러던 중에 부친께서 연전에 세상을 뜨셨습니다. 부친은 숨을 거두면서 처음으로 모친 얘기를 하셨지요. 부친은 모친과의 약조라며 나더러 모친을 찾아가라고 하셨습니다.”

밤하늘을 올려다보는 석연당의 얼굴에서 거짓은 찾아보기 힘들었다. 김양상과 일선은 잠자코 석연당이 계속하기를 기다렸다.

"부친은 구자에서 태어나셨습니다. 그렇지만 평생 대상들 뒤치다꺼리나 하며 살 마음이 없었기에 중원에서 새 삶을 찾기로 하고 먼 길을 떠나셨습니다. 그게 20여 년 전의 일이지요."

장안에는 그와 흡사한 이유로 중원으로 흘러들어온 회골인들이 수두룩하다. 석연당의 부친도 그들 중 한 사람이었을 것이다.

"대막을 건너던 부친은 심한 모래바람을 만나면서 그만 길을 잃고 말았습니다. 사막 한복판에서 길을 잃은 부친 앞에 기다리고 있는 것은 죽음뿐이었습니다. 지금 우리처럼."

석연당이 허탈한 표정으로 말을 이었다.

"며칠 동안 물 한 모금 마시지 못하고 사막을 방황하던 부친은 기진해서 쓰러졌습니다. 작열하는 태양과 타는 듯한 갈증. 부친에게는 단 한 걸음을 옮길 힘도 남아 있지 않았습니다."

어쩌면 우리도 같은 처지가 될 것이란 두려움이 들자 김양상은 등골이 오싹해졌다.

"시간이 얼마나 지났을까. 눈을 감고 죽음을 기다리던 부친은 인기척을 느끼고 눈을 떴습니다. 그리고 깜짝 놀랐습니다. 웬 여인이 자기를 내려다보더랍니다. 환상일까. 그러나 틀림없는 사람이었습니다."

석연당은 마치 자기 눈으로 본 것처럼 이야기했다.

"그렇게 부친은 사막 한복판에 홀연히 나타난 여인에 의해 구조되었지요."

사막 한복판에 홀연히 나타난 사람들이라면 그럼 아까 그 사람들…? 김양상은 놀란 눈으로 석연당을 쳐다보았다.

"부친은 그 여인을 따라갔습니다."

석연당의 이야기가 계속되었다. 한참을 걷자 촌락이 나타났는데 샘에서는 물이 솟고 제법 수목도 우거진 곳이었다. 부친은 깜짝 놀랐다. 사막 한복판에 이런 곳이 있으리라고는 상상도 못했던 것이다.

"그러나 부친은 여인의 집에 숨어 지내야 했습니다. 그곳 사람들은 한족이었는데 외지인을 들여놓지 않았기 때문이지요."

도대체 그들은 누구며, 왜 사막 한복판에서 고립돼 살까. 그러나 석연당도 자세한 사연은 모르는 것 같았다.

"부친은 여인의 극진한 돌봄으로 원기를 되찾았지만 언제까지 숨어 지낼 수는 없었기에 여인과 아쉬운 작별을 하고 중원으로 떠났습니다."

"그리된 것이로군요. 하지만 장안에서의 삶도 그리 녹록지는 않았을 텐데."

일선이 측은한 얼굴로 말을 받았다.

"그렇습니다. 중원은 구자에서 동경했던 것처럼 그리 호락호락한 땅이 아니었거든요. 그래서 부친은 장안의 저자를 떠돌며 백희술로 끼니를 이어갔지요."

김양상은 고개를 끄덕였다. 충분히 짐작이 가는 일이었다. 장안에는 회골인을 비롯해서 파사인, 돌궐인, 토번인 등 가난한 번인蕃人들이 모여 사는 곳이 따로 있었다.

"그렇게 지내기를 두 해, 한시도 그때 그 여인을 잊지 못했던 부친은 옥문관을 넘기로 했습니다."

석연당의 부친은 기억을 더듬어 사막의 한족 촌락을 찾아갔다. 그리고 몰래 잠입해서 여인과 재회했다. 그런데 뜻밖에 여인은 한 살 된 사내아이를 기르고 있었다.

"그게 바로 나입니다."

일이 그렇게 된 것인가. 김양상은 비로소 석연당이 왜 자기 고향이 여기라고 했는지 깨닫게 되었다.

"부친이 돌아오리라고 예상 못했기에 모친은 크게 당황하셨지요. 놀라기는 부친도 마찬가지였습니다. 자기에게 아들이 있는 줄 몰랐으니까요. 그런데 모친은 그즈음 큰 어려움을 겪고 있었습니다."

두 살이면 그때의 일이 기억날 리 없는 데도 석연당은 실감나게 이야기를 전했다. 아무튼 외지인의 아이를 낳았다는 사실이 알려지면 자기는 고사하고 아이도 목숨이 위태로울 판인데 아이는 점점 커가고 있었다. 언제까지 감추고 키울 수도 없었다. 석연당의 모친이 고심하고 있을 때 석연당의 부친이 나타난 것이다.

사정을 간파한 석연당의 부친은 아이를 데려가겠다고 했다. 그리고 쉽게 아이를 건네주질 못하는 석연당의 모친에게 약조했다. 아이가 자란 다음에 꼭 어머니를 찾아가도록 하겠다고.

"… 부친은 숨을 거두면서 꼭 모친을 찾아가라고 신신당부하셨습니다."

석연당의 얘기는 여기서 끝이 났다. 긴 사연을 듣는 동안에 날이 밝으면서 추위는 한결 덜해졌고 의문점들이 풀렸지만 막막하기는 마찬가지였다.

"그럼 어젯밤의 그 이상한 사람들도 사막 한복판에서 사는 사람들인가? 하지만 어떻게 풀 한 포기 물 한 모금 없는 이곳에서 살 수 있을까?"

석연당의 이야기를 듣고 있느라 잠시 접어놓고 있었지만 김양상은 그 점이 내내 궁금했다. 일선도 호기심 가득한 얼굴로 석연당의 말에 귀를 기울였다.

"부친은 한족 촌락에는 수목이 우거지고 샘에서는 물이 솟아난다고 하셨습니다. 강이 흐르기 때문이라고 하셨습니다."

"강? 그럼 근처에 강이 있단 말이냐?"

아무리 둘러봐도 물이 흐를 만한 곳이 아니었다.

"사막 속으로 흐르는 강이라고 하셨습니다."

석연당이 부친으로부터 들은 말을 전했다. 사막 속으로 흐르는 강이라니. 세상에 그런 강도 있는가. 김양상과 일선이 긴가민가하는 표정으로 서로를 쳐다보는데 석연당이 몸을 일으키더니 성큼성큼 앞으로 걸어 나갔다.

"지금 어디로 가는 거냐?"

"멀지 않은 곳에 촌락이 있을 겁니다. 이대로 가만히 있을 수는 없지 않습니까."

하긴 어제 그 사람들의 차림새로 봐서 먼 길을 떠난 사람들 같진 않았다. 아무튼 무슨 수를 내지 않으면 꼼짝없이 죽을 판이다. 김양상과 일선은 석연당의 뒤를 따랐다.

해가 중천으로 떠오르면서 금세 찌는 더위가 찾아왔다. 숨 막히는 더위와 이글거리며 타오르는 지평선, 가도 가도 끝이 없는 모래언덕. 과연 촌락을 찾을 수 있을까. 아무튼 갈 데까지 가고 볼 일이다. 세 사람은 숨을 헐떡이며 무거운 발길을 재촉했다. 그나마 열풍이 불어오지 않는 게 다행이었다.

"찾을 수 있겠느냐?"

김양상은 다시 사막에서 밤을 맞는다면 이번에는 무사히 넘기지 못할 것 같은 불길한 예감이 들었다.

"어제 그 사람들이 이쪽으로 걸어가지 않았습니까. 부친께서는 모래 언덕을 여럿 넘어야 한다고 하셨습니다. 그러니 조금만 더 가봅시다."

석연당은 뒤도 돌아보지 않고 대답했다. 달리 어쩔 도리가 없는 상황이었다. 세 사람은 모래언덕을 차례로 넘으며 걷고 또 걸었다. 그렇지만 여전히 끝없는 모래벌판이 계속될 뿐이었다. 아무리 살펴봐도 이곳에 사람이 사는 촌락이 있을 것 같지 않았다.

"가도 가도 막막한 모래벌판이군요. 도무지 사람이 살 곳이 못 되는 것 같습니다."

일선이 허우적거리며 간신히 따라왔다. 그의 말대로 보이는 것은 모래뿐이었다. 가끔 눈에 띄는 하얗게 퇴색된 뼈들은 길을 잃고 방황하다 죽은 사람들의 유골일 것이다.

힘들기는 김양상도 마찬가지였다. 정신이 혼미해지려는 것일까. 문득 수려한 산천을 찾아다니며 문무를 익혔던 시절들, 그리고 정찰이 되어 뜻을 펼치려고 했던 날들이 차례로 김양상의 뇌리를 스치고 지나갔다. 하지만 정신을 놓으면 끝이다. 김양상은 머리를 세게 흔들며 가물가물해지려는 정신을 꽉 붙들었다.

"형! 대사!"

앞서가던 석연당이 갑자기 모래언덕 위에서 소리쳤다.

"저기!"

무엇을 본 것일까. 일선을 부축하며 가보니 석연당이 서 있는 곳으로 가자 거짓말처럼 수목이 우거진 촌락이 눈에 들어왔다.

"마침내 찾았소!"

석연당이 흥분을 감추지 못했다.

"잠깐!"

석연당이 소리를 지르며 달려가려는 것을 김양상이 제지했다.

"신중히 행동해야 한다. 저곳 사람들은 외지인을 받아들이지 않는다고 하지 않았느냐. 경솔하게 움직였다가는 봉변을 당할 수도 있다."

"알고 있소. 하지만 여기서 이대로 죽는 것보다 더한 봉변이 어디 있겠소. 나는 저곳으로 갈 테니 마음대로 하시오."

석연당은 만류하는 김양상을 뿌리치고는 소리를 지르며 촌락을 향해 달려갔다. 딴은 틀린 말이 아니었다.

"석 시주의 말이 옳습니다. 설마 길을 잃고 헤매다 도움을 청한 사람들을 해치기야 하겠습니까."

일선도 같은 생각이었다. 더 주저할 필요가 없었다. 김양상은 일선을 부축하고 촌락으로 향했다. 나머지는 하늘에게 맡기는 수밖에 없을 것이다. 촌락은 눈어림으로 4, 5백 호쯤 되어 보였다. 적지 않은 규모였다.

석연당이 소리치며 달려가자 삽시간에 사방에서 촌민들이 모여들었다. 촌민들은 느닷없이 나타난 세 사람을 경계의 빛으로 쳐다보았다.

"마침내 찾았군. 하마터면 사막에서 원귀가 될 뻔했습니다."

석연당은 가쁜 숨을 몰아쉬며 반가움을 표시했지만 촌민들의 표정은 얼음처럼 싸늘했다.

"너희들은 누구냐?"

촌민들 틈에서 위압적인 목소리가 들렸다. 촌민들을 이끄는 사람 같았는데 예상했던 대로 중원 말이었다. 어제 사막에 봤던 사람들이 틀림없는 것 같았다.

“입축승과 일행입니다. 대막에서 길을 잃고 헤매던 중입니다. 밤새 물 한 모금 마시지 못했습니다. 식수를 나누어주시면 곧 떠나겠습니다.”

일선이 공손하게 도움을 요청했다.

“이곳은 외지인들이 쉽게 찾을 수 있는 곳이 아니다. 그리고 대상들의 통로에서도 한참 벗어난 곳이다. 그런데 어떻게 여기까지 왔느냐. 아무래도 수상하다. 감금하라.”

촌주가 가둘 것을 지시하자 전호佃戶로 보이는 촌민들이 병장기를 들이대며 다가왔다. 대체 무슨 연유로 저들은 이리도 외지인을 적대시하는 걸까. 하지만 저들과 맞설 상황이 아니었다. 김양상은 오해가 풀리기를 빌며 순순히 촌민들의 말을 따랐다.

세 사람은 지하옥에 감금되었다. 비록 갇힌 신세지만 일단 갈증과 허기를 면하게 되었으니 한 시름 놓은 셈이다.

“이제 어떻게 될 것 같소? 석 시주는 저들이 누구인지, 왜 여기에 살고 있는지 알고 있소? 또 석 시주 모친은 찾을 수 있겠소?”

일선이 석연당에게 물었다.

“저들이 누구인지, 왜 이곳에서 숨어 지내는지는 나도 모릅니다. 모친은 얼굴은 전혀 기억나지 않지만 이름은 알고 있으니 찾을 수 있겠지만 섣불리 밝혔다가는 모친에게 해가 될지도 모르니 당분간 지켜보겠습니다.”

석연당은 의외로 차분했다. 거리의 환인에서 도적, 그리고 정체불명의 사나이 등 그의 여러 모습을 봤지만 지금의 냉정하고 사려 깊은 모습이 석연당의 진면목에 가장 가까운 것 같았다. 천신만고 끝에 돌아온 고향. 그러나 선불리 신분을 밝힐 수 없는 처지다. 김양상과 일선은 측은한 마음이 일었다.

다시 밤이 돌아왔다. 반지하 감옥의 창으로 새어 들어오는 별빛은 사막에서 보던 것과 다를 바가 없었다. 사막에서 밤을 지새울 때보다는 고생이 덜했지만 내일 당장 어떻게 될지 모르는 처지인지라 세 사람은 쉽게 잠을 이루지 못했다.

"열어라!"

이리저리 뒤척이는 가운데 다시 날이 밝았고 호령소리와 함께 옥문이 털컹 열렸다. 촌주로 짐작되는 나이가 지긋한 노인이 병장기를 든 남자들의 호위를 받으며 옥으로 들어섰다. 이어서 인상이 험한 남자가 뒤따라 옥으로 들어섰는데 얼굴에 적개심이 가득했다.

"그동안 모래폭풍을 만나 길 잃은 유목민들이 이곳에 들렀던 적은 있었지만 한족은 처음이군. 대체 무슨 연유로 이곳으로 온 것이냐?"

촌주 노인이 세 사람을 유심히 살피며 물었다.

"어제 말씀드렸던 대로 우리는 입축승 일행으로 대상들과 헤어져 길을 헤매다 이곳까지 오게 되었습니다. 식수와 양식을 주신다면 곧 떠나겠습니다. 그리고 이곳에서 본 것은 절대로 발설하지 않겠습니다."

김양상은 모든 것을 솔직히 밝히며 도와줄 것을 간청했다. 석연당의 일은 일단 함구하는 게 좋을 것 같았다.

"예를 갖추지 못할까! 서역대도호西域大都護시다!"

인상이 험악한 남자가 버럭 호통쳤다. 서역대도호? 김양상은 지금 뭘 잘못 듣지 않았나 해서 일선을 쳐다봤다. 일선도 같은 표정이었다.

"여기는 한의 서역도호부다! 이분은 임조대 대도호시고, 나는 기도위騎都尉 상관중걸이다! 그러니 속히 예를 갖추거라!"

스스로를 기도위라고 소개한 남자가 다시 호통쳤다. 이 사람이 지금 무슨 소리를 하는 걸까. 한의 서역도호부라니. 후한後漢은 530년 전에 멸망했고 지금은 당이 중원의 주인이 된 지 오래다. 그런데 느닷없이 한의 서역도호부라니. 도대체 이들은 누구인가. 김양상은 뭔가에 홀린 심정이었다.

"그대들이 놀라는 것도 무리가 아닐 것이다. 우리는 정원후가 낙양으로 돌아갔을 때 서역도호부에 잔류했던 사람들의 후손이다. 그 후로 우리의 선조들은 6백 년 세월 동안 이곳에 머무르며 서역을 지켜왔다."

위압적인 기도위 상관중걸과는 달리 서역대도호 임조해는 차분한 어조로 세 사람을 상대했다. 그런데 정원후라니. 김양상은 깜짝 놀라서 임조해를 쳐다봤다.

"따로 문초할 것이니 감시를 소홀히 하지 말거라."

임조해와 상관중걸은 옥리에게 그 말을 남기고 옥을 떠났다.

"정원후라면 후한의 서역대도호 반초班超가 아닙니까?"

일선이 어이가 없다는 표정으로 김양상을 쳐다봤다. 일선의 말대로 반초는 후한 영평 16년(73년)에 '호랑이를 잡으려면 호랑이굴로 들어가야 한다'는 말과 함께 옥문관을 나서서 서역을 평정했던 인물이다. 이후 서역을 누비며 후한 화제 영원 3년(91년)에 구자에 서역도호부를 설치했던 반초는 노년이 되자 망향의 정을 이기지 못하고 영원 14년(102년)에 낙양으로 귀환했다. 그런데 대막의 유인幽人(숨어 사는 사람들)들이 느닷없이 반초의 후예를 자처했다. 저들의 말을 믿어야 하나.

김양상은 도무지 갈피를 잡을 수 없었다.

"김 시주는 저들의 말을 믿습니까?"

잠시 침묵이 흐른 후에 일선이 물었다.

"선뜻 믿기는 힘듭니다. 하지만 여기가 어딘지는 짐작이 갑니다."

뭔가를 생각하던 김양상이 조심스럽게 입을 열었다.

"하면, 여기가 어딥니까?"

일선은 물론 줄곧 입을 다물고 있던 석연당도 김양상을 주목했다.

"한의 서역도호부는 누란樓蘭 부근에 있었는데 누란에는 땅 속으로 흐르는 강이 있다고 했습니다. 촌락을 이루려면 물이 반드시 필요한데 사방 어디를 봐도 물을 얻을 만한 곳이 보이지 않습니다. 그렇다면 사막 속으로 강이 흐른다는 말이 거짓은 아닐 겁니다."

김양상은 이전에 읽었던 고서를 되새기며 자신의 생각을 옮겼다.

"그렇소! 부친은 분명히 사막 속으로 강이 흐른다고 하셨소."

석연당이 얼른 동의하고 나섰다.

"누란이라면 일찍이 법현대사와 현장법사가 서역으로 향했을 때, 그리고 혜초대사께서 천축에서 돌아왔을 때 들렀던 곳 아닙니까?"

일선도 누란을 알고 있었다.

"그렇습니다. 누란은 일찍부터 동서교역을 중계하며 번성했던 곳이었지요. 그리고 한의 서역도호부가 주둔했던 서역 경영의 전진기지이기도 했습니다."

"그런데 왜 폐허로 변했습니까?"

일선은 이해할 수 없다는 표정을 지었다. 석연당도 궁금한지 김양상에게서 시선을 떼지 않았다. 아무리 둘러봐도 황량한 사막뿐으로 도무지 부귀영화를 누렸던 곳 같지 않았다.

“서역도호부가 철수하고서 누란은 쇠락의 길을 걸었습니다. 법현대사는 서역도호부가 철수하고서 3백여 년의 세월이 흐른 후에 누란을 지나갔지요. 그런데 누란은 쇠락하고 메마른 곳이며 사람들은 조잡한 옷을 입고 있으며 소승불교를 신봉한다고 기술한 것으로 봐서 그때만 해도 누란에는 사람이 살았던 모양입니다. 그렇지만 그로부터 다시 150년 후에 같은 곳을 지나간 현장법사는 누란에는 사람이 살고 있지 않다고 했습니다. 그 사이에 인적이 끊긴 것이지요.”

김양상은 사서에서 읽었던 내용을 기억해냈다.

“동서교역의 중심지였던 누란이 왜 쇠락했을까요?”

일선이 궁금해 했다.

“아마도 사막 속을 흐르는 강의 물줄기가 바뀌면서 물을 구할 수 없게 되자 사람이 떠난 것 같습니다.”

김양상은 그렇게 추측했다. 그렇지만 저들이 정녕 반초가 서역도호부에 잔류시켰던 부하들의 후예인지는 여전히 의문이었다. 옥문관을 나서면 놀랄 일의 연속이라고 했지만 상상치도 못했던 일과 마주치게 된 것이다.

“놀라운 일입니다. 어떻게 그런 일이….”

일선은 고개를 절레절레 흔들었다. 석연당은 김양상의 말을 듣는 내내 무표정한 얼굴을 하고 있었다. 석연당은 무슨 생각을 할까.

“아까 서역도호를 자처하는 자의 이름이 임조해라고 했는데 그렇다면 반초가 낙양으로 돌아가면서 서역도호의 직을 넘겼던 임상任尙의 후손일지도 모릅니다.”

반초며 임상 모두 아득한 옛날 후한 시대에 활동했던 인물들이다. 김양상은 문득 6백 년의 세월을 거슬러 올라간 듯한 신비감에 빠져 들어갔다.

"아무래도 김 시주의 예측이 맞는 것 같습니다. 그런데 저들은 왜 저리도 외지인들을 적대시할까요?"

"바깥 세상에 그들의 존재가 알려지는 것이 두렵기 때문일 겁니다."

김양상의 의견에 일선은 고개를 끄덕이며 공감을 표했고 석연당은 여전히 시무룩한 얼굴로 입을 굳게 다물고 있었다. 실정이 그러하다면 저들은 아무리 사정해도 순순히 돌려보내 주지 않을 것이다. 그렇다면 저들이 몰려오기 전에 빨리 여기를 빠져나가야 한다. 김양상이 석연당에게 시선을 돌리며 그의 의견을 물었다. 어쨌거나 이대로 죽을 수는 없었다.

석연당이 고개를 끄덕이더니 옥창을 살폈다. 토옥은 허술한 편이었다. 김양상과 석연당이 힘을 합치면 어렵지 않게 옥창을 떼어낼 수 있을 것 같았다. 밖에 옥졸이 지키고 있겠지만 둘이서 충분히 제압할 수 있을 것이다.

"옥을 부수고 나간들 사막 한복판인데 뭘 어떻게 하겠소."

일선이 눈치를 채고 두 사람을 말렸다. 그의 말도 일리가 있었다. 빠져나간들 사막을 헤매다 기진해서 죽을 것이다. 생각이 거기에 미치자 김양상과 석연당은 맥이 풀리면서 그대로 주저앉고 말았다.

7

세 사람이 절망 속에서 전전긍긍하는 가운데 시간은 쉬지 않고 흘러

밤이 지나고 다시 새벽이 돌아왔다. 김양상이 옥창 너머로 차가운 빛을 뿌리는 사막의 별을 물끄러미 쳐다보고 있는데 슬그머니 문이 열리면서 서역도호 임조해가 들어섰다. 이전과는 달리 혼자였다.

"중원 소식이 궁금하구나. 지금 중원은 어느 왕조가 다스리고 있느냐?"

임조해는 잔뜩 긴장한 세 사람을 찬찬히 훑어보며 입을 열었다.

"우리는 당나라 황도 장안에서 왔으며 구자로 가던 중에 길을 잃었습니다."

김양상이 침착하게 대답했다. 성정이 포악할 것 같은 기도위 상관중걸과 달리 서역도호 임조해는 온화한 인상이었다.

"당나라라고? 그런 왕조도 있느냐? 한이 천명을 다한 후로 위魏와 촉蜀, 오吳의 삼국이 정립鼎立하다 진晉이 뒤를 이은 것까지는 알고 있었는데."

서역도호 임조해는 짧은 탄식을 했다.

"그 후로 남과 북으로 갈려졌던 중원은 수隋를 거쳐 지금은 당이 천하를 다스리고 있습니다."

김양상은 임조해와의 대화를 통해서 그가 누란에 잔류했던 임상의 후손임을 확신하게 되었다.

"그렇군. 하면 서역은 어찌 되었느냐? 중원과 연결이 두절되었느냐?"

임조해는 자못 궁금한 표정으로 물었다.

"그렇지 않습니다. 당은 적극적으로 서역으로 진출해서 구자에 안서절도부를 두고 서역을 관장하고 있습니다. 지금은 소륵을 지나 멀리 대완大宛(페르가나)과 총령葱嶺(파미르 고원) 너머의 서역 국가들까지 모두 당에 조공을 바치고 있습니다."

"대완까지… 놀라운 일이다."

임조해는 감탄을 금치 못했다. 전한의 무제가 그리도 갈망했던 한혈마汗血馬의 고향인 대완은 아주 먼 서역의 땅이었다.

"안서절도부의 위용은 대완뿐만 아니고 석국石國(타슈켄트)과 강국康國(사마르칸트)을 지나 오호하烏湖河(아무다리아 강)까지 미치고 있습니다."

감탄을 금치 못하는 임조해를 보며 김양상은 일말의 친밀감이 일었다.

"참으로 경천동지할 노릇이로구나. 정원후께서 낙양으로 돌아가신 후로 서역은 중원과 두절되어 점차 세인의 기억 속에서 잊히고 있었는데."

임조해는 만감이 교차하는 표정으로 천장을 올려다보았다.

"당신들은 왜 여기에서 이러고 살고 있습니까? 중원으로 돌아가면 안 됩니까?"

두 사람의 대화를 지켜보던 일선이 조심스럽게 끼어들었다.

"늦었어, 너무 늦었어."

임조해는 혼잣말처럼 탄식했다. 회한 가득한 얼굴의 임조해와 연민의 정으로 그를 쳐다보는 김양상과 일선. 그리고 내내 말이 없는 석연당. 토옥에 잠시 침묵이 흘렀다.

"정원후께서 귀향하신 후로 서역도호부는 폐지될 위기에 처했다. 하지만 내 선조이신 임상 도호께서는 절대로 서역을 포기할 수 없다며 8백 명의 지원자와 함께 서역도호부에 잔류하셨다."

지난 세월을 회상하는 임조해의 목소리가 가늘게 떨렸다.

"정원후는 귀향한 다음 해에 세상을 떠나셨고, 그 후에 한漢이 서역 도호부를 포기하면서 삼통삼절三通三切하며 간신히 명맥을 이어오던 서역과 한은 끈이 완전히 끊겼습니다."

김양상이 사서를 기억해냈다.

"그 사실은 나도 알고 있다. 그럼에도 누란에 잔류했던 선조들은 서역을 지키기 위해서 용감하게 싸웠다. 수많은 병졸들의 원혼이 서려 있는 서역을 그냥 내줄 수 없었기 때문이었지."

임조해는 마치 그때의 일을 직접 겪기라도 한 듯 비감한 표정으로 말을 받았다. 그런 임조해를 보며 김양상은 묘한 기분에 사로 잡혔다. 김씨 왕계의 선조를 밝히기 위해서 먼 길을 떠난 마당이다. 그런데 뜻밖의 장소에서 흉노로 인해서 중원과 단절된 채 사막에 숨어 사는 사람들과 마주치게 된 것이다.

"그렇게 하루하루 힘든 나날을 보내는 선조들에게 가끔씩 누란을 찾는 대상과 입축승들이 전해주는 중원의 소식은 절망적이었다. 한은 그예 멸망했고 중원은 혼미를 거듭하면서 서역은 차츰 잊혀갔다. 돌아갈 고향을 잃은 선조들은 비탄에 젖은 채 누란에 눌러앉게 되었다. 하지만 고통은 거기서 그치지 않았다. 포창해浦昌海(로프노르 호수)가 마르기 시작한 것이다."

임조해가 긴 한숨을 내쉬었다.

"포창해라면…?"

김양상은 어쩌면 석연당이 말한 사막 속으로 흐르는 강과 관련이 있을지 모른다는 생각이 들었다.

"누란은 사막 속으로 흐르는 강이 있어 물이 풍부했다. 그런데 사막 속을 흐르는 강의 물줄기가 바뀌면서 포창해가 말라버린 것이다. 우리 선조들은 바뀐 물줄기를 찾아 이리저리 옮겨야 했고, 그 사이에 세월이 흐르면서 바깥세상과는 영원히 단절되고 말았다."

어떻게 이런 일이…. 추측이 전부 사실로 판명된 것이다. 김양상은 저들에게 붙잡힌 신세인데도 연민의 정을 떨쳐버릴 수 없었다. 돌아갈 고향을 잃어버린 저들과 기약 없이 먼 이역을 헤매는 자신이나 별반 다를 게 없었다.

"세 사람 모두 천축으로 가는가?"

한참 만에 임조해가 입을 열었다. 김양상은 솔직히 대답하기로 했다. 임조해에게서 깊은 신뢰가 느껴졌던 것이다.

"대사하고는 소륵까지만 동행할 예정입니다. 이후 대사는 천축으로 향하고 나는 계속 서쪽으로 갈 예정입니다. 그리고 이자는 구자로 돌아가는 길입니다."

"저자는 회골인이로군. 그런데 당신은 왜 서행을 하려는가? 보아하니 장사꾼 같지는 않은데."

임조해가 김양상에게 호기심을 보였다.

"나는 먼 동쪽 신라에서 온 사람입니다. 사정이 있어 장안에 오게 되었고, 지금은 오래전부터 의문을 품었던 일을 밝히려 서역행을 한 것입니다."

김양상은 저간의 사정을 조리 있게 설명했다. 하지만 흉노와 관련된 일은 민감한 사안일 수도 있기에 일단 함구하기로 했다.

"놀라운 일이로다…."

임조해는 벌린 입을 다물지 못했다.

"먼 서쪽에 대진국이라는 큰 나라가 있다는 사실은 알고 있다. 반초 대도호가 부하 감영甘英을 그곳에 사절로 보냈던 적이 있었지. 먼 동쪽에서 온 젊은이가 대진국을 찾아가겠다니…."

김양상을 쳐다보는 임조해의 눈에 경이로움이 가득했다.

"이곳에서의 일은 절대로 외부에 발설하지 않겠습니다. 그러니 우리를 놓아주십시오."

김양상이 임조해에게 간청했다.

"그렇습니다. 소승도 입을 굳게 다물겠습니다. 그러니 제발 먹을 것과 마실 것을 나누어주십시오."

일선도 거들었다. 그렇지만 임조해는 눈을 감은 채 아무 말이 없었다. 세 사람은 초조한 심정으로 임조해의 대답을 기다렸다.

"좋다. 그대들의 청을 들어주겠다."

마침내 임조해가 청을 수락했다.

"정말 고맙습니다. 그리고 약조는 꼭 지키겠습니다."

김양상이 환해진 얼굴로 사의를 표했다. 그런데 임조해의 입에서 뜻밖의 말이 나왔다.

"따로 약조를 할 필요는 없다."

갑자기 그게 무슨 소린가? 김양상과 일선, 입을 굳게 다문 석연당은 어리둥절해서 서로를 쳐다봤다.

"중원이 다시 서역을 회복했다니 기쁘기 한량이 없다. 끝까지 서역을 지키고자 했던 선조들의 꿈이 비로소 다시 이루어진 것이다."

임조해의 눈에 감회가 가득했다.

"참으로 긴 세월이었는데…. 어차피 더 버티기 힘든 마당이었는데 서역이 회복되었다는 소식을 들었으니 이제 더 바랄 것이 없게 되었다. 가라! 가서 우리가 그 오랜 세월 동안 어떻게 서역을 지켰는지를 만천하에 알리거라."

임조해는 그 말을 마치고는 밀려오는 감회를 주체할 수 없는지 눈을 지그시 감았다.

"그게 무슨 말씀입니까? 더 이상 버티기 힘들게 된 마당이라니요?"

김양상은 불길한 예감이 들었다.

"시주, 따지지 말고 그만 떠납시다."

일선이 김양상의 팔을 끌었고 임조해도 더 입을 열 눈치가 아니었다. 일단 여기를 벗어나는 것이 급선무다. 김양상은 일선의 말을 따르기로 했다.

"물과 먹을 것을 줄 테니 따라 오거라."

세 사람은 임조해의 뒤를 따라 옥을 나섰다. 어느새 날이 환히 밝아 있었다. 임조해의 집에 들어가니 미리 준비해 놓았는지 물병과 식량꾸러미가 놓여 있었다.

"이걸 가지고 속히 여기를 떠나거라. 동쪽으로 곧장 이틀을 걸어가면 대상들이 다니는 길목에 다다르게 될 것이다."

임조해가 세 사람에게 어서 떠날 것을 일렀다.

"감사합니다. 그럼…."

김양상은 임조해에게 예를 표했다.

"혹시 필요할지 모르니 이것도 지니고 가게."

임조해가 김양상에게서 빼앗았던 단검을 돌려주었다.

"저…."

김양상과 일선이 임조해에게 예를 표하고 집을 나서려는데 내내 말이 없던 석연당이 임조해에게 다가가더니 조심스럽게 입을 열었다.

"이곳에 혹시 소춘이라는 여인이 있습니까?"

"……!"

순간 임조해의 얼굴이 백짓장으로 변했다.

"너는 누군데 소춘을 찾느냐?"

임조해의 눈은 의혹으로 가득했고 손은 칼을 향하고 있었다. 김양상과 일선은 돌발적인 사태에 당황했다. 무사히 빠져나가게 된 마당에 이게 또 무슨 일인가.

"소춘은 내 어머니입니다."

"소춘이 네 어머니라면…? 그럼 네가 연당이냐?"

임조해가 깜짝 놀라며 석연당을 쳐다봤다. 그리고 비틀거리며 다가가더니 석연당의 손을 덥석 잡았다. 임조해가 어떻게 석연당의 이름을 알고 있을까. 김양상과 일선은 숨을 죽이고 두 사람의 대화를 들었다.

"정말 네가 연당이냐?"

임조해의 목소리가 심하게 떨렸다.

"너를 네 부친에게 보낸 후로 네 어머니의 눈에서 눈물이 마를 날이 없었다. 20년이 넘는 세월을 눈물로 지냈지. 그런데 네가 이렇게 장성해서 내 앞에 나타날 줄이야."

"그럼 도호께서는…?"

김양상이 임조해와 석연당을 번갈아 쳐다보며 물었다.

"소춘은 내 딸이다. 그러니까 나는 이 아이의 외조부다."

임조해는 그 말을 마치고 석연당을 와락 끌어안았다.

"서역도호부의 규율에 따라 어쩔 수 없이 너를 네 아비에게 보냈지만 우리는 한시도 너를 잊은 적이 없단다."

서역도호가 석연당의 외조부였단 말인가. 일이 묘하게 돌아갔지만 어쨌든 김양상과 일선은 목숨을 건지게 되었고, 석연당은 옥문관을 나선 목표를 이루었으니 천만다행이었다.

임조해가 나가더니 잠시 후에 중년의 여인과 함께 돌아왔다. 여인은 하얗게 질린 얼굴로 석연당을 쳐다봤다.

"네가 연당이… 네가 내 아들 연당이냐!"

감정이 격한 여인은 석연당을 보더니 어쩔 줄을 모르고 부들부들 떨기만 했다. 석연당도 막상 생모를 대하자 어떻게 해야 할지를 몰라 엉거주춤 서 있기만 했다.

"그래, 어릴 적 모습이 남아 있구나. 너를 떠나보낸 후로 매일매일 고통과 회한의 나날을 보냈단다."

소춘은 어색한 얼굴로 서 있는 석연당을 끌어안았다.

"네 아버지는 네가 스무 살이 되면 너를 돌려보내 주겠다고 말은 했지만 정말 다시 보게 될 줄은 몰랐다. 이렇게 너를 다시 만났으니 이제 죽어도 여한이 없구나."

소춘은 석연당을 꼭 끌어안은 채 계속 눈물을 흘렸고 김양상과 일선은 숙연한 표정으로 모자의 상봉을 지켜봤다.

"그만 진정하거라."

잠시 있다가 임조해가 차분히 입을 열었다.

"서둘러 여기를 떠나게. 남의 눈에 띄면 좋을 게 없으니."

임조해가 김양상에게 빨리 떠나라고 재촉했다.

"나는 남겠소."

그때까지 어색한 표정으로 서 있던 석연당이 결심한 듯 소춘의 손을 꼭 잡더니 남겠다는 뜻을 김양상에게 전했다.

"그럼 여기서 작별해야겠군. 그동안 고생 많았다."

김양상이 석연당의 손을 잡으며 헤어짐을 아쉬워했다.

"너도 떠나거라!"

임조해는 석연당도 함께 떠나라고 했다.

"싫습니다. 이제부터는 어머니와 함께 살겠습니다. 도호부의 규율이라면… 다른 사람들에게는 모자지간이라는 사실을 비밀로 하겠습니다."

석연당은 남겠다는 뜻을 분명히 했다. 부친의 유언을 저버릴 수 없어서 서역행을 했을 뿐, 모친의 정을 느껴본 적이 없었던 석연당이지만 막상 자기 때문에 눈물의 세월을 보내야 했던 생모를 대하자 마음이 바뀐 것이다.

"도호부의 규율 때문이 아니다. 그러니 네 어머니도 데리고 속히 여기를 떠나거라."

"예?"

석연당이 깜짝 놀랐다. 소춘도 의외였는지 깜짝 놀라며 임조해를 쳐다봤다.

"부친은 돌아가셨습니다."

그러고 보니 그 사실을 미처 이야기하지 못했다.

"그래서 여기를 떠나라는 게 아니다."

임조해가 비장한 얼굴로 손을 내젓더니 김양상에게 고개를 돌렸다.

"하늘이 무심치 않아서 그대들을 보내준 것 같구나. 부탁이니 저 아이들을 데리고 여기를 떠나주게."

"그야 크게 어려운 일은 아닙니다만…. 까닭을 물어도 되겠습니까?"

불길한 예감이 김양상의 뇌리를 스치고 지나갔다. 아무래도 범상치 않은 일이 벌어질 것만 같았다.

"그리는 못합니다. 아버님을 놔두고 어찌 저만 떠난단 말입니까?"

소춘이 석연당의 손을 꼭 잡은 채 울먹였다.

"슬퍼하지 말거라. 그렇지 않아도 너를 여기서 내보낼 생각이었다. 그동안 이런저런 핑계를 대며 기도위의 청을 물리쳤지만 이제는 더 버티지 못할 것 같다. 그리고 어차피 도호부는 오래가지 못할 것이다."

임조해는 긴 한숨을 내쉬었다.

"하늘이 주신 기회를 놓치지 말고 여기를 떠나거라. 네 선조들의 꿈은 중원으로 돌아가는 것이었다. 네가 선조의 꿈을 이루는 것이라고 생각하거라."

김양상은 두 사람의 대화에서 기도위 상관중걸이 소춘을 원하는데 도호는 그를 탐탁지 않게 여긴다는 사실을 간파했다. 그런데 이곳에 무슨 일이 벌어지려는 것일까. 왜 아까부터….

"사람들이 모여들기 전에 빨리 여기를 떠나게. 시간이 없네."

임조해는 김양상에게 서두를 것을 간청했다.

"빨리 짐을 꾸려라! 너는 속히 길 떠날 채비를 하고!"

임조해가 소춘에게 옷을 갈아입을 것을 지시했다. 임조해가 저리 서두르는데 더 물어볼 수도 없었다.

쿵!

김양상이 식량과 식수를 챙기려고 하는데 문이 거칠게 열리며 무장한 한 무리의 남자들이 안으로 들어섰다. 기도위 상관중걸이 그들을 이끌고 있었다.

"도호께서 죄인들을 데리고 가셨다는 보고를 받고 달려온 길입니다."

기도위 상관중걸이 앞으로 나서며 큰 소리로 말했다.

"무슨 이유로 죄인들을 이리로 데리고 왔습니까? 아니, 이것은!"

상관중걸은 식수와 양식을 보더니 안색이 변했다.

"도호는 이자들을 석방할 셈입니까?"

상관중걸은 잡아먹을 듯 임조해를 노려봤고 임조해는 당혹감을 감추지 못했다. 일이 여기서 꼬이는가. 일선은 사색이 되어 벌벌 떨었다. 아무래도 조용히 빠져나가기는 틀린 것 같았다. 김양상은 품 안의 단검을 확인하고는 여차하면 몸을 날릴 채비를 했다.

"그렇다. 돌려보낼 작정이다."

임조해가 도호답게 당당한 자태로 대답했다.

"아무리 도호라 해도 멋대로 도호부 규율을 어길 수는 없습니다."

상관중걸은 물러서지 않았다.

"규율은 도호부를 무단으로 침범하는 번족을 용납하지 않는다는 것이다. 그런데 이들은 길을 잃고 여기로 온 자들이다. 돌려보내도 규율을 어기는 것은 아니다."

임조해는 조리 있게 해명하고는 상관중걸을 따라온 도호부의 위사들을 큰 소리로 꾸짖었다.

"도호가 석방을 명했거늘 어찌 길을 막고 있느냐!"

임조해가 호령하자 위사들이 슬금슬금 뒤로 물러섰다. 상관중걸은 못마땅한 표정이었지만 도호의 뜻이 확고한 마당이어서 더 가로막지는 못했다. 그럼 이제 여기를 빠져나가게 된 것인가. 세 사람의 얼굴이 환해졌지만 그것도 잠시였다. 옷을 갈아입고 나온 소춘을 보고 상관중걸의 안색이 싹 변했다.

"소춘도 저들을 따라갈 셈이었소? 이게 어떻게 된 일입니까? 왜 소춘이 저들과 함께?"

상관중걸이 눈알을 번뜩이며 임조해와 소춘을 번갈아 노려봤다. 어떻게 둘러댈 것인가. 김양상은 제발 이번에도 적절한 구실을 둘러댔으면 하는 심정으로 임조해를 지켜봤다.

"이보시오 기도위! 소춘은 여기 있는 석 시주의 어머니요. 그러니 모자가 함께 떠나는 게 뭐가 이상하겠소."

순진무구하기 이를 데 없는 일선이 그만 일을 그르치고 말았다. 일선의 말에 상관중걸의 안색이 더욱 붉어졌다. 이게 무슨 소린가. 소춘이 외지인의 모친이라니. 상관중걸이 석연당의 목에 칼을 겨누었다.

"방금 저 불승의 말이 사실이냐?"

상관중걸의 얼굴에 살기가 등등했다. 여차하면 그대로 목을 날릴 기세였다.

"그렇소."

석연당이 순순히 수긍했다.

"그러고 보니 너는 한족이 아니구나!"

"그렇소! 내 부친은 회골인이오."

석연당은 칼이 목을 겨누고 있음에도 당당함을 잃지 않았다.

"어이가 없군. 어떻게 도호의 딸이 회골인과…."

상관중걸이 험악한 표정을 지으며 임조해에게 다가왔다. 더 이상 도호로 인정하지 않겠다는 태도였다.

"오래전의 일이 생각나는군. 그때 당신은 소춘이 몹쓸 병에 걸렸다면서 내 청혼을 거절했어. 믿기 힘들었지만 소춘이 나를 탐탁지 않게 여기는 것을 잘 알기에 순순히 물러났었지. 이제야 그 이유를 알겠군."

상관중걸이 잡아먹을 듯 소춘을 노려보았다.

"그래도 나는 나중에라도 그대를 아내로 맞을 생각이었다. 그런데 회골인의 아이를 낳았다니."

상관중걸의 눈에서 시퍼런 불꽃이 튀었다.

"서역도호부는 오랜 세월 동안 선조들이 어려움을 참아가며 지켜낸 곳이오. 그런데 도호라는 사람이 회골인과 내통하다니! 용서할 수 없소!"

상관중걸이 언성을 높이더니 위사들에게 명령을 내렸다.

"아무리 도호라고 해도 규율을 어길 수는 없다. 규율을 어길 시에는 도호직을 박탈해야 한다. 이제부터 내가 도호부를 이끌 것이다. 저들을 모조리 포박하라!"

"물러서라!"

임조해가 다가오는 위사들을 향해 고함을 질렀다.

"내가 도호다! 너희들은 지금 누구의 명을 따르는 것이냐!"

임조해가 호통을 쳤지만 위사들은 따를 기미가 아니었다. 그만큼 석연당의 출현은 충격이었다. 이제 어떻게 해야 하나. 무리해서 탈출을 감행하는 것은 무모한 짓 같았다. 석연당은 그런대로 제 몫을 하겠지만 일선과 소춘이 문제였다. 그리고 여기를 벗어나봤자 사막이다. 일선은 와들와들 떨며 김양상 뒤에 숨었다.

도리가 없었다. 김양상은 순순히 위사들을 따라가기로 했다. 그렇게 되어 김양상과 석연당, 일선 외에 임조해와 소춘까지 모두 다섯 사람은 토옥에 갇히는 신세가 되었다.

8

시간이 얼마나 흘렀을까. 쉽게 가늠이 되질 않았다. 갇힌 사람들은 입을 굳게 다문 채 아무 말이 없었다.

"이제 어떻게 되는 겁니까?"

일선이 잔뜩 겁에 질린 채 입을 열었다.

"기도위는 촌민들을 모아놓고 정식으로 나의 도호직을 박탈하려 들겠지만 그자 뜻대로 되지 않을 것이오. 촌민들 중에는 그자를 싫어하는 사람들이 많으니까."

임조해는 당당함을 잃지 않으려 애를 썼지만 김양상은 그가 흔들리고 있음을 감지했다. 소춘이 회골인의 아이를 낳았다는 사실이 알려지면 촌민들의 생각이 바뀔지도 모른다.

"차라리 촌민들을 설득해서 중원으로 돌아가면 어떻겠습니까? 당 조정은 당신들을 박대하지 않을 겁니다."

김양상이 귀순을 권유했다.

"그 생각을 안 해본 것이 아니오. 하지만 사정이 그리 간단하지가 않소. 6백 년은 결코 짧은 세월이 아니니까. 그 긴 세월을 외부와 고립되어 지내는 동안에 이곳은 중원과 풍습이 많이 달라졌소. 바깥세상과 단절된 채 삶을 이어가다보니 근친혼이 불가피했소. 부민들 대부분 근친혼을 한 셈인데 질녀를 아내로 맞은 경우는 보통이고 또…."

임조해의 입에서 짧은 한숨이 새어나왔다. 그의 말대로 6백 년은 짧은 세월이 아니다. 이제 와서 중원으로 돌아간들 그들과 쉽게 어울려 지낼 수 없을 것이다. 어쩌면 오랑캐보다 못한 금수禽獸 취급을 받게 될지도 모른다. 김양상은 임조해의 고뇌가 이해되었다.

"여기를 떠나야 한다면 차라리 유목민들과 합치는 쪽이 현실적일 것이오. 석연당의 부친을 받아들인 것도 그런 이유에서였소."

임조해의 말대로 이제 그들은 형이 죽으면 형수를 데리고 사는 북방 유목민들의 풍습에 더 익숙해졌다. 그렇지만 서역을 지키기 위해서 이 땅에 남았던 사람들의 후손이 이제 와서 유목민에게 투항하는 것도 쉽지는 않을 일이다.

"그런데 아까 도호부는 더 이상 버티기 힘들 것이라 했는데 그게 무슨 뜻입니까? 무슨 사정이라도 생겼습니까?"

김양상은 아까부터 품던 의문을 물었다.

"그렇소. 머지않아 도호부에 무서운 재앙이 닥칠 것이오."

임조해가 두려움 가득한 얼굴로 대답했다.

"그게 무슨 말씀이세요? 무서운 재앙이 닥칠 것이라니?"

소춘이 깜짝 놀라며 임조해에게 물었다.

"우리 가문에는 대대로 전수되는 비법이 있다. 물줄기를 찾아내는 것이지. 우리 가문이 도호직을 이어온 것도 그 비법을 지니고 있었기 때문이다. 너도 비법을 전수받을 나이가 되었는데…. 이제는 소용이 없을 것 같구나."

임조해가 땅이 꺼질 듯 한숨을 내쉬었다.

"물줄기라면 사막 속을 흐르는 강을 말씀하시는 것이로군요."

김양상은 임조해가 뭘 말하는지 얼른 간파했다.

"그렇소. 누란이 번성했던 이유는, 그리고 우리가 6백 년째 사막 한복판에서 살아갈 수 있었던 이유는 사막 속으로 흐르는 강 때문이었소. 우리는 바뀐 물줄기를 따라 이리저리 옮기면서 삶을 이어왔소. 사막 속을 흐르는 강은 우리에게는 생명줄과 한가지였으니까."

"하면 물줄기가 다시 바뀌고 있다는 말씀입니까?"

"그렇소."

임조해가 한숨을 내쉬었다.

"하면, 바뀐 물줄기를 따라가면 되지 않습니까?"

김양상의 물음에 임조해가 고개를 가로저었다.

"이번에는 달라. 방향이 바뀌는 게 아니라 아예 땅속으로 사라지려 하고 있소. 물줄기가 끊기면 살아갈 방도가 없소."

어떻게 그런 일이…. 사막 한복판에서 물 없이 살 수 없는 것은 삼척동자도 아는 사실이다.

"하면 도호부의 촌민들도 그 사실을 알고 있습니까?"

김양상이 조심스럽게 물었다.

"물줄기가 예전 같지 않다는 사실은 눈치 챘을 것이오."

"그렇다면 촌민들에게 솔직히 사실을 밝히고 대책을 마련해야 하지 않겠습니까?"

사실이 그러하다면 유목민을 따라가는 것도 고려해야 할 것이다. 선조의 당부는 이미 충분히 지킨 셈이다. 김양상은 그렇게 판단했다.
"그럴 틈이 없소. 더 큰 위험이 몰려오고 있으니까."
임조해가 천장을 쳐다보며 깊은 탄식을 했다.
"무슨 소리입니까? 물줄기가 마르는 것보다 더 큰 위험이라니."
네 사람은 이해할 수 없다는 표정으로 임조해를 쳐다봤다.
"가문에 전수되는 비법에는 물줄기를 찾는 것 말고 하나가 더 있소. 유사流沙의 조짐을 미리 알아내는 것이오."
임조해가 비감한 표정으로 천천히 입을 열었다. 유사라면 김양상도 직접 눈으로 본 적이 있었다. 모든 것을 삼켜버릴 듯이 거대한 입을 벌리고 다가오던 모래의 강. 질겁하는 김양상을 보고 행두는 이만하면 작은 편이라고 하지 않았던가.
"하면 유사가 이리로 밀려올 것이란 말씀입니까?"
"그렇소. 조짐이 심상치 않소. 머지않아 어마어마한 유사가 이리로 밀려들 것이오."
점점 말라가는 생명의 물줄기. 그런데 대책을 세울 틈도 주지 않고 거대한 유사가 밀려오고 있다면…. 6백 년의 세월 동안 묵묵히 서역을 지켜왔던 서역도호부가 종말을 고할 날이 멀지 않았다는 뜻이다.
"하면 유사는 언제쯤…."
김양상은 당장이라도 유사가 밀려올 것 같은 공포에 빠져들었다.
"조짐을 보인 지는 제법 되었는데…. 당장이라도 밀려올지 모르는 판이오."
임조해의 얼굴에 안타까움이 가득했다. 서역도호부가 최후를 맞게 된 마당에 의義를 중히 여기는 외부인을 만나 긴 세월의 기록을 바깥세상에 전하고 일점혈육을 살릴 수 있게 되어 천만다행이라고 생각했는데 그것마저 수포로 돌아가게 된 것이다.

"유사가 밀려올 것임을 촌민들에게 알리고 대피해야 하지 않겠습니까?"

김양상은 임조해에게 촌민들을 설득해볼 것을 권했다. .

"유사는 물줄기가 마르는 것과는 달리 별다른 조짐이 없기에 촌민들은 내 말을 쉽게 믿지 않을 것이오. 설사 떠난다 해도…."

임조해는 입을 다물었다. 맨몸으로 찾아온 사람들을 유목민이 환영할 리 만무했다. 결국 도적떼가 되어 대상을 습격하다 중원의 군사에게 토벌되어 차례차례 죽음을 맞게 될 것이다. 그것은 서역을 지킨다는 자부심으로 살아온 그들에게는 너무도 참담한 일이었다. 김양상은 임조해의 비감한 얼굴에서 그럴 바에는 차라리 끝까지 서역을 지키다 장렬하게 모래 속으로 사라지는 쪽을 택하겠다는 결의를 읽을 수 있었다.

"일단 여기를 빠져나가야 합니다."

김양상은 임조해에게 탈출할 것을 제안했다.

"상관중걸이 도호부를 장악한 마당에 옥을 빠져나간들 무슨 소용이 있겠소."

임조해는 이미 모든 것을 체념한 듯했다.

"이대로 죽을 수는 없습니다. 여기를 빠져나가야 합니다."

석연당이 김양상의 의견에 동조하고 나섰다. 우여곡절 끝에 생모를 만난 마당이다. 이대로 앉아서 죽을 수는 없다.

"기도위가 사람들을 모으기 전에 서둘러야 합니다."

석연당이 재촉했다. 임조해는 눈을 감은 채 아무 말이 없었고 일선과 소춘은 겁에 질려서 두 사람을 지켜보았다. 여기에 이렇게 허무하게 죽을 수는 없다. 김양상은 탈출하기로 결심을 굳히고 품 안에서 단검을 꺼내들었다. 서두르는 통에 저들은 몸수색을 하지 않았던 것이다.

"이보시오."

김양상이 부르자 옥졸이 인상을 쓰며 다가왔다.

"뭐냐!"

"기도위를 불러주시오. 할 말이 있소!"

"잠시 후면 끌려나올 테니 그때 하거라!"

옥졸이 다가오면 단검으로 위협하려 했는데 옥졸은 쉽게 다가오지 않았다.

"기도위에게 긴히 전할 말이 있다는 도호의 분부시오!"

도호의 분부라는 말에 돌아서던 옥졸은 걸음을 멈추었지만 그 이상 다가오지는 않았다.

"위사께 고할 테니 기다리고 있거라."

사람을 부르면 탈옥은 불가능해진다. 막아야 하는데 어떻게 해야 하나. 김양상이 고심을 하는데 줄 하나가 살아 있는 뱀처럼 스르르 옥졸에게 달려들더니 그의 손목을 휘감았다. 말로만 들었던 종수種樹였다. 환인들은 밧줄을 자유자재로 구사한다고 하던데…. 김양상은 와중에도 석연당의 환술에 탄복했다.

"형!"

석연당이 김양상에게 눈짓을 보냈다. 김양상은 석연당과 힘을 합쳐 힘껏 줄을 당겼고 허둥대다 끌려온 옥졸은 김양상의 일격에 그대로 쓰러졌다.

"빨리!"

서둘러 옥문을 연 김양상은 일행을 재촉했다. 김양상이 맨 앞에 서고 석연당과 일선, 임조해와 소춘이 그 뒤를 따랐다.

밖으로 나오니 어느새 날이 어두워져 있었다. 다행히 사람들 눈에 띄지 않았지만 석연당과 둘이라면 모를까 일선과 소춘을 데리고 무사히 빠져나갈 수 있을지 걱정이었다.

주위를 살핀 김양상이 손짓했다. 기분이 나쁠 만큼 서역도호부는 조용했다. 여기를 벗어나봤자 사막 한복판이지만 일단은 이곳을 빠져나간 다음에 대책을 구해도 늦지 않을 것이다. 김양상은 미련이 남는지 자꾸 뒤를 돌아보는 임조해를 재촉하며 앞장을 섰다.

"……!"

김양상은 주춤하며 걸음을 멈추었다. 본능적으로 위험을 직감한 것이다. 무엇일까. 정체는 알 수 없지만 엄청난 위험이 이리로 다가오고 있는 것이 똑똑히 느껴졌다.

"틀렸어…. 너무 가까워."

임조해의 입에서 신음이 새어나왔다.

"아버님."

소춘이 얼른 임조해에게 다가갔다.

"왜 그러십니까?"

석연당이 영문을 모르겠다는 표정으로 물었다.

"유사다. 거대한 유사가 다가오고 있다. 일찍이 이토록 무시무시한 기운은 겪어본 적이 없다."

임조해가 창백해진 얼굴로 소춘과 석연당의 손을 꼭 잡았다.

"유사가 머지않아 서역도호부를 덮칠 것이다. 어서 네 어머니를 데리고 여기를 빠져나가거라. 서둘러 저 언덕 위로 피신하면 목숨을 부지할 수 있을지 모른다."

"아버님을 놔두고 혼자 갈 수는 없습니다."

소춘이 고개를 세게 흔들었다.

"공연히 나 때문에 시간을 지체하지 말고 빨리 달아나라. 나는 서역도호부와 최후를 함께하겠다."

임조해는 장승처럼 버티고 선 채 꼼짝하지 않았다. 점점 가까이 전해지는 무시무시한 살기. 이제는 김양상도 똑똑히 느낄 수 있었다.

김양상은 언덕까지 거리를 가늠해 보았다. 서두르면 피신할 수 있을 것 같았다. 그런데 임조해가 가지 않겠다고 버티는데 소춘이 따라갈까. 소춘도 남겠다고 하면 석연당도 따라 남을 것 같았다. 어떻게 해야 하나. 그럼 일선만이라도 피신시켜야 하나. 김양상은 마지막으로 임조해를 한 번 더 설득해보기로 했다.

"……!"

김양상은 인기척을 느끼고 황급히 등을 돌렸다. 어느 틈에 나타났는지 상관중걸이 일행을 노려보고 있었다. 그의 뒤에는 서역도호부의 촌민들이 몰려 있었다.

"그래도 그동안의 공을 생각해서 잘못을 뉘우치는 기회를 주려 했는데 쥐새끼처럼 달아나려고 하다니."

상관중걸이 비웃음을 날리며 다가왔다.

"빨리 피해야 한다. 곧 유사가 여기를 덮칠 것이다!"

임조해가 촌민들을 향해 소리쳤다.

"이번에는 유사인가? 왜 물이 마르는 것으로는 선동이 안 될 것 같은가?"

상관중걸은 코웃음을 쳤고 촌민들도 싸늘한 표정으로 임조해를 쏘아보았다.

"빨리 피해야 한다. 내 말은 틀리지 않다."

임조해는 절규했지만 도호부 촌민들은 도호의 말에 더 이상 귀를 기울이지 않았다.

"사막이 이리 평온한데 유사는 무슨 유사! 도호라는 자가 야반도주를 하려들다니. 선조들에게 부끄럽지도 않은가!"

상관중걸이 호통쳤다.

"긴 말을 할 여유가 없다. 빨리 피하지 않으면 모두 모래 속에 파묻히게 될 것이다!"

"닥쳐라!"

상관중걸이 버럭 호통을 치며 임조해의 말을 막았다.

"도호라는 자가 번인을 받아들여 아이까지 낳게 하더니 이제는 야반도주라. 도저히 용납할 수 없다!"

상관중걸이 눈을 부라렸다. 더 이상의 대화는 무용할 것 같았다. 김양상은 탈출을 감행하기로 했다.

"내가 저들을 막아설 테니 너는 일행을 데리고 빨리 여기를 빠져나가라."

김양상은 단검을 움켜쥐며 석연당에게 피할 것을 일렀다. 얼마나 오래 버틸 수 있을지 모르겠지만 달리 방법이 없었다.

"보아하니 제법 무예를 익힌 것 같구나. 그 사이에 중원의 무예가 어떻게 변했는지 궁금하구나."

상관중걸이 칼을 뽑아들고 다가왔다. 김양상은 단검을 겨눈 채 상관중걸의 움직임을 놓치지 않았다. 미처 허점을 찾기 전에 상관중걸의 칼이 김양상의 머리를 노리고 달려들었다. 단칼에 승부를 내려는 듯 매서운 공세였다. 김양상은 무리해서 반격하지 않으며 뒤로 물러섰다. 상관중걸은 죽이기로 작심했는지 맹렬하게 달려들었다.

김양상은 물러서며 상관중걸의 약점을 파악했지만 섣불리 반격하지는 않았다. 설사 그를 제압한다고 해도 촌민들이 일시에 달려들면 당해낼 도리가 없다. 그러느니 석연당이 피할 때까지 시간을 버는 것이 상책일 것이다.

"엇!"

뒤를 물러서던 김양상은 중심을 잃고 비틀거렸다. 절체절명의 위기였다.

"……!"

그런데 달려들던 상관중걸도 뭔가 이상하다고 느꼈는지 공세를 멈추고 뒤로 물러섰다.

"유사가 몰려오고 있다! 빨리 여기를 벗어나지 않으면 모조리 죽을 것이다!"

임조해가 다시 소리쳤다.

"그래, 뭔가 오기는 오는 모양이로구나. 하지만 그따위 수로 여기를 빠져나갈 생각 마라! 사막에는 모래바람이며 유사가 늘 있게 마련이다. 저들을 모조리 주살하라!"

잠시 주춤했던 상관중걸이 살기 가득한 얼굴로 모조리 죽일 것을 명하자 도호부 위사들이 칼을 겨누며 포위망을 좁혀왔다. 분노한 촌민들이 뒤를 따르고 있었다.

여기서 끝인가. 김경신, 혜초대사와의 약조를 지키지 못하고 마는 것인가. 각오하고 옥문관을 나섰지만 대막을 건너기도 전에 이렇게 허무하게 최후를 맞게 될 줄이야. 김양상은 일선과 석연당, 그리고 소춘과 임조해에게 차례로 눈길을 주었다. 그들 모두 최후를 각오한 듯 비장한 표정으로 입을 굳게 다물고 있었다.

"……!"

또 한 차례 진동이 전해졌다. 이번에는 아까보다 훨씬 강했다. 포위망을 좁혀오던 위사와 촌민들도 주춤하며 놀란 표정을 지었다.

"유사다! 유사가 밀려오고 있다!"

뒤에서 누가 소리쳤다. 고개를 들어 살피니 과연 저 멀리서 거대한 모래의 강이 서역도호부를 삼킬 듯 달려들고 있었다. 꾸물대다가는 모조리 모래 속으로 빠져 들어갈 판이었다.

"유사다! 엄청난 유사가 밀려오고 있다!"

촌민들이 허둥대며 비명을 질렀다.

"진정하라! 유사는 여기까지 오지 않을 것이다!"

상관중걸이 악을 썼지만 겁에 질린 도호부 촌민들의 귀에는 아무 말도 들리지 않는 것 같았다.

"서둘러야 합니다!"

더 이상 생각할 틈이 없었다. 김양상은 일선의 팔을 낚아챘다. 석연당도 제 모친의 팔을 잡아끌었다.

"아버님!"

"빨리 가거라! 저들을 두고 나만 빠져나갈 수는 없다!"

임조해는 눈물을 글썽이며 서역도호부와 최후를 함께할 뜻을 비쳤다. 땅이 심하게 흔들리면서 중심을 잡기가 쉽지 않았다. 꾸물댈 틈이 없다. 김양상은 허둥대는 일선을 부축했고 석연당은 소춘을 들쳐 업은 채 언덕을 향해 있는 힘을 다해 내달렸다. 이대로 땅이 꺼지면서 영겁의 모래 속으로 빨려 들어가는 것은 아닐까. 생각만 해도 오금이 저렸다. 그런데 언덕 위로 피하면 무사할까. 나머지는 천운에 맡길 수밖에 없었다.

다행히 일행은 언덕까지 이를 수 있었다. 간신히 언덕에 오른 김양상은 거친 숨을 몰아쉬며 고개를 돌렸다. 촌민들이 우왕좌왕하는 모습이 눈에 들어왔다. 임조해는 그들 사이를 누비며 빨리 빠져나갈 것을 소리치고 있었다. 하지만 촌민들은 공포에 질려 우왕좌왕할 뿐, 선뜻 부락을 빠져나가려 하지 않았다. 그들은 도호부를 떠난 삶은 생각해본 적이 없었던 것이다.

"아…!"

땅이 흔들리더니 마치 늪에 빠지기라도 한 듯 서역도호부가 모래 속으로 서서히 빨려 들어가기 시작했다.

"아버님!"

소춘이 비명을 지르며 다시 언덕 아래로 달려갔다.

"안 됩니다!"

석연당이 황급히 소춘의 뒤를 따랐다. 가만히 두었다가는 두 사람 다 모래 속으로 빨려 들어갈 판이다. 김양상은 몸을 날려 석연당의 뒤를 따랐고 정신없이 내달리는 석연당의 뒤통수를 세게 갈겼다. 석연당은 그대로 고꾸라졌다.

"아버님!"

하지만 이미 모래의 늪 속으로 빨려 들어가고 있는 소춘을 구할 길이 없었다.

"시주!"

일선이 위에서 빨리 올라오라고 소리쳤다. 김양상은 쓰러진 석연당을 부축하며 허겁지겁 모래 위로 피신했다. 다행히 유사는 언덕까지 덮치지는 않았다.

"저기를!"

일선이 모래 속으로 빨려 들어가는 서역도호부를 가리켰다. 정원후 반초의 유지를 받든다는 일념으로 바깥세상과 단절된 채 6백 년의 세월을 버텨왔던 대막유인大漠幽人들의 서역도호부는 마침내 그 소명을 다하고 모래 속으로 사라지고 있었다. 김양상은 비감한 심정으로 그 장엄한 광경을 지켜보았다.

천산을 넘다

1

한 무리의 군마軍馬들이 먼지를 일으키며 빠르게 질주했다. 구자의 거리에는 병졸과 군마들이 넘쳐났다. 간신히 유사를 빠져나온 김양상과 일선, 석연당은 사막을 헤매다 천신만고 끝에 부근을 지나던 대상을 만나서 그들을 따라 구자에 당도한 것이다.

구자는 대막 한복판에 있지만 절도부가 있는 데다 대상들이 몰려드는 곳이어서 거리에는 풍요로움이 넘쳐흘렀다. 세 사람은 지친 몸을 이끌고 객잔을 찾았다. 일단 구자에서 그동안의 노독을 푼 후에 서행을 계속해서 소륵으로 가야 한다. 구자에 도착해서 한 시름 놓았지만 아직도 여정은 멀기만 했다. 구자의 거리에는 장안에서도 구경하기 힘든 진귀한 물건들이 넘쳐났다. 낙타의 등에는 포도와 유리, 옥을 비롯해서 먼 서방에서 건너온 처음 보는 물자들로 가득했고 객잔은 대상들로 발을 디딜 틈이 없었다.

다행히 일행은 그럭저럭 하룻밤 지낼 만한 객잔을 얻게 되었다. 일선은 방에 들어가자마자 잠이 들었다. 무척 피곤한 모양이었다. 석연당은 서역도호부를 떠난 이후로 입을 굳게 다물고 있었다. 구자는 석연당 부친의 고향이어서 수소문을 하면 친척을 찾을 수도 있을 텐데 석연당은 전혀 그럴 눈치가 아니었다. 하긴 이제 와서 찾아간들 반길 사람도 없을 것 같았다. 김양상은 석연당을 위로할 겸해서 그를 데리고 주루로 내려갔다. 객잔 아래층은 주루인데 대상들끼리 모여앉아 술잔을 기울이고 있었다.

"모친 일은 정말 안 되었다. 뭐라 위로해야 할지 모르겠구나."

김양상이 석연당의 눈치를 살피며 입을 열었다.

"그리 마음 쓰지 않아도 되오. 어쨌든 아버지의 유언을 지켰고, 어머니를 만났으니 그것으로 되었소."

다행히 석연당은 의연함을 잃지 않았다.

"어쩔 셈이냐? 따로 갈 데가 없다면 우리와 동행하면 어떻겠느냐?"

온갖 위험이 도사린 서역에서 듬직한 석연당이 함께 간다면 큰 도움이 될 것이다. 틀림없이 일선도 좋아할 것이다.

"그렇지 않아도 형에게 부탁드리려던 참이었소."

김양상이 동행을 권하자 석연당이 순순히 응했다.

"그런데 내내 궁금한 게 있소. 형은 왜 서역으로 가려 하오?"

석연당이 정색을 하고 물었다. 아마도 임조해에게 얘기할 때 석연당은 다른 생각을 했던 모양이었다.

"너도 알다시피 내 고향은 바다 건너 서라벌이다. 왕족인 나는 귀족들의 비리를 적발하는 일을 하다 그들에 모함에 빠져 장안으로 쫓겨 오게 되었다."

김양상은 석연당에게 그간의 일을 간략하게 이야기해 주었다.

"그런 일이 있었소? 형이 왜 서역으로 가는지 궁금했는데 그런 이유일 줄이야. 그런데 신라의 왕족이었군요. 어쩐지…. 형을 만나게 되어 정말 기쁘오."

석연당의 얼굴이 모처럼 환해졌다.

"나도 믿음직한 아우를 얻어 기쁘다."

김양상이 석연당의 손을 힘껏 잡았다.

"우여곡절 끝에 옥문관을 나서서 여기 구자까지 왔지만 앞으로 뭘 어찌해야 할지 까마득할 따름이다. 막연하게 대불림에 가면 무슨 단서를 얻을 수 있을까 기대하고 있지만…. 솔직히 그 이상은 나도 모르겠다."

김양상이 석연당에게 심정을 털어놓았다. 황금보검의 비밀을 밝혀야 누명에서 벗어날 수 있고, 서라벌로 돌아가서 미완의 개혁을 마무리 지을 수 있다. 그런데 눈앞의 현실은 너무도 막막했다.

"힘을 내시오. 미력하나마 내가 형을 돕겠소."

석연당이 흰 이를 드러내 보이며 히쭉 웃었다.

"말만 들어도 힘이 나는구나. 그런데 지금 당장 시급한 문제는 일선 대사를 무사히 소륵까지 데리고 가는 것이다."

그렇게 김양상과 석연당이 앞으로의 일을 논의하고 있는데 대상인 남자가 급한 걸음으로 주루로 들어섰다. 그러자 여기저기서 술을 마시고 있던 대상들이 일제히 그에게 몰려들었다.

"어떻게 됐어?"

그들 중 누가 다급한 목소리로 물었다. 막 주루로 들어선 남자가 힘없이 고개를 가로젓자 대상들은 일제히 실망한 표정을 지었다.

"그럼 정말 서역행이 통제되는 거야?"

"혹시나 해서 절도부의 아는 사람을 통해서 재차 확인했는데 내일부터 서역행이 통제된다고 하네."

"그렇게 사정이 안 좋은가?"

"머지않아 전쟁이 벌어질 것 같다고 했어."

"쯧쯧! 결국 이렇게 되는 건가. 석국石國(우즈베키스탄 타슈켄트)의 왕을 죽일 때부터 무슨 일이 벌어질 것이라 짐작은 했어. 자고로 항장降將은 죽이지 않은 법이라 하지 않았나."

대상들이 저마다 한마디씩 했다. 그들의 대화를 들은 김양상은 술이 확 깼다. 지금 저들이 뭐라고 하는가. 서역행이 통제된다고 하지 않았던가. 그렇다면 일선은 어찌될 것이며 대불림은 무슨 수로….

작년에 안서절도사 고선지 장군이 석국 원정을 단행했을 때 석국 왕은 순순히 항복하고 장안에 입조入朝했다. 그런데 공에 눈이 먼 당 조정의 고관들이 석국 왕을 죽여 버린 것이다. 석국 왕자는 길길이 날뛰며 복수를 다짐했고, 새롭게 서역에 세력을 뻗치고 있는 대식국과 손을 잡으면서 서역에 전운이 감돌기 시작한 것이다.

"그럼 영영 서역길이 막히는 건가?"

대상들의 대화가 계속되었다.

"알아본 바로는 완전히 통제하는 것은 아니고 절도부의 허가를 얻으면 서행이 가능하다고 하더군."

"그나마 다행이군. 그런데 쉽게 출관장을 내줄까?"

"설사 출관장을 받더라도 큰 싸움이 벌어질 판에 선불리 서행할 수도 없지 않은가. 차라리 당분간 구자에 머물며 정세를 관망하는 편이 나을 것 같네.”

“흠… 일리가 있는 말이네.”

대상들은 서역행을 강행할 것인지 사태를 관망할 것인지를 놓고 갑론을박을 벌였다.

“저들이 지금 뭐라고 하는 거요? 서역행이 통제된다고 하지 않았소? 그럼 소륵으로 가는 것은 어떻게 되는 거요?”

비로소 사태를 파악한 석연당이 눈을 동그랗게 뜨고 물었다.

“글쎄… 내일 상세한 것을 알아보기로 하자.”

김양상은 무거운 마음을 누르며 2층으로 향했다. 일선이 이 사실을 알면 크게 실망할 것이다.

예상대로 일선은 사색이 되었다.

“어떻게 그런 일이…. 무슨 일이 있어도 소승은 천축에 가야 합니다. 구법의 길은 원래 멀고도 험한 것. 여기까지 와서 포기할 순 없습니다.”

일선은 완강하게 소륵으로 갈 것을 고집했다.

“아직 확실한 게 아니니 너무 실망하지 마십시오. 영문營門이 열리는 대로 확인해 보겠습니다. 대상들 말로는 절도부에서 허가받으면 통행이 가능하다고 합니다.”

김양상은 일단 일선을 안심시켰다.

“혹시 허가를 내주지 않더라도 그냥 소륵으로 가면 되지 않겠습니까? 위험은 처음부터 각오한 바 아니었습니까?”

일선은 울상이 되어 김양상에게 매달렸다. 일선의 마음은 충분히 이해하지만 그게 말만큼 쉬운 일이 아니었다. 정세가 어수선해지면 사방에서 도적이 들끓게 마련이다. 천축으로 가려면 소발률小勃律(파키스탄

길기트)을 거쳐야 하는데 소발률도 당에 반기를 들었다면 소륵으로 간들 천축에 발을 들여놓지 못할 것이다. 자세한 것을 알아보기 위해서는 직접 절도부를 찾아가보는 수밖에 없었다.

김양상은 해가 완전히 퍼지기를 기다려서 일선과 석연당을 대동하고 절도부로 향했다. 소문은 사실인 듯 하룻밤 사이에 거리의 분위기가 확 변해 있었다. 군마들이 먼지를 일으키며 출동하는 가운데 대상들은 눈에 띄게 줄어들었다. 절도부에 당도하니 영문에 커다란 방榜이 걸려 있었고 그 앞에서 대상들이 수군거리고 있었다.

"쳇! 결국 통행을 금한다는 말이잖아!"

김양상은 투덜대는 대상들을 비집고 앞으로 나갔다. 방에는 앞으로 서역으로 향하는 모든 사람들은 안서절도부의 허가를 득해야 한다고 적혀 있었다.

"그럼 허가를 얻으면 되지 않습니까?"

김양상이 투덜대는 대상을 붙잡고 물었다.

"출관장은 쇄엽성碎葉城(키르기스스탄)에 전진배치된 행영절도부行營節道府(임시 지휘소)에서 내준다고 합니다. 그러니 출관장을 얻으려면 천산天山을 넘어야 하는데 정세가 이리 불안정한 판국에 무리해서 천산을 넘느니 차라리 구자에 머물면서 정세가 안정되기를 기다리는 게 나을 것이오."

그럼 안서절도부의 주력은 벌써 출동했을까. 전쟁의 먹구름은 짐작보다 훨씬 가까이 몰려와 있었다.

"하면, 소륵에서 소발률로 가는 것은 어떻게 되었다고 합니까?"

김양상은 혹시나 하는 심정으로 물었다.

"남쪽으로 돌아가는 것은 금하지 않는다고 합니다. 아직까지 소발률은 별다른 움직임이 없다고 하니."

그렇다면 소륵까지 가는 출관장만 얻어내면 일선은 천축으로 갈 수 있을 것이다. 불행 중 다행이었다. 대상들은 뿔뿔이 흩어졌고 세 사람만 남았다.

"어떻게 하면 좋습니까?"

일선은 안절부절못했다.

"너무 염려하지 마십시오. 무슨 수가 있을 겁니다."

김양상은 일단 일선을 안심시켰다. 예상치 못했던 상황이 발생했지만 그렇다고 여기서 주저앉을 수는 없다. 사정이 그러하다면 쇄엽성으로 가서 출관장을 받아내는 수밖에 없다.

"쇄엽성으로 갈 작정이오?"

석연당이 김양상의 표정을 살피며 물었다.

"그래야 할 것 같다."

김양상은 마음을 굳혔다.

"형은 대막 넓은 줄만 알았지 천산 높은 줄은 모르는군요. 쇄엽성으로 가려면 천산을 넘어야 하는데 길잡이 없이 천산을 넘을 수는 없소. 대상들도 정세를 관망하는 마당에 무작정 천산을 넘겠다는 것은 무모한 짓이오."

석연당이 만류하고 나섰다.

"천산이 높고 험하다는 사실은 나도 잘 알고 있다. 하지만 대상들도 넘는 길인데 우리라고 넘지 못하란 법이 있겠느냐."

일단 결심한 터다. 김양상은 밀어붙이기로 했다.

"천산은 험한 데다 날씨가 변덕을 부리기 일쑤여서 대상들은 대막보다 천산을 더 꺼리지요. 천산의 지리를 잘 아는 그들도 간신히 넘나드는 곳을 천산을 본 적도 없는 우리가 무슨 수로 그 험한 산을 넘겠소?"

석연당은 어림도 없는 소리를 말라는 듯 고개를 세차게 흔들었다. 하긴 험하기로 소문난 천산을 길잡이도 없이 넘는다는 것은 무리였다. 김양상은 펄쩍 뛰는 석연당과 안절부절못하는 일선을 번갈아 쳐다보면서 고심에 잠겼다.

"일단 객잔으로 돌아가서 다시 생각해 보자."

김양상은 한발 물러서기로 했다. 밀어붙이는 것이 만사형통은 아니었다.

"그러는 게 좋을 것 같군요."

일선이 동의했다. 그도 길잡이도 없이 천산을 넘는 것이 얼마나 무모한 일인지 모르지 않았다.

세 사람은 풀이 죽어 객잔으로 걸음을 돌렸다. 참으로 허탈했다. 객잔으로 돌아간들 뾰족한 수가 있을 리 없다. 각오를 하고 옥문관을 나섰지만 갈수록 더한 난관이 기다리고 있었다.

"……!"

상인이 좌판을 벌여놓고 각종 병장기를 팔고 있는데 그중에 김양상의 눈에 번쩍 뜨이는 것이 있었다. 활인데 드물게 보는 맥궁이었다. 구자는 안서절도부가 주둔하는 데다 대상을 호위하는 무사들도 몰려들기에 그들을 상대로 병장기를 파는 상인들도 많았다. 김양상은 얼른 그리로 걸음을 옮겼다.

"이 활이 마음에 드는 모양이군요."

상인은 김양상의 눈길이 머물고 있는 활을 집어 들었다. 맥궁은 한눈에도 예사 물건이 아니었다. 맥궁을 건네받은 김양상은 꼼꼼히 살펴보았다. 그리고 천천히 시위를 당겨보았다. 소 힘줄의 강한 탄력이 부드러우면서도 강하게 어깨에 전해졌다.

"활을 다루는 솜씨가 예사롭지 않군요. 구자에는 절도부에 군적을 두려고 많은 사람들이 몰려들지만 젊은이처럼 능숙하게 활을 다루는 사람은 본 적이 없습니다."

상인이 감탄했다. 그의 말대로 구자에는 서역에서 입신의 발판을 마련할 참으로 몰려드는 젊은이들이 우글거렸다. 지금 안서절도부를 통솔하는 고선지 장군도 서역에서 출세의 발판을 마련했던 사람이었다.

맥궁의 강한 힘이 전해지면서 김양상은 더 이상 망설이지 않기로 했다. 고구려의 유민이 절도사가 되어 서역을 호령하는 마당에 화랑의 후예가 어찌 천산 따위를 두려워한단 말인가. 결심이 선 김양상은 값을 지불하고 맥궁을 건네받았다.

"그예 쇄엽성으로 갈 생각이오?"

석연당이 김양상의 속내를 읽고는 혀를 찼다.

"그렇다. 여기까지 와서 걸음을 돌릴 수는 없다. 강요하지 않을 테니 너는 너 가고픈 곳으로 가거라."

"정말 어쩔 수 없는 사람이군. 형 따라가는 것 말고 내가 갈 데가 어디 있소."

석연당이 투덜대더니 장창을 골랐다.

"창을 다룰 줄 아느냐?"

"환술을 익힐 때 봉술도 배웠소."

석연당은 자세를 잡더니 차례로 봉술을 전개해 보였다. 정식으로 무예를 익힌 솜씨는 아니지만 그런대로 자기 한 몸을 지킬 것 같았다. 일선은 두 사람이 병장기를 고르는 것을 보고 얼굴이 환해졌다. 혹시라도 산을 넘다 도적을 만나게 되면 칼도 필요할 것이다. 김양상은 쓸 만한 칼을 골라들었다.

"쇄엽성으로 가겠습니다!"

김양상이 결연한 표정으로 말했다.

"시주, 잘 생각하셨소. 천산이 아무리 높고 험한들 어찌 구법의 일념을 막을 수 있겠소."

일선은 어린아이같이 좋아했다.

"제발 도적을 만났으면 좋겠소."

석연당이 퉁명스럽게 말했다.

"무슨 소리냐?"

"그놈들이라도 잡아서 길잡이를 시켜야 하지 않겠소."

비아냥거리는 말이었지만 딴은 틀린 소리도 아니었다. 험한 산중에서 길을 잃는 것은 도적을 만나는 것보다도 더 두려운 일이다. 쇄엽성으로 가는 대상과 동행할 수 있으면 좋을 텐데 기대하기 힘든 실정이었다. 오로지 셋이서 높고 험한 산을 넘어야 하는데 그게 용기와 각오만으로 가능한 일일까. 막상 결심을 굳히자 두려움이 밀려왔다.

"저… 실례하겠습니다."

누가 뒤에서 부르는 소리가 들렸다. 고개를 돌리니 김양상 또래의 젊은이가 서 있었다. 급笈(짊어지고 다니는 책상)을 메고 있는 것으로 봐서 서생 같은데 한족으로 보이지 않았다.

“본의 아니게 그만 여러분의 말을 엿듣게 되었습니다. 천산을 넘어야 할 피치 못할 사정이 있는 것 같은데 소생이 도움을 드릴 수 있기에 이렇게 실례를 범합니다.”

서생이 웃으며 다가왔다.

“당신은 누구기에 우리를 돕겠다는 거요?”

석연당이 경계의 빛을 띠며 물었다. 서역은 별의별 사람들이 다 모여드는 곳이다. 선해 보이는 인상만 보고 함부로 믿었다가는 낭패를 당하는 수가 있다.

“노정에서 얘기하기는 그러니 어디 주루에라도 듭시다.”

아무래도 협잡꾼 같지는 않았다. 그렇다면 얘기를 들어볼 일이다. 김양상은 고개를 끄덕이고 주루로 향했다. 서생은 형편이 곤궁한지 행색이 몹시 초라했다. 그렇지만 어딘지 모르게 품격이 느껴졌다. 주루에 자리를 잡자 서생은 왜 일행을 불렀는지를 얘기했다.

“쇄엽성으로 갈 예정인데 마땅한 길잡이를 구하지 못해서 고심하시는 듯합니다. 쇄엽성에 이르는 길이라면 소생이 잘 압니다.”

이름을 단침段沈이라고 소개한 서생은 길잡이를 자청하고 나섰다.

“소생은 소그드 사람입니다. 장안에서는 강족羌族이라고 부르지요. 천산은 소생의 고향입니다.”

“하면, 천산 지리를 훤히 꿰뚫고 있겠군요. 잘 됐습니다.”

일선이 반색을 했다.

“천산이 고향이라면….”

귀가 번쩍 뜨이는 말이었다. 짐작건대 단침은 중원에서 지내다 고향으로 돌아가는 사람 같았지만 김양상은 아직 경계를 풀지 않았다.

"천산의 대청지大淸池(이식쿨 호) 부근이 내 고향입니다. 장안에서는 열해熱海라고 부르는 곳이지요."

"하면, 어디서 오는 길입니까?"

아무리 살펴도 나쁜 사람은 아닌 것 같았지만 속단은 금물이다. 석연당도 경계의 눈초리를 늦추지 않았다.

"장안에서 오는 길입니다."

단침은 아무것도 감출 게 없다는 표정이었다.

"하면, 장안에서는 무슨 일을…."

김양상이 재차 물었다. 소그드 인은 어린아이가 태어나면 오른손에는 꿀을, 왼손에는 아교를 발라준다고 한다. 꿀처럼 달콤한 말로 거래를 성사시키고 아교처럼 한번 손에 들어온 돈은 절대로 놓치지 말라는 뜻이다. 그만큼 소그드 인은 장사에 능통한 사람들인데 그것은 곧 말로 상대를 홀리는 데 뛰어난 재주를 지닌 사람들이라는 뜻이기도 하다. 그러니 섣불리 판단할 일이 아니었다.

"소생의 고향은 첩첩산중입니다. 가끔가다 대상이 지날 뿐 외지인이라고는 찾아볼 수 없는 곳이지요."

단침이 한숨을 내쉬었다.

"우리 가족은 천산 깊은 산중에서 살았는데 소생의 부모님은 아들에게는 산짐승 같은 삶을 살게 하고 싶지 않았기에 가끔 들르는 대상에게 부탁해서 소생을 장안으로 보내셨습니다."

"그랬군요. 번인이 장안에서 지내려면 고초가 적지 않았을 겁니다."

사람 좋은 일선은 아무런 의심 없이 단침의 말을 받아들였다.

"큰 뜻을 품고 장안에 발을 들여놓았지만 현실은 녹록지 않았습니다.

어깨 너머로 배운 글로, 더구나 번인의 신분으로 관직에 나가는 것은 사실상 불가능했지요. 그래서 객지 생활을 청산하기로 하고 10년 만에 귀향길에 오른 것입니다."

그러면서 단침은 여기까지 오는 동안에 가진 돈을 다 써버려서 난감하던 차에 김양상 일행의 대화를 엿듣게 되었다며 돈은 바라지 않으니 먹는 것만 나누어주면 길 안내를 하겠다고 했다. 아무리 살펴도 거짓말을 하는 것 같진 않았다. 김양상은 단침의 선한 인상을 보며 그를 믿기로 했다. 김양상은 석연당에게 눈길을 돌렸다. 석연당도 의심을 풀었는지 고개를 끄덕이며 동행에 동의했다.

"부처님께서 자비를 베푸신 것입니다."

일선이 김양상의 결심을 재촉했다.

"좋소. 단형의 뜻을 받아들이기로 하겠습니다."

"고맙습니다. 덕분에 큰 어려움 없이 고향에 돌아가게 되었습니다."

김양상이 수락하자 단침은 어린아이처럼 좋아했다.

"하면, 대청지를 지나가겠군요. 대청지는 현장법사께서도 천축에서 귀환할 때 들렀던 곳이지요."

일선은 험한 천산을 넘어야 한다는 사실은 제쳐두고 예정에 없었던 대청지를 지나게 된 것을 기뻐했다. 현장법사는 쇄엽성으로 가려면 대청지를 지나 서북쪽으로 다시 5백 리를 더 가야 하는데 대청지는 산행 4백 리에 주위는 1천 리나 된다고 했다.

천산은 주周의 목왕과 서왕모의 전설이 서린 산이다. 그런데 뜻밖의 일로 그 신비의 천산에 발을 들여놓게 된 것이다. 어느새 두려움을 떨쳐버린 김양상은 가벼운 흥분에 휩싸였다.

2

김양상은 걸음을 멈추고 산 아래를 내려다보았다. 넓게 펼쳐진 초지 군데군데에서 양떼를 방목하는 풍경이 한 폭의 그림 같았다. 양떼들 뒤로 이곳에서 처음 본 야크라는 가축이 한가롭게 풀을 뜯어먹고 있었다. 그림 같은 정경이지만 그 속에서 어우러져 살아가는 사람들의 하루하루는 그렇게 목가적이지만은 않을 것이다.

단침까지 네 사람이 된 일행은 만년설을 하얗게 덮어쓴 산정을 향해 걸음을 재촉했는데 위로 오를수록 숨이 점점 가빠졌다. 대막을 지날 때는 겪어보지 못했던 일이었다. 그렇지만 곳곳에 피어 있는 형형색색의 꽃들과 천산 높은 봉에서 흘러내리는 맑은 물은 보이는 것이라고는 끝없는 모래언덕뿐이었던 대막에서는 볼 수 없었던 생기 넘치는 광경이었다.

단침은 산중에서 태어난 사람답게 활기차게 길을 안내했고 김양상과 석연당은 자꾸 뒤처지는 일선을 부축하며 부지런히 단침의 뒤를 따랐다. 바이청을 거쳤으니 이제 한텡그리 산만 넘으면 대청지에 도달할 것이다.

"잠시 쉬어갈까요?"

단침은 주위를 돌아보며 말했다. 그러는 게 좋을 것 같았다. 일선이 많이 힘들어 하고 있었다.

"산중의 해는 짧습니다. 해가 지기 전에 묵을 곳을 마련해야 합니다. 그런데 대사께서는 괜찮습니까?"

단침이 일선을 걱정했다.

"내 걱정일랑 마시오. 천축에 가려면 총령을 넘어야 하니 미리 단련하는 셈 치겠소."

일선이 애써 웃음을 지어보였다.

"다행히 저기 움막이 보이는군요. 아마 산을 넘는 대상들이 쉬어가는 곳인 모양인데 오늘은 저기에서 묵기로 하지요. 하지만 더 높이 오르면 저런 움막을 찾기 힘듭니다. 동굴을 찾지 못하면 노숙을 각오해야 합니다."

정말 노숙을 하면 어떻게 하나 걱정하는데 단침이 용케 움막을 찾아냈다. 단침의 짐작대로 움막은 천산을 넘는 대상들이 임시 숙소로 쓰는 곳이어서 잠자리도 마련되어 있었고 불도 피울 수 있었다. 일행은 허기도 면하고 여독도 풀게 되었다.

다시 천산의 밤이 찾아왔다. 몸은 천근만근 무거웠지만 김양상은 칼과 맥궁을 챙겨들고 밖으로 나왔다. 사방은 조용했지만 무슨 일이 닥칠지 모르는 산중이다. 경계를 소홀히 하면 안 된다.

달빛에 반사된 천산의 만년설의 황홀함은 실로 형용키 어려울 정도였다. 차가운 공기가 폐 깊숙한 곳까지 스며들면서 기분이 몹시 상쾌했다. 대막과는 또 다른 어려움을 겪어야 했지만 이렇듯 청량한 공기는 대막에서는 상상도 할 수 없는 선물인 셈이다.

김양상은 칼을 뽑아들었다. 그리고 천천히 검술을 전개했다. 날카로운 소리를 내며 칼이 바람을 갈랐다. 손놀림이 차츰 빨라지면서 이마에 땀방울이 맺히기 시작했다. 칼을 잡자 정신이 맑아지면서 마음을 짓누르던 이런저런 두려움이 일시에 사라졌다. 상쾌한 공기와 황홀한 달빛. 김양상은 무아지경에 빠져들었다.

칼을 내려놓은 김양상은 맥궁을 집어 들었다. 시위를 당기니 손끝으로 강렬한 힘이 생생하게 전해졌다. 제대로 만든 명궁을 손에 넣은 것이다. 오랜만에 활을 잡아본 김양상은 시사試射를 해볼 요량으로 맥궁에 화살을 재었다. 마침 달이 천산 높이 떠서 환한 빛을 뿌리고 있었다. 김양상은 달을 향해 살을 날렸다. 시위를 떠난 화살은 천산의 달을 향해 맹렬하게 날아갔다.

"달을 꿰뚫을 것 같습니다."

돌아보니 단침이 서 있었다.

"천산의 달은 사람의 마음을 사로잡는 마력을 지니고 있지요. 며칠 있으면 만월이 되겠군요. 대청지에 비친 만월에 이끌려 잠을 이루지 못했던 적도 있습니다."

단침이 웃음을 지으며 다가왔다. 우직한 석연당과는 달리 단침은 붙임성이 있는 사람이었다.

"본의 아니게 무예 단련을 훔쳐보게 되었습니다. 대단한 솜씨더군요. 그런데 당신도 한족이 아닌 것 같군요. 동행하는 분은 회골 사람 같습니다만."

단침이 김양상 옆에 나란히 섰다. 두 사람 머리 위로 달이 환한 빛을 뿌리고 있었다.

"신라에서 왔소. 바다 건너 동쪽에 있는 나라지요."

환한 달은 김양상에게 향수를 불러왔다.

"아! 신라. 먼 곳에서 오신 분이로군요."

단침은 신라를 알고 있었다.

"단형은 신라를 아는군요."

"장안에 있을 때 신라에서 건너온 사람들을 여럿 봤습니다."

저자에서 환술을 펼치던 석연당과 장안에서 글을 익혔던 단침은 아무래도 여러 면에서 달랐다.

"기왕에 장안행을 했는데 왜 도중에 귀향을…? 당 조정은 번인에게도 벼슬길을 열어놓고 있는데."

두 사람은 나란히 앉았다.

"번인에게도 출사의 길이 열린 것은 잘 알고 있습니다. 하지만 재주가 따라주지 못했기에 뜻을 접은 것입니다."

단침이 부끄러운 듯 고개를 숙였다. 아마도 과거에 여러 차례 응시했지만 급제하지 못한 모양이었다. 김양상은 더 묻지 않기로 했다. 어쨌거나 글을 아는 소그드 인을 만난 것은 요행이었다. 길 안내는 물론 좋은 말동무가 될 것 같았다.

"고향에는 단형의 가족들이 살고 있습니까?"

김양상이 화제를 돌렸다.

"그렇습니다. 양친과 누이동생이 한 명 있지요."

"강족의 사내아이는 태어나면 한 손에는 꿀을, 다른 손에는 아교를 발라줄 만큼 장사에 능하다고 하는데 단형의 가족은 왜 천산에서 유목을 하고 있습니까?"

그 또한 궁금하게 여기던 사안이었다.

"잘 아시는군요. 그렇습니다. 우리 부족은 본래 대초원의 서쪽 오호하烏滸河에서 살았습니다. 그때는 방금 말씀하신 대로 동서교역을 중계하면서 풍족한 삶을 누렸지요. 그런데 토욕혼吐谷渾이 쳐들어오는 바람에 천산으로 쫓겨 갔고, 그 후로 산짐승 같은 삶을 살게 되었습니다."

단침은 모처럼 속을 털어놓을 수 있는 상대를 만났다는 듯 상세하게 설명해주었다.

"단형 부친의 마음을 충분히 이해할 것 같군요. 지금 장안에서 시재詩才를 날리고 있는 이백도 강족 출신이라고 들었습니다."

"그렇습니다. 이백은 글재주가 뛰어나서 황제를 측근에서 모시는 한림봉공翰林奉公이 되었지만 나는 과거에도 여러 차례 낙방한 보잘 것 없는 사람입니다."

단침이 한숨을 내쉬었다. 김양상은 아무 말이 없었다. 장안은 청운의 뜻을 품고 각지에서 몰려든 인재들로 넘쳐났지만 그들 중에서 뜻을 이루는 사람은 극소수에 불과할 것이다.

"객지에서의 삶에 지친 데다 내 재주가 보잘 것 없다는 사실을 깨닫고 고향으로 돌아가기로 결심했습니다. 아들의 금의환향 날을 기다리시는 부모님을 생각하면 가슴이 멥니다."

단침이 고개를 떨어뜨렸다. 김양상은 딱히 더 위로할 말이 떠오르지 않았다. 안타깝지만 어쩔 수 없는 현실이었다.

밝은 달이 천산 위에 떠올라
창망한 구름의 바다를 비추면
수만 리를 불어온 바람이
옥문관을 넘어 불어간다

천산 높이 떠 잔잔한 빛을 뿌리고 있는 달을 물끄러미 쳐다보던 김양상이 나지막한 목소리로 시를 읊었다.

"이백의 관산월關山月이로군요."

단침이 미소를 지었다.

“나도 고향 생각이 날 때마다 장안 하늘 높이 뜬 달을 보며 관산월을 읊었지요. 아, 저 달은 지금 내 고향 천산 위에도 비추고 있겠지 하며 사무치는 향수를 달랬습니다.”

단침이 허리춤에서 피리를 꺼내들었다. 구멍이 다섯 개인 강적羌笛이었다.

“고향의 노래를 신라 사람에게서 듣게 되었으니 보답을 해야겠군요.”

단침은 강적을 입으로 가져가더니 눈을 지그시 감았다. 달빛에 그림자를 길게 늘어뜨린 단침의 모습은 그대로 한 폭의 월화취적도였다. 김양상은 눈을 감고 귀를 기울였다.

이윽고 가냘프면서도 구슬픈 강적의 선율이 천산의 밤을 휘감고 돌았다. 끊어질 듯 이어지는 그 선율은….

“아, 절양류折楊柳!”

김양상의 입에서 탄식이 새어나왔다. 강적은 북방 유목민들의 구슬픈 민가인 절양류를 거침없이 토해냈다. 망향의 한과 깊은 애수가 스며있는 절양류의 구슬픈 선율을 듣는 순간 김양상은 불현듯 소피아가 떠올랐다. 그때 곡강의 주사에서 소피아가 비파를 탄주하며 부르던 양주사도 절양류의 일종이었다.

소피아는 지금 어디에서 무엇을 하고 있을까. 소원대로 귀향길에 올랐을까. 그렇다면 지금쯤 어디를 가고 있을까. 부디 좋은 대상을 만나서 무사히 대불림에 당도해야 할 텐데. 어쩌면 소피아도 지금 저 환한 달을 올려다보고 있지 않을까. 그때 곡강에서 만났을 때도 저렇게 휘영청 만월이 벽공에 걸린 밤이었다. 혹시 소피아도 저 달을 올려다보며 내 생각을 하고 있지 않을까. 다시 만날 길이 없건만 소피아의 고혹적인 자태가 김양상의 뇌리에서 쉽게 떠나지 않았다.

"심기가 편치 않은 듯하군요. 내가 공연히 심기를 어지럽힌 모양입니다."

단침이 강적을 내려놓았다.

"아닙니다. 단형의 절양류가 너무 처연해서 그만…. 장안에서도 절양류를 여러 차례 들었습니다만 이렇게 애절한 소리는 처음입니다. 단형 고향에서 전해오는 가락인 모양인데 곡명이 어찌 되는지요?"

"따로 곡명이 없습니다. 살던 곳에서 쫓겨나 천산 깊은 곳에 숨어서 살고 있는 우리 부족의 슬픈 역사를 가락으로 옮긴 것이지요. 김형도 고향 생각을 하셨나보군요. 괜찮다면 마땅한 곡명을 붙여주십시오."

단침이 정중하게 부탁했다. 마땅한 곡명이 없을까. 김양상은 강적의 처연한 선율과 강족의 슬픈 역사를 떠올리며 궁리해보았다.

"천산비가天山悲歌라 하면 어떨까요?"

잠시 생각에 잠겼던 김양상이 입을 열었다.

"천산의 슬픈 노래라…. 참으로 잘 어울리는 곡명입니다. 실은 나도 오래전부터 마땅한 곡명을 붙여보려고 했지만 도무지 적당한 게 떠오르지 않았거든요. 김형은 문무를 겸비한 데 더해서 예악藝樂에도 조예가 상당하시군요."

단침이 진심으로 김양상에게 사의를 표했다.

"신라의 젊은이들은 무리를 지어 명산대천을 유람하며 글을 익히고 무예를 닦고 또 가무음곡을 배우는 전통이 있지요."

"그렇군요. 그럼 피리도 연주할 줄 아십니까?"

"배운 적은 있습니다만 간신히 소리를 내는 정도입니다."

"어떻습니까? 한번 불어보시지요."

단침이 김양상에게 강적을 불어볼 것을 권했고 김양상은 몇 차례 사양하다 강적을 받아들었다. 처음 불어보는 강적인지라 처음에는 제대로 된 소리가 나오지 않았지만 몇 번 불어보니 신라 피리와 크게 다를 게 없었다. 김양상은 차분한 마음으로 강적을 입에 댔다. 곧 끊어지는 듯하다가 다시 이어지고 흐느끼듯 하다가 어느새 격렬한 조로 바뀌며 애절한 선율이 천산의 밤하늘에 잔잔하게 울려 퍼졌다.

"그런데 김형은 왜 쇄엽성에 가려고 합니까? 보아하니 일선대사와는 그곳에서 헤어질 모양이던데."

단침은 진작부터 그게 궁금했던 모양이었다.

"실은…."

김양상은 저간의 일들을 빠짐없이 단침에게 이야기해 주었다.

"하면 김공은 신라의 왕족입니까? 놀랐습니다. 어쩐지 기품이 남다르다 했더니."

단침이 깜짝 놀라더니 김공이라 부르며 예우를 갖추었다.

"그리고 그런 이유로 옥문관을 나섰다니, 참으로 대단한 의협심을 지니셨군요."

단침이 거듭 감탄했다.

"신중함이 모자랐지요."

김양상은 문득 김경신 생각이 났다. 그런데 지금쯤 내가 서역행을 했다는 사실이 김경신에게 전해졌을까. 떠나기 전에 혜초대사에게 부탁했었다. 서라벌에 소식이 전해졌다면 제발 매사에 신중하게 행동할 것을 마음속으로 빌고 있을 것이다.

"그러고 보니 오래전에 할아버지로부터 들었던 말이 기억납니다."

갑자기 단침이 정색을 했다.

"할아버지는 먼 동쪽에 황금의 나라가 있다고 하셨습니다."

단침의 입에서 황금의 나라라는 말이 나오자 김양상은 깜짝 놀랐다.

"그게 무슨 말입니까? 상세히 얘기해 주십시오."

김양상은 흥분을 감추지 못했다. 어쩌면 황금보검과 관련된 단서를 얻게 될지도 모른다는 생각이 든 것이다.

"우리 소그드 족은 대초원을 오가는 대상들을 상대로 장사를 벌이면서 번영을 누려왔습니다. 그러다 보니 자연스럽게 먼 서쪽과 먼 동쪽의 소식도 상세하게 알게 되었지요."

김양상이 고개를 끄덕였다. 당연히 그럴 것이다.

"하면, 단형은 조부께서 말씀하셨던 먼 동쪽에 있는 황금의 나라가 신라를 가리키는 것이라고 생각합니까?"

김양상의 목소리가 저도 모르게 커졌다.

"그렇습니다. 할아버지께서 그렇게 말씀하셨습니다. 서쪽에 있는 황금의 나라는 물론 대진국을 말하는 것이지요."

김양상은 가슴이 쿵쿵 뛰었다. 혜초대사에 이어서 단침으로부터 다시 중요한 단서를 얻은 것이다.

"하면, 단형의 부족이 두 나라의 교류를 중계했다는 말입니까?"

"그렇습니다. 동과 서는 드넓은 초원을 통해서 오래전부터 교류를 해왔습니다. 흉노의 뒤를 이어 돌궐과 우리 소그드 족이 중계를 맡았지요."

부족의 전성시절을 회상하는 단침의 얼굴에 자부심이 가득했다. 이것으로 신라가 어떻게 넓은 세상과 활발하게 소통하게 되었는지에 대한 의문이 풀렸다. 그리고 왜 지금은 오로지 당나라만 바라보는 처지가 되었는지에 대한 대답도 얻게 되었다.

"하면, 돌궐이 당에게 토벌되고, 소그드 부족이 토욕혼에게 쫓겨나면서 신라와 대진국은 더 이상 교류를 이어갈 수 없게 된 것이로군요."

"그렇습니다. 그 후로는 오로지 당나라와만 교류하게 된 것이지요."

침묵이 흘렀다. 두 사람 모두 입을 굳게 다문 채 흘러가버린 황금시절을 아쉬워하고 있었다.

"아쉽게도 황금보검에 대해서는 아무런 말도 듣지 못했습니다. 다만 사고파는 물건은 아닌 것 같습니다. 짐작건대 원주인은 큰 나라를 다스리던 통치자 같은데 그가 누군지 나도 몹시 궁금하군요."

단침이 강한 호기심을 보였다.

"큰 나라라면 대진국…?"

"얼핏 그런 생각도 듭니다만 무엇 때문에 대진국의 황제가 중원의 천자가 아닌 신라의 왕에게 황금보검을 보냈을까요? 아무리 궁리해도 합당한 이유가 떠오르지 않습니다."

단침이 고개를 갸우뚱했다. 그것은 김양상도 마찬가지였다. 한 발짝 다가서면 다시 한 걸음 뒤로 물러서는 황금보검. 과연 그 비밀을 밝힐 수 있을까. 여전히 막막하지만 어쨌거나 천산에서 한 줄기 빛을 본 마당이다. 김양상은 천산의 밝은 달을 올려보며 꼭 뜻을 이루겠다는 결의를 다졌다.

"일단 대불림으로 가는 수밖에 없을 텐데 정세가 혼미해지고 있어서 염려됩니다. 그리고 대불림으로 간들 뾰족한 수가 생길 것 같지 않아 걱정입니다. 하지만 김공은 꼭 뜻을 이루리라 믿습니다."

단침이 자기 일처럼 신경을 써주었다.

"고맙소. 단형을 만나 큰 힘을 얻었소."

김양상은 단침의 손을 힘껏 잡았다.

3

산세가 갈수록 험해졌다. 천산의 일기는 변덕스럽다는 사실은 익히 알았지만 해가 중천에 걸렸는데도 눈보라가 치기도 했고, 어떤 때는 비가 오다 그치기를 하루에도 열두 번을 되풀이하는 통에 일행은 많은 애를 먹었다. 단침이 없었다면 벌써 산속에서 길을 잃고 헤매다 목숨을 잃었을지도 모른다. 그렇게 산을 타기를 열흘째, 한 치 앞도 내다볼 수 없을 정도로 심한 폭우가 일행의 앞을 가로막았다.

"빨리 비를 피할 곳을 찾아야 합니다. 쉬 그칠 비가 아닙니다."

단침이 일행을 재촉했다. 조금 있으면 날이 어두워지는데 해가 지면 한기가 몰려온다. 빨리 묵을 곳을 찾지 못하면 노숙해야 할 판인데 비는 쉬 그칠 것 같지 않았다. 일선은 벌써 입술이 파랗게 질려 있었다.

"형, 저쪽에 동굴이 있소."

석연당이 용케 동굴을 발견했다. 네 사람은 허겁지겁 동굴로 달려갔다. 밖에서 볼 때는 넷이 모두 들어갈 수 있을지 염려되었는데 막상 안에 들어오니 상당히 넓고 깊은 굴이었다. 이만하면 큰 어려움 없이 하루를 묵을 수 있을 것이다.

"……!"

안도를 하며 행장을 풀던 김양상이 반사적으로 칼을 빼들었다. 굴속 깊은 곳에서 뭔가 움직임이 감지된 것이다.

"맹수굴이 아닐까요?"

석연당도 알아채고 얼른 장창을 집어 들었다. 김양상은 석연당에게 따르라는 눈짓을 보내고 조심스레 굴속으로 걸어들어갔다. 일선과 단침은 한쪽으로 비켜선 채 두 사람을 지켜보았다.

다시 소리가 들렸는데 희미하나마 사람 소리였다. 신음 소리 같기도 하고 누구를 부르는 소리 같기도 했다.

"사람이…. 그런데 회골 말 같소?"

석연당이 움찔하더니 굴속을 향해 회골 말로 무어라 소리치더니 천천히 앞으로 나갔다. 김양상이 뒤를 따르려 하자 석연당이 손짓하며 혼자 가겠다고 했다. 김양상은 석연당의 뜻을 따르기로 하고 만약의 사태에 대비해서 자세를 낮추고 칼을 움켜쥐었다.

오래지 않아서 석연당이 겁에 질려 있는 여자아이를 데리고 돌아왔다. 아이는 탈진한 듯 제대로 걷지도 못했다.

"어찌 된 일이냐? 왜 어린아이가 이렇게 깊은 동굴 속에 있는 거지?"

김양상은 뜻밖의 사태에 갈피를 잡을 수 없었다.

"대상들이 이곳에 버리고 간 것 같소."

석연당이 분노를 금치 못했다. 여자아이는 회골인이었다.

"어허! 그럼 이 어린아이가 홀로 굴속에 있었습니까? 대체 대상들이 무슨 연유로 이렇게 끔찍한 일을 했습니까?"

두 사람이 여자아이를 부축하고 동굴 입구로 오자 일선이 대경실색했다. 석연당이 회골 말로 여자아이에게 묻자 여자아이는 겁에 질려 벌벌 떨면서 들릴 듯 말 듯한 목소리로 대답했다.

"그럼 천산의 산신에게 제물로 바쳐졌느냐?"

석연당이 벌린 입을 다물지 못했다. 회골 여아의 고향은 구자인데 대상에게 팔려서 여기까지 왔고, 천산의 산신에게 바치는 제물이 되어 동굴 속에 갇혀 두려움에 떨다 사흘 만에 구조된 것이었다.

"몹쓸 사람들이군. 어떻게 어린 여아를 이 깊은 산중에 혼자 남겨두는가. 그런데 천산에 산 사람을 제물로 바쳐야 하는 산신이 있습니까?"

김양상이 혀를 차며 단침에게 물었다.

"금시초문입니다. 하물며 인신공양이라니요."

단침이 고개를 가로저었다.

"그러고 보니 옥문관을 나설 때 대상들로부터 들었던 말이 생각나오. 근자 들어 천산을 넘는 대상들이 정체를 알 수 없는 적에게 습격을 당하는 일이 잦아졌다고 했소. 대상들은 산신의 소행이라고 했는데 산신의 정체에 대해서는 그들도 아는 게 없는 것 같았소. 아무튼 제물을 바치지 않으면 산신이 노한다고 하는 말을 들었소. 그때는 별 의미 없이 흘려보냈지만."

석연당이 생각났다는 듯이 입을 열었다. 일선이 먹을 것을 건네주자 여자아이는 허겁지겁 입에 넣었다.

"아무리 서역은 괴이한 일 천지라고 하지만 산신은 뭐며 인신공양은 또 뭔가. 참으로 몹쓸 사람들이로구나."

게걸스럽게 먹고 있는 여자아이를 보며 김양상은 측은한 마음을 감출 길이 없었다.

"장안이라면 상상도 할 수 없는 일이 벌어지는 곳이 서역이오."

석연당이 퉁명스럽게 대답했다.

"나도 석 시주의 말이 맞는다고 생각합니다. 법현대사도 총령을 넘을 때 독룡毒龍을 봤다고 했습니다."

일선이 석연당을 거들고 나섰다. 설마 독을 내뿜는 용이 나타나지는 않겠지만 그래도 심상치 않은 일이 벌어질 것만 같은 분위기여서 김양상은 잔뜩 긴장이 되었다. 그런데 이 아이는 어떻게 해야 하나. 네 사람이 머리를 맞대고 논의하는 사이에 빗줄기가 조금씩 가늘어지기 시작했다. 꺼림칙하지만 그래도 동굴 속이 노숙하는 것보다는 나을 것이다. 네 사람은 이 동굴에서 밤을 지내기로 했다.

"저 아이는 날이 밝는 대로 산 아래 부락에 데려다주는 게 좋겠소. 사흘이 지났는데도 산신이 나타나지 않았다고 하면 대상들도 뭐라 하지 않을 것이오."

같은 회골인인지라 석연당은 앞장서서 여아를 챙겼다. 일정이 조금 늦어지겠지만 그러는 게 좋을 것이다. 일선은 얼른 동의했고 단침도 고개를 끄덕였다. 그런데 대체 얼마나 깊은 굴일까. 김양상은 경계하듯 굴속을 노려보고는 누울 자리를 살폈다. 회골 여아가 걱정이 되었지만 그래도 밤새 무슨 일이 일어날 것 같지는 않았다. 자리에 눕자 피로가 몰려왔다. 김양상은 눈을 감고 잠을 청했다. 다른 사람들도 마찬가지였다.

시간이 얼마나 흘렀을까. 놀란 듯 눈을 번쩍 뜬 김양상은 서둘러 주위를 둘러보았다. 다행히 별일은 없었다. 지칠 대로 지친 몸이어서 일행은 와중에서도 깊은 잠에 빠져들었다.

김양상은 몸을 일으키고 밖으로 향했다. 맹수나 도적이 나타날지 모르니 누군가는 깨어 있어야 할 것이다. 어느새 비는 그쳐 있었다. 비가 그친 천산의 밤은 싱그러울 정도로 상쾌했다.

"……!"

먹구름 사이로 달이 잠깐 모습을 드러내려는 찰나, 김양상은 살기가 몰려옴을 느꼈다. 맞은편 숲 속에서 뭔가가 이쪽을 노려보고 있었다. 김양상은 뒷걸음을 쳤다. 칼을 놓고 온 것이 후회가 되었다.

"연당아! 연당아!"

김양상은 제발 깨어 있었으면 하는 심정으로 석연당을 불렀다. 달이 구름 속에 숨으면서 천산은 다시 칠흑의 어둠 속에 잠겼다. 어둠 속의 살기는 상황 파악을 끝냈는지 서서히 움직이기 시작했다. 석연당은 깊은 잠에 빠졌는지 대답이 없었다.

살기가 점점 가까이 다가왔다. 아무리 칠흑 같은 밤이라고 해도 이만한 거리면 대략의 형체가 파악될 텐데 살기의 정체는 도무지 가늠이 되질 않았다. 김양상은 본능적으로 방어 자세를 취했다.

"형!"

그때 석연당이 장창을 겨누며 다가왔다. 그 순간 다가오던 살기는 휙 하는 소리와 함께 하늘로 솟아올랐고 공중에서 몸을 틀더니 그대로 숲 속으로 사라졌다.

"어흥!"

소름 끼치는 맹수의 포효가 천산에 메아리쳤다. 그렇다면 살기의 정체는 맹수였단 말인가. 그런데 왜 그렇게 가깝게 접근했는데도 모습이 보이지 않았을까. 그리고 마치 하늘을 나는 새처럼 저리 날랜 몸놀림의 맹수는 무엇일까. 김양상은 혹시 꿈을 꾼 것이 아닐까 하는 생각조차

들었다.

"괜찮습니까?"

석연당과 단침이 달려왔다.

"정체를 알 수 없는 맹수가 우리를 노리고 있습니다. 일단 물러갔지만 안심해서는 안 될 것 같습니다."

김양상은 놈은 반드시 다시 올 것이라 판단하고 있었다.

"정체를 알 수 없는 맹수라면…. 혹시 독룡이 아닐까요?"

일선이 사시나무 떨듯 하며 벌벌 떨었다. 물론 독룡은 아니겠지만 방금 전의 괴수는 쉽게 정체가 파악되지 않았다.

"표범 같소. 이 발자국을 보시오."

주위를 살피던 석연당이 김양상을 불렀다. 과연 젖은 길 위에 선명히 찍힌 발자국은 표범의 것으로 보였다.

"어쩌면 설표雪豹일지 모르겠습니다."

단침이 중얼거렸다.

"설표라면 높은 산에 사는 눈표범을 말하는 것입니까?"

김양상은 발자국을 확인하며 물었다.

"그렇습니다. 천산에는 설표가 살고 있습니다."

"하지만 설표는 체구가 작다고 들었습니다."

김양상은 고개를 갸우뚱했다. 발자국은 대호大虎의 것을 연상시켰다.

"천산의 설표 중에는 몸집이 호랑이보다 크면서 날렵하기는 제비를 능가하는 놈도 있습니다."

단침의 얼굴에 공포의 빛이 서렸다.

"발자국으로 봐서, 또 그렇게 가깝게 접근했는데도 형이 정체를 제대로 파악하지 못한 것으로 봐서 단형의 말이 맞는 것 같소."

석연당이 단침의 추측을 거들고 나섰다.

"나도 높은 산에 사는 설표가 산양을 잡아먹고 또 민가에 내려와서 염소를 잡아먹기도 한다는 말은 들었다. 하지만 사람에게 덤벼들었다는 말은 금시초문이다. 그리고 표범이 대호보다 더 힘이 세다는 것도 선뜻 받아들이기 힘들구나. 어쨌든 산신의 정체가 표범이라면 그리 크게 염려할 일은 아닌 것 같다."

김양상은 모두 동굴로 들어갈 것을 일렀다.

"하지만 상대가 천산의 설표라면 사정은 다릅니다."

별 문제가 없을 것이라 판단하는 김양상과는 대조적으로 단침은 몹시 심각했다.

4

공포의 밤이 지나고 다시 날이 밝았다. 일행은 서둘러 굴을 떠났다. 그렇지 않아도 일정이 지체된 마당에 탈진한 회골 여아까지 데리고 가야 하니 서둘러야 했다. 단침은 하루 밤낮을 부지런히 걸으면 양을 방목하는 부락에 이르게 될 것이라고 했다. 회골 여아는 그곳에 맡기면 될 것이다.

산세가 갈수록 험해졌다. 김양상은 단침의 말이 신경 쓰였다. 괴수는 단침의 말대로 대호처럼 크면서 독수리처럼 날렵하다는 천산의 설표일까. 그리고 설표가 정말로 사람에게 달려들까. 대호도 웬만해서는 사람에게 먼저 덤벼드는 일은 없다. 정체가 확실하게 파악되지 않은 게 마음 쓰였지만 지리를 잘 아는 단침이 있고, 활과 칼을 지니고 있다. 그러니 쓸데없는 두려움은 떨쳐버리는 게 좋다. 김양상은 그렇게 생각하며 그 문제는 더 이상 신경 쓰지 않기로 했다.

단침이 앞장을 서고 그 뒤를 석연당이, 이어서 일선과 여아, 그리고 김양상의 차례로 열을 이루며 일행은 하루 종일 산행을 계속했다. 우려했던 것과는 달리 회골 여아는 허기를 면하자 별 탈 없이 잘 따라왔다. 어느새 산속의 짧은 해가 지려 하고 있었다. 더 어두워지기 전에 노숙할 만한 곳을 찾아야 한다.

"형!"

김양상이 하룻밤 보낼 곳을 찾고 있는데 일행의 후미에 선 석연당이 긴장해서 김양상을 불렀다. 고개를 돌린 김양상은 멀지 않은 곳에서 살기가 전해지는 것을 느꼈다. 그렇다면 괴수가 일행을 쫓아오고 있단 말인가. 김양상은 전통에서 화살을 뽑아들었다. 아직 정체가 밝혀지지 않았지만 먼저 싸움을 걸어오는 것으로 봐서 여태 상대했던 맹수와는 다른 놈이 분명했다.

"놈은 날이 어두워지면 기습할 모양이오."

석연당이 장창을 고쳐 쥐며 말했다.

"그럴 것 같은데 몸을 피할 곳이 마땅치 않구나."

피신처를 찾지 못한 마당에 일행 중에서 괴수를 상대할 수 있는 사람은 김양상과 석연당뿐이다. 김양상은 차라리 도중에 적당한 곳을 찾아 밤을 보낼 걸 하는 후회를 하며 주변의 지형을 살폈다.

괴수도 만만치 않은 상대임을 알아챘는지 쉽사리 몸을 드러내지 않았다. 석연당은 장창을 겨누고, 김양상은 활을 들고 경계하는 가운데 시간은 자꾸 흘러갔다. 일선과 단침, 그리고 회골 여아는 겁에 질린 채 몸을 바짝 낮추고 있었다. 괴수는 모습은 감춘 채 수풀 이쪽저쪽을 오가며 기습의 기회를 엿보고 있었다. 괴수의 움직임을 놓치면 기습을 허용하게 된다. 김양상은 온 신경을 괴수의 움직임에 집중했다.

"형, 저쪽에."

석연당이 50보쯤 떨어져 있는 곳에 있는 커다란 바위를 가리켰다. 앞뒤전후가 트인 이곳보다는 괴수의 기습을 막는 데 훨씬 유리할 것 같았다. 김양상이 고개를 끄덕이자 석연당이 앞장을 서고 세 사람은 그의 뒤를 따랐다. 김양상은 활을 겨눈 채 후미를 경계했다.

다행히 별일 없이 다섯 사람은 바위 뒤로 몸을 피신시킬 수 있었다. 가까이서 살펴보니 바위 뒤는 열 길은 되는 낭떠러지였다. 배후에서 기습을 당한 염려가 없어진 대신에 퇴로도 차단된 꼴이 되었다.

긴장 속에 시간이 흘렀고 그 사이에 날이 완전히 저물었다. 상황이 불리해졌지만 그나마 다행인 것은 환한 보름이어서 스무 걸음 정도의 앞은 그런대로 분간이 된다는 사실이다. 그 거리라면 아무리 날랜 괴수라고 해도 두 번은 도약해야 여기까지 이를 수 있을 것이다. 그렇다면 화살을 겨냥할 시간이 충분하다.

그런데 이렇게 먼저, 그리고 여러 사람을 상대로 싸움을 걸어오는 맹수의 정체가 무엇일까. 단침의 말대로 천산의 설표일까. 하지만 단침도 전해오는 말이 그렇다는 것이지 자기 눈으로 직접 본 것은 아니라고 했다.

음산한 바람만이 어둠에 묻힌 천산을 스치고 지나갈 뿐 괴수는 선불리 몸을 드러내지 않았다. 이런 식의 대치는 오래가지 못한다. 신경을 집중시키는 데는 한계가 있다. 어느 쪽이든 주의가 먼저 흩어지는 쪽이 패배한다. 김양상은 숨 막힐 것 같은 긴장감을 간신히 참으며 괴수 쪽이 먼저 움직이기를 기다렸다.

"……!"

살기가 다가왔는데 뒤쪽이었다. 김양상은 당황해서 얼른 돌아섰다. 괴수는 예상을 깨고 열 길도 넘는 낭떠러지를 기어올라 와서 배후에서 기습을 시도한 것이다.

"헛!"

김양상의 입에서 비명이 새어나왔다. 검은 물체가 휙 허공으로 솟아오르더니 그대로 공중에서 한 바퀴 돌고서 사뿐 바위 위에 내려앉은 것이다. 언제 뒤로 돌아갔고 어떻게 그 높이를 단숨에 뛰어올랐는가. 김양상은 눈앞에서 보고도 믿을 수 없었다.

"설표다!"

단침이 비명을 질렀다. 과연 모습을 드러낸 괴수는 표범의 형상을 하고 있었다. 눈처럼 하얀 털에 점점이 박힌 검은 점. 그런데 몸은 대호보다 더 커보였다. 저런 놈이 저 높은 낭떠러지를 기어 올라와서 단 한 번의 도약으로 바위 위로 올라섰단 말인가. 김양상은 악몽을 꾸는 기분이었다. 그러나 엄연한 현실이었다. 김양상은 매서운 눈초리로 노려보는 설표를 향해 활을 겨누었다.

하지만 설표 쪽이 빨랐다. 화살이 미처 맥궁을 떠나기도 전에 설표는 바위 아래로 몸을 날렸다.

"이놈이!"

석연당이 장창을 휘두르며 설표에게 달려들었다. 그러나 설표는 날랜 몸놀림으로 장창을 피했다.

"악!"

회골 여아의 비명이 천산에 울려 퍼졌다. 일격에 회골 여아의 숨통을 끊어버린 설표는 숨 돌릴 틈도 없이 다시 몸을 솟구쳤다. 바위 위에 내려앉는가 싶더니 그대로 날듯 바위 아래로 사라져버렸다. 미처 화살을 날려보지도 못하고 당하고 만 것이다.

김양상은 활을 내던지고 허겁지겁 회골 여아에게 달려갔다. 그러나 아이는 이미 숨이 끊어졌다.

"미안하게 되었소. 설표를 너무 얕보았소."

석연당이 김양상에게 미안해했다.

"아니다. 제때 화살을 날리지 못한 내 잘못이 더 크다."

김양상은 참담한 심정이었다. 이렇게 눈을 뜨고 당할 줄이야.

"오로지 살생만을 목적으로 우리 뒤를 쫓아왔군요. 참으로 잔인한 짐승입니다."

일선이 합장하며 회골 여아의 명복을 빌어주었다.

"설표가 계속 우리를 노릴까요?"

석연당이 물었다.

"아마 그럴 것이다. 우리 뒤를 따라오다가 틈이 보이면 기습할 것이다."

김양상은 그리 판단했다. 설표는 산신에게 바쳐진 제물에 함부로 손을 댄 것을 용서치 않겠다는 기세였다.

"성정이 아주 잔인한 놈이군. 내 생각도 같소. 우리를 쉽게 보내주려 하지 않을 것이오."

석연당이 장창을 고쳐들었다.

“그런데 천산의 설표는 본래부터 저리 잔인했습니까?”

예상치 못했던 위기를 맞았지만 이럴수록 냉정해야 한다.

“설표는 경외의 대상일 뿐, 사람을 제물로 바친다는 이야기도, 설표가 사람을 공격했다는 말도 들어본 적이 없습니다.”

단침이 고개를 가로저었다.

“아무튼 빨리 여기를 빠져나가는 게 좋겠소. 설표가 또 언제 기습할지 모르니.”

석연당이 장창을 움켜쥐고 앞장을 섰다.

“가다보면 부락이 나올 겁니다. 천산이 높고 넓지만 곳곳에 흩어져서 방목하는 사람들도 제법 있으니까요.”

단침도 빨리 여기를 빠져나가자고 했다. 일행은 근처의 돌을 모아 회골 여아의 돌무덤을 만들어주고는 산행을 계속했다. 그리고 부지런히 산행한 끝에 동이 틀 무렵에 양을 방목하는 소그드 유목민을 만났다.

“하면 산신과 맞닥쳤단 말이오?”

나이가 많은 목부가 단침의 말을 듣더니 깜짝 놀랐다.

“그렇지 않아도 곧 만월의 밤이 될 거라며 모두 두려워하고 있었는데. 그예 그런 일이…. 그 아이는 당신들 짐작대로 대상들이 산신에게 바친 제물이었소. 산신의 정체가 천산의 설표라는 사실은 알고 있었지만 산신을 똑바로 본 사람은 당신들이 처음일 것이오.”

소그드 노인은 두려움에 벌벌 떨었다.

“당신은 우리 부족 같은데 그래 어디로 가는 길이오?”

“중원에서 지내다 집으로 돌아가는 길입니다. 집은 대청지 부근입니다."

"대청지 부근이라면…. 혹 사르가타 일족이오?"

"그렇습니다."

단침은 노인이 자신의 부족을 알자 반가웠다. 그러나 노인은 반대로 경계의 빛을 띠웠다.

"하면, 언제 집을 떠났소?"

"그럭저럭 10년이 되었습니다. 그런데 왜 그러십니까?"

노인이 정색을 하자 단침은 공연히 불안해졌다.

"한 7~8년 전쯤 되나…. 사르가타 족이 사는 곳에 괴질이 크게 번진 적이 있었소. 그때 부족민들 대부분 죽었지요."

청천벽력과도 같은 말이었다. 단침의 얼굴이 백지장으로 변했다.

"지금은 어찌 되었습니까? 살아남은 사람들도 있을 것 아닙니까?"

단침이 다그치듯 물었다.

"물론 살아남은 사람도 있었소. 하지만 아무도 그들을 받아주지 않았기에 그들은 깊은 산속으로 들어갔소. 하지만 지금은 다시 돌아왔을지도 모르지. 세월이 많이 흘렀으니까."

"그런데 산신은 언제부터 사람을 습격했습니까? 천산의 설표는 크고 날래지만 사람을 해치지는 않는다고 들었는데."

김양상이 넋이 나간 듯 멍한 얼굴로 하늘을 올려다보고 있는 단침을 대신해서 노인에게 물었다.

"천산을 넘는 대상들이 설표에게 기습을 당하기 시작한 게 한 3~4년 되었을 겁니다."

노인은 대상을 오래 상대한 듯 조리 있게 전후를 설명했다.

"설표가 왜 갑자기 사람을 습격하기 시작했을까요?"

"그야 우리도 모르지요. 아무튼 설표는 대호의 힘과 날짐승의 날렵함을 겸비했기에 대상들이 천산의 산신이라 부르며 두려워하지요. 설표는 특별히 만월의 밤에 설치는데 우리도 만월이 뜨면 제물 삼아 양 몇 마리를 밖에 매어놓지요. 다행히 우리 부락 사람들 중에 설표에게 희생된 사람은 없습니다만."

"빨리 집으로 가야겠습니다."

단침이 허둥대며 앞장을 섰다. 그의 처지를 충분히 이해하는 김양상과 석연당, 일선은 부락에서 하루를 유할 계획을 접고 단침의 뒤를 따랐다.

네 사람은 하루 종일 산행을 계속했다. 숨 쉬는 게 점점 힘들어지는 것으로 봐서 상당히 높은 곳까지 올라온 모양이었다. 짧은 산중의 해는 벌써 지려 하고 있었다.

"더 이상의 밤길은 무리일 테니 이쯤에서 밤을 지내는 게 좋겠습니다."

김양상이 주위를 둘러보며 노숙할 만한 곳을 찾았다. 진작부터 힘들어하던 일선은 얼른 짐을 내려놓았고 석연당은 창을 고쳐들며 경계에 들어갔다. 앞장서서 길을 안내하는 단침은 시종일관 말이 없었다.

"… 형!"

주변을 살피던 석연당이 떨리는 목소리로 김양상을 불렀다. 바람에 실려 오는 살기. 김양상도 똑똑히 느낄 수 있었다. 짐작대로 설표는 일행을 뒤따르고 있었던 것이다. 김양상은 얼른 활을 집어 들었고 일선과 단침은 겁에 질려서 뒤로 물러섰다. 주변은 한순간에 적막감에 휩싸였다.

상황은 어제보다 더 불리했다. 주위는 키가 큰 나무들이 병풍처럼 사방을 둘러싸고 있었다. 그 뒤에 몸을 숨기고 있다면 설표는 단 한 번의 도약으로 일행을 기습할 수 있다. 살기는 점점 도가 강해졌지만 정확한 위치는 쉽게 가늠이 되질 않았다. 김양상은 정신을 집중하며 살기의 방향을 좇았다.

"……!"

마침내 설표의 움직임이 느껴졌다. 설표는 나무 뒤에 몸을 숨기며 조금씩 접근하고 있었다. 지형이 활을 쏘기에 불리했다. 김양상은 활을 내려놓고 칼을 뽑아들었다. 활보다 불리하겠지만 걸어온 싸움을 피할 생각이 없었다.

"뭘 하려는 거요?"

석연당이 질겁하며 김양상을 말렸다.

"두 사람을 지키고 있거라. 설표는 내가 상대할 테니."

김양상은 칼을 겨누며 조심스럽게 전진했다. 어느새 달은 천산 높이 솟아올라 있었다. 김양상의 결전 의지를 읽은 것일까. 설표도 움직임을 멈추었다. 터질 듯 팽팽한 긴장감이 천산의 숲을 감돌았다.

'지금이다!'

이미 설표의 정확한 위치를 간파한 김양상은 설표의 호흡이 멈추었음을 감지한 순간 몸을 날리며 설표를 향해 돌진했다. 도약하려고 잔뜩 몸을 움츠렸던 설표는 불의의 기습에 놀라 움찔하며 뒷걸음을 쳤다. 김양상은 틈을 놓치지 않았다. 번쩍 하며 김양상의 칼이 설표가 몸을 숨기고 있는 나무 아래를 훑고 지나갔다.

그러나 설표는 김양상이 예상했던 것보다 훨씬 날렵한 놈이었다. 어느 틈에 다시 자세를 바로 한 설표는 훌쩍 몸을 솟구치더니 그대로 공중에서 방향을 틀면서 김양상의 뒤를 따르던 석연당을 향해 달려들었다. 환한 달빛 아래 하늘을 나는 새처럼 날렵하게 몸을 놀리는 설표를 보며 김양상은 절로 감탄했다. 과연 천산의 산신이라 불릴 만한 상대였다.

휙!

설표는 엉겁결에 창을 휘두르는 석연당을 건너뛰더니 그대로 일선에게 달려들었다. 그야말로 눈 깜짝할 사이였다.

그러나 설표가 마음대로 설치도록 내버려둘 김양상이 아니었다. 김양상의 칼이 바람을 가르며 설표에게 날아들었다. 설표는 재빨리 물러서며 칼을 피했지만 그 사이에 일선도 위기를 벗어났다. 개활지로 끌어냈으니 이제는 활로 상대하는 게 유리할 것이다. 김양상은 얼른 활을 집어 들었다.

설표가 다시 하늘로 솟아오른 것과 시위에서 화살이 떠난 것은 거의 동시였다. 설표는 맹렬한 기세로 김양상에게 달려들었지만 정확하게 겨냥하고 날린 김양상의 화살을 피해갈 수는 없었다. 화살은 설표에 명중했고 달려들던 설표는 그대로 고꾸라졌다.

이것이 끝인가. 그러나 등에 화살을 맞은 설표는 다시 몸을 일으켰고, 살기등등한 눈빛으로 김양상을 노려보더니 자세를 낮추었다. 다시 달려들려는 것이었다. 화살을 맞고도 저리 멀쩡할 수가. 다시 화살을 잴 여유가 없었다. 당장이라도 몸을 날릴 듯한 설표를 보며 김양상은 숨이 막힐 것만 같았다. 절체절명의 위기였다.

"……?"

그 순간 김양상의 귀에 강적 소리가 희미하게 들렸다. 이 판국에 단침이 강적을 불 리는 없을 텐데 그럼 환청인가.

"……?"

달려들려던 설표가 무슨 까닭인지 갑자기 방향을 바꾸더니 그대로 숲 속으로 몸을 날렸다.

"형!"

석연당이 헐레벌떡 달려왔다.

"다친 데는 없느냐? 대사는?"

"괜찮소. 하마터면 큰일 날 뻔했소."

"어쨌거나 화살을 맞고 물러갔으니 오늘밤 또 다시 기습하는 일은 없을 것이다."

김양상은 일행을 안심시켰다.

"그런데 너도 아까 강적 소리를 들었느냐?"

"무슨 소리요? 강적 소리라니?"

석연당이 멀뚱해서 김양상을 쳐다봤다. 그럼 정말 환청이었나. 아무튼 길고 힘든 하루였다. 김양상은 천산을 환히 비추고 있는 달을 보며 제발 더 이상 아무 일이 없기를 빌었다. 단침은 충격이 컸는지 내내 입을 굳게 다물고 있었다.

5

험산을 헤맨 끝에 네 사람은 마침내 대청지에 이르렀다. 천산 한가운데 이렇게 넓은 호수가 있을 줄이야. 끝없이 펼쳐진 호수를 보며 김양상의 입에서 절로 감탄이 새어나왔다. 가히 열해熱海라고 부를 만큼 바다처럼 넓은 호수였다.

"10년 만에 보는 이식쿨은 조금도 변하지 않았군요."

단침은 흥분을 감추지 못했다.

"단형의 고향은 이 부근입니까?"

"그렇습니다. 이제 반나절이면 갈 수 있지요."

단침은 몹시 조바심을 내고 있었다. 김양상은 대청지로 눈을 돌렸다. 수평선 부근에 떠 있는 하얀 구름은 정녕 여기가 천산인지를 의심케 하는 낯선 정경이었다. 단침의 말로는 대청지에는 물고기도 많다고 했다.

언제까지 감탄하고 있을 수는 없다. 김양상과 석연당, 그리고 일선은 서두르는 단침의 뒤를 따라 북쪽으로 걸음을 옮겼다.

그렇게 반나절을 걷자 제법 수목이 울창하게 우거진 낮은 구릉이 나왔다. 허겁지겁 언덕 위로 뛰어갔던 단침이 꼭대기에 이르더니 갑자기 석상이라도 된 양 꼼짝도 하지 않았다. 살펴보니 언덕 아래로 작은 마을이 눈에 들어왔다.

"청아! 청아!"

허둥대며 달려간 단침은 큰 소리로 여동생을 찾았지만 아무도 나타나는 사람이 없었다. 을씨년스러운 기분이 드는 마을은 사람이 살지 않는 것 같았다.

"아무도 없는 것 같소."

석연당이 주위를 둘러보며 중얼거렸다. 그렇다면 산속으로 피신했던 사람들이 다시 돌아오지 않은 모양이었다. 어떻게 이런 일이…. 단침은 폐허로 변해버린 마을을 보며 망연자실했다.

"애석한 일이군요. 모처럼 찾아온 고향인데."

일선이 가슴 아파했다.

"참으로 유감입니다. 그래도 혹시나 하는 마음으로 달려왔는데."

김양상은 넋이 나간 사람마냥 멍하니 서 있는 단침을 보며 무슨 말을 건네야 할지 마땅한 말이 떠오르지 않았다.

"우리는 쇄엽성으로 가겠습니다. 이제부터는 우리끼리도 갈 수 있으니 단형은 좋을 대로 하십시오."

폐허로 변한 마을이지만 발길이 쉽게 떨어지지 않을 것이다. 김양상은 단침에게 동행을 요구하지 않았다.

"인적이 끊긴 지 이미 오랜 것 같은데 여기서 단 시주 혼자 뭘 어떻게 하겠소. 그러지 말고 우리랑 함께 쇄엽성으로 갑시다. 대처에 가면 뭔가 수가 날지도 모르니."

일선이 단침에게 동행을 권했다.

"그럼 여기서 하루 거리에 있는 수이아브까지 동행하는 걸로 하겠습니다. 그곳에 가면 무슨 소식을 듣게 될지도 모르니까요."

단침이 잠시 생각하더니 함께 갈 뜻을 비쳤다. 김양상이 생각해도 그게 좋을 것 같았다. 네 사람은 우울한 기분을 떨쳐버리며 수이아브를 향해 걸음을 재촉했다.

"여동생 이름이 청입니까?"

김양상이 단침에게 다가갔다. 이럴 때는 말을 자꾸 걸어서 슬픔을 잊게 해주는 게 좋을 것이다.

"그렇습니다. 두 살 터울의 아주 총명한 아이였지요. 중원말도 곧잘 했습니다. 부친은 나중에 우리 남매를 장안으로 보내려고 이름도 중원식으로 지어주셨지요."

단침은 발걸음이 떨어지지 않는지 자꾸 뒤를 돌아보았다.

"너무 상심하지 마십시오. 단형의 양친과 여동생은 어딘가에 살아 있을 겁니다."

"나도 그리 믿고 있습니다."

단침은 억지로라도 그리 믿고 싶은 표정이었다. 네 사람은 걸음을 서둘렀기에 다행히 어둡기 전에 수이아브에 도착할 수 있었다. 호수에서 멀지 않은 곳에 있는 수이아브는 생각했던 것보다 큰 마을이어서 천산을 넘는 대상들도 제법 보였다.

"주루도 있군요. 구자를 떠난 후로 처음 본 것 같소."

석연당이 반색을 하며 김양상의 소매를 끌었다. 그렇지 않아도 숙소를 알아볼 참이었다. 주루로 들어서자 대상과 사냥꾼들이 삼삼오오 짝을 이뤄 술을 마시고 있었다.

"모처럼 제대로 잠을 잘 수 있게 되었소."

주루를 둘러보며 석연당의 얼굴이 환해졌다. 우선 허기를 면하고 볼 일이다. 일행은 한쪽 구석에 자리를 잡았다.

"보아하니 대상을 호위하는 분들 같은데 행두는 어디 계십니까?"

주루 주인이 웃음을 지으며 다가왔다. 활과 창을 지닌 것을 보고 그리 짐작한 모양이었다.

"우리는 대상을 호위하는 사람들이 아니오. 출관장을 얻으러 쇄엽성으로 가는 길이오."

석연당이 퉁명스럽게 대꾸했다.

"그렇습니까? 하긴 산신이 출몰한 후로 이곳을 지나는 사람들은 누구나 무장을 하지요. 그래, 방은 어떻게 할까요."

"조용한 방을 하나 내주시오. 하루만 묵을 것이오. 그리고 먹을 것과 술을 가져다주시오."

"알겠습니다."

"그런데 산신이 무엇이오?"

김양상이 시치미를 떼며 물었다.

"천산의 설표를 산신이라고 부르지요. 표범이지만 크기는 대호보다 더 크고 독수리처럼 날아다닌다고 합니다. 며칠 전에도 대상들이 기습을 당했습니다."

이곳 사람들은 그런대로 산신의 정체를 알고 있었다.

"독수리는 무슨…."

석연당이 나서려는 것을 김양상이 제지했다.

"아무리 표범이 맹수라고 하나 함부로 사람을 공격하지는 않소. 더구나 무리를 지어 움직이는 대상들을 공격하다니 이상하지 않소."

김양상은 혹시나 하는 심정에서 진작부터 이상하게 여기던 점을 물어보았다.

"글쎄 말입니다. 간혹 늙어서 더 이상 사냥을 하지 못하는 호랑이가 사람에게 덤벼드는 일은 있지만 떼 지어 움직이는 사람을 공격했다는 말은 들은 적이 없습니다. 그러니 사람들이 산신이라고 부르며 두려워하는 것 아니겠습니까."

그러더니 주인이 갑자기 소리를 낮추었다.

"그런데 얼마 전부터 이상한 소문이 떠돌고 있습니다."

"이상한 소문이라면…?"

김양상과 석연당은 주인의 말에 귀를 기울였다.

"기습을 당한 대상들이 달아나면서 놓고 간 물건들이 쇄엽성이나 대완大宛(우즈베키스탄 페르가나) 시장에서 돌아다닌다는 말이 있는데 얼마 전부터 여기 수이아브에서도 그런 물건들이 나돌고 있다고 합니다."

"어떻게 그런 일이…."

뭔가 이상했다. 단침도 같은 생각인지 심각한 표정으로 대화에 귀를 기울였다.

"소문이 그러할 뿐 확실한 것은 아닙니다."

주인은 그쯤에서 발을 빼더니 뜻밖의 제안을 했다.

"기왕 쇄엽성까지 갈 것이면 가는 길에 대상을 호위하는 것이 어떻습니까? 산신이 설쳐대는 통에 호위무사를 구하는 대상들이 많은데."

대상 호위를? 김양상과 석연당은 서로를 마주보았다.

"이럴수록 여럿이서 함께 움직이는 게 안전합니다. 대상들 호위를 하면 쇄엽성에 도달할 때까지 먹고 자는 건 문제가 없을 겁니다."

노자가 궁한 것은 아니지만 곧 단침과 작별할 참이다. 그렇다면 잘된 일이었다. 일선도 고개를 끄덕이며 동의했다.

"좋소. 쇄엽성으로 가는 대상을 알아봐주시오."

"잘 생각했습니다. 알아보는 대로 통기할 테니 그동안 방에서 편히 쉬십시오. 방값은 대상들이 낼 겁니다."

주인은 중간에서 몇 푼 챙기게 됐는지 환한 얼굴로 네 사람을 2층 객실로 안내했다.

"어…?"

시무룩해서 뒤를 따르던 단침이 뭘 봤는지 계단을 오르려다 말고 걸음을 멈추었다.

"아저씨…?"

단침이 구석에서 혼자 술잔을 기울이고 있는 남자에게 다가갔다.

"아저씨!"

고개를 돌린 남루한 복색의 남자는 단침을 알아보고는 화들짝 놀랐다.

"너는… 침이 아니냐?"

"그렇습니다. 침입니다."

단침은 당황해하는 소그드 남자에게 잠깐 기다리기를 당부하고 김양상에게 달려왔다.

"부족 사람을 만났습니다. 잘하면 부모님과 여동생 소식을 알 수 있을 것 같습니다. 김공! 섭섭하지만 여기서 헤어져야 할 것 같습니다."

"그렇게 하십시오. 대상과 동행하게 되었으니 우리 걱정은 하지 않아도 됩니다."

"고맙습니다. 김공도 꼭 황금보검의 비밀을 밝히기를 빌겠습니다."

김양상과 단침은 손을 힘껏 잡았다. 막상 헤어지려니 섭섭했던 것이다. 단침은 일선, 석연당과 차례로 석별의 정을 나누었다.

"단 시주가 가족을 찾게 되었다니 정말 다행입니다."

일선도 자기 일처럼 좋아했다.

6

대청지는 생각보다 훨씬 광활했다. 벌써 나흘째 대청지를 따라 북상하고 있는 데도 여전히 끝은 보이지 않았다.

"아직도 한참을 가야 합니다."

행두가 주위를 두리번거리는 김양상에게 다가왔다.

"다행히 여태까지는 별일이 없었지만 그렇다고 마음을 놓아서는 안 됩니다. 저 산을 넘어야 하는데 그때가 고비입니다."

대상단은 고작 말 5필의 작은 규모였고 무장이라고는 마부들이 들고 있는 낡은 활과 몽둥이가 전부였다. 행두는 김양상과 석연당이 설표와 한 차례 격돌을 벌였다는 사실을 알고는 크게 놀라며 모든 것을 의존하고 있었다.

"우리같이 작은 상단은 큰 상단들이 겁을 먹고 몸을 사릴 때 한몫을 봐야 하지요."

잠시 쉬어가기로 하고 행두가 자리를 잡았다. 대상들 대부분이 서역의 여러 부족들로 뒤섞인 데 비해서 이들은 전부 한족이었다. 이런저런 이유로 중원에서 쫓겨나서 서역을 떠돌던 중에 대상들이 몸을 사리는 틈을 노려서 한몫 챙겨볼 요량으로 위험을 무릅쓰고 길을 나선 자들 같았다.

"그렇군요. 그런데 수이아브에서 이상한 말을 들었습니다. 설표에게 당한 대상의 물건들이 시장에 흘러다니고 있다고."

"그 소문이라면 나도 들었습니다."

행두가 고개를 끄덕였다.

"아무리 산중 맹수라고 해도 사람이 여럿 있으면 함부로 덤벼들지 못하는데 이놈은 수십 명이 무리를 지어 있는데도 기습을 감행한다고 합니다. 그리고 빨리 도망치지 않으면 모조리 죽여 버린다고 하더군요. 그런데 소문이 사실이라면 누가 설표가 나타나는 곳으로 가서 물건을 가지고 왔다는 얘기가 되는데…. 이상하지 않습니까? 누가 그 위험한 곳에."

행두도 김양상과 같은 의문을 품고 있었다.

"다른 소문도 떠돌고 있습니다. 설표가 기습하기 전에 어디에선가 피리소리가 들린다고 합니다. 잘 아는 대상 중에 설표에게 기습을 당했다가 요행히 살아 돌아온 자가 있는데 그자도 그렇게 얘기했습니다. 하지만 크게 믿을 것은 못됩니다. 극도의 공포 속에서 헛소리를 들었을 수도 있으니까요."

피리소리라는 말에 김양상은 귀가 번쩍 뜨였다. 그때 설표와 맞섰을 때 분명히 강적소리가 들렸다. 역시 잘못 들은 것이 아니었구나. 산신 행세를 하는 거대한 설표와 의문의 피리소리. 그리고 은밀히 나돌고 있는 물건들. 아무래도 뭔가 있는 것 같았다.

"여기서 하루를 묵고 내일 저 산을 넘을지 아니면 잠시 쉬고 다시 길을 재촉할지 아직 정하지 못했습니다."

행두가 앞을 가로막고 있는 산을 가리키며 말했다.

"쇄엽성에 이를 때까지 산 두 곳을 더 넘어야 하는데 둘 다 이전에 설표가 출몰했던 적이 있는 곳입니다. 그런데 오늘 밤에 저 산을 넘으면 환할 때 호반의 산을 넘게 되지만, 여기서 밤을 보내고 내일 저 산을 넘으면 어두워질 무렵에 호반의 산을 지나게 됩니다."

"호반의 산이라면 대청지로 이어진 산을 의미합니까?"

"그렇습니다. 호수에 비친 달은 말로 표현하기 어려울 정도로 절경을 이루지요."

한몫 잡을 욕심으로 길을 나섰던 행두는 막상 여기에 당도하자 겁이 나는 모양이었다. 행두는 결정을 김양상에게 맡기려 했고 다른 대상들은 굳은 얼굴로 두 사람의 대화를 지켜보았다.

"어차피 한 번 겪어야 한다면 미룰 이유가 어디 있겠소. 오늘 저 산을 넘읍시다."

언제 다가왔는지 석연당이 끼어들었다. 김양상도 같은 생각이지만 그래도 신중하게 한 번 더 따져보기로 했다. 어떻게 할까. 어차피 한 번은 밤에 산을 넘어야 할 것이다.

"좋아. 잠시 후에 출발하기로 한다."

어차피 하루 야행을 해야 한다면 조금이라도 덜 지쳤을 때 결전을 채비하는 것이 좋을 것이다. 야행이 정해지자 대상들은 장창을 든 석연당의 뒤를 따라 산을 오르기 시작했다. 해는 이미 서편으로 기울고 있지만 대상들이 지리에 밝으니 길을 잃을 염려는 없었다. 맨 뒤에 선 김양상은 시위를 한번 잡아당겨본 후에 전통 속의 화살을 가지런히 정리했다. 설표가 기습을 감행할까. 대상들 말로는 20명이 넘는 사람들이 산을 넘을 때도 덤벼들었다고 했다.

"시주는 설표가 나타날 것이라 보시오?"

일선이 겁먹은 얼굴로 물었다.

"단언할 수 없습니다. 어쨌거나 설표는 그날 소생이 날린 화살에 맞았기에 몸놀림이 예전만 못할 겁니다."

김양상은 그 사실에 큰 기대를 걸었다.

"제발 아무 일이 없었으면 좋겠습니다."

일선은 연신 주위를 두리번거렸다. 일선의 바람대로 아무 일이 없었으면 좋겠지만 김양상은 왠지 조용히 넘어가지 않을 것 같다는 불길한 예감을 떨쳐버릴 수 없었다. 날은 어두워 가는데 예정보다 행보가 더뎠다. 행두가 채근했지만 잔뜩 긴장한 채 산행을 하려니 사람도, 말도 자꾸 걸음이 처졌던 것이다.

"여기서 잠시 쉰다!"

행두가 휴식을 명하자 대상들은 그대로 털썩 주저앉았다. 김양상과 석연당의 일은 이제부터 시작이다. 김양상은 활을 챙겨들었다.

"너는 여기 남아 있거라."

김양상은 따라 일어서려는 석연당에게 남아서 대상들을 지킬 것을 이르고 언덕 위의 바위를 향해 걸음을 옮겼다. 바위 위에 올라서자 저 아래로 대청지의 굽이치는 물결이 눈에 들어왔다. 듣던 대로 대청지와 천산이 맞닿는 곳이었다.

잠시 구름 속에 자태를 감추었던 달이 다시 모습을 드러내면서 대청지 위에 환한 빛을 뿌렸다. 달은 그 사이에 만월로 바뀌어 있었다. 설표가 기승을 부린다는 만월의 밤이 된 것이다. 상처를 입었기에 설표는 함부로 설치지 못하겠지만 그래도 마음을 놓아서는 안 될 것이다. 김양상은 조심스럽게 일대를 살펴보았다. 호수 건너서 50보쯤 높이의 깎아지른 듯한 단애斷崖가 눈에 들어왔다. 호수의 폭은 좁은 곳이지만 그래도 돌아서 저기까지 가려면 상당한 시간이 걸릴 것이다.

"……!"

어디서 피리소리가 들려오는 것 같았다. 김양상이 얼른 몸을 돌리며 피리소리가 나는 곳을 찾았지만 피리소리는 금세 그쳤다. 분명히 강적소리였다. 절대로 잘못 들은 것이 아니었다. 도대체 이 깊은 산중에 누가 피리를…?

"앗!"

김양상의 입에서 비명이 새어나왔다. 고개를 돌리자 건너편 단애 위에 환한 달빛을 맞으며 젊은 여인이 서 있는 모습이 눈에 들어왔다. 내가 뭘 잘못 본 것은 아니겠지. 그러나 분명히 젊은 여인이 깎아지른 듯한 바위 위에 서 있었다. 도대체 저 여인은 누구이기에 천산 깊은 산중의 단애 위에 홀로 서 있을까. 젊은 여인은 진작부터 김양상을 보고 있었는지 눈이 마주쳤음에도 전혀 놀라지 않았다.

김양상은 마음을 진정시키며 여인을 찬찬히 살펴보았다. 호수의 폭은 백 보 정도였는데 천지를 환하게 비추는 달빛에 여인의 모습이 생생히 눈에 들어왔다. 이목구비가 또렷한 젊은 여인은 한족은 아닌 것 같았다. 그렇다고 대상의 일행이거나 산중에서 길은 잃은 사람도 분명 아니었다.

석고상처럼 서 있던 여인이 천천히 손을 움직였는데 손에 강적이 들려 있었다. 그럼 저 여인이…. 넋을 잃고 여인을 지켜보던 김양상은 여인의 발밑에서 뭔가 꿈틀대는 것을 보고는 대경실색했다. 돌더미처럼 보였던 것은 설표였다. 자세를 낮추고 자기를 노려보는 설표는 부상을 당한 놈의 몸놀림이 아니었다. 백 보라면 얼마든지 명중시킬 수 있는 거리다. 김양상은 천천히 화살을 꺼내들었다. 이번에는 반드시 숨통을 끊어놓을 것이다.

"형!"

그때 석연당이 김양상을 부르며 달려왔다.

"왜 그래요? 무슨 일이 있소?"

석연당이 숨을 헐떡이며 바위 위로 올라왔다. 아무런 기척이 없자 김양상이 걱정되었던 모양이었다.

"저기를 보아라!"

김양상이 단애를 가리켰다.

"뭘 말이오?"

석연당이 어리둥절해서 김양상을 쳐다봤다. 어느 틈에 여인과 설표는 자취를 감추고 없었다.

7

해가 뜨기를 기다려 대상은 다시 길을 떠났다. 출발할 때와 마찬가지로 장창을 든 석연당이 앞장을 서고 김양상은 일행의 뒤를 따랐다. 설표는 반드시 나타날 것이다. 어제의 일은 경고의 의미임을 김양상은 잘 알았다. 그 젊은 여인은 누구일까. 짐작건대 여인이 설표를 다루는 것 같았다. 그런데 상처는 또 어떻게 그렇게 빨리 아물었을까. 분명 등에 명중시켰는데 설표는 전혀 부상당한 티가 나질 않았다.

"형이 뭘 잘못 본 게 아니오?"

석연당이 김양상에게 다가왔다.

"두 눈으로 똑똑히 보았다. 분명 젊은 여인이었다."

김양상은 자기를 노려보던 여인과 천천히 몸을 일으키던 설표의 모습을 생생하게 기억했다. 모든 게 의문투성이였지만 그래도 한 가지는 짚이는 게 있었다. 쇄엽성 시장에 나돈다는 물건들은 아마도 그 여인과 관련이 있을 것이다.

"강적 소리로 설표를 조종한다는 여인의 정체가 뭘까요?"

"난들 어찌 알겠느냐. 아무튼 오늘 밤에 설표가 기습해올 것은 확실하다."

지금 믿을 사람은 석연당밖에 없다. 김양상은 석연당에게는 모든 것을 다 얘기해 주었다.

"하면, 대사와 행두에게도 알려야 하지 않겠소?"

"여인 얘기를 해봐야 믿지 않을 테니 그저 각별히 조심하라고만 일러라."

휴식을 끝낸 일행은 다시 산을 오르기 시작했다. 문득문득 가파른 낭떠러지가 나타날 때마다 김양상과 석연당, 그리고 일선은 정신이 아득해졌지만 대상들은 별거 아니라는 듯 익숙한 걸음으로 계속 앞으로 나갔다. 물결이 하얀 이빨을 드러내며 출렁이는 낭떠러지를 지난 일행은 다행히 해가 떨어지기 전에 하룻밤을 지낼 만한 곳에 당도했다.

"오늘은 여기서 지내도록 하겠습니다. 오늘만 무사히 지나면 큰 고비는 넘기는 셈입니다."

대상들은 서둘러 노숙 준비에 들어갔고 김양상은 활을 챙겨들고 경계에 나섰다. 행두가 노숙하기로 정한 곳은 어제 여인이 김양상을 노려보던 단애에서 그리 멀지 않은 곳으로 뒤와 좌우가 깎아지른 듯한 바위로 둘러싸인 개활지였다. 설표도 저 깎아지른 듯한 저 낭떠러지 아래로 뛰어내리지는 못할 것이다. 그렇다면 앞만 경계하면 된다.

"설표를 상대하기에 좋은 곳이오."

석연당이 창을 매만지며 김양상에게 다가왔다. 하늘을 올려다보니 어느새 보름달이 밤하늘에 환한 빛을 뿌리고 있었다. 밤길을 가는 대상들에게는 더없이 고마운 만월이지만 설표와의 대결을 앞둔 김양상에게는 불길하기 이를 데 없는 밤이었다.

"내가 먼저 지킬 테니 너는 가서 쉬어라."

김양상은 석연당과 교대로 경계하기로 했다.

“그럼 인시寅時에 교대하기로 하지요.”

석연당이 고개를 끄덕이고는 대상들이 펼쳐놓은 천막으로 향했다. 이렇게 달빛이 처연한 밤이면 옛 생각이 더욱 나게 마련이다. 김경신과 소피아, 그리고 혜초대사에 이어서 단침의 얼굴이 차례로 김양상의 뇌리를 스치고 지나갔다. 혜초를 만나 천재일우의 기회를 얻었고, 단침으로부터 소중한 정보를 들었지만 여전히 갈 길은 멀고 막막하기만 했다.

“……!”

과히 멀지 않은 곳에서 살기가 전해졌다. 김양상은 얼른 맥궁을 잡았다. 방향은 하나다. 뒤와 좌우는 신경 쓰지 않아도 된다. 그렇다면 충분히 승산이 있다.

“어흥!”

천산이 떠나갈 것 같은 포효가 일었다. 상대의 혼을 빼놓기에 충분한 공포의 울부짖음이었다. 하지만 덕분에 설표의 위치를 정확하게 가늠하게 되었다. 저쯤일 것이다. 김양상은 설표가 마지막 도약을 시도할 곳을 가늠하며 맥궁에 화살을 재었다.

“안 돼!”

뒤에서 대상들의 비명이 들렸다. 겁에 질린 말들이 흥분해서 날뛰더니 줄을 끊고 달아나기 시작한 것이다. 대상들이 쫓아가며 고삐를 잡았지만 흥분해서 날뛰는 말들을 온전히 통제하기에는 역부족이었다.

“큰일이오! 말들이 저렇게 밤새 날뛰면 산행을 할 수 없는데.”

행두가 하얗게 질려서 김양상에게 달려왔다.

"맹수가 기습할 때는 발걸음 소리도 내지 않는다고 하는데 저놈은 무슨 까닭으로 저리 겁을 주는 걸까요?"

행두의 말대로였다. 먹이를 노리는 맹수는 발걸음 소리는 물론, 숨소리도 내지 않는다. 그런데도 저런 짓을 하는 이유를 김양상은 어렵지 않게 파악했다. 설표를 다루는 젊은 여인의 존재를 몰랐다면 김양상도 대상들처럼 당황했을 것이다.

"제 놈이 아무리 악을 써도 길은 오로지 한 곳이오. 그러니 눈에 띄기만 하면 내 장창이 놈의 심장을 꿰뚫을 것이오."

석연당이 두 눈을 부릅뜨고 앞을 쏘아보았다.

"놈이 나를 밖으로 끌어내려고 하고 있다."

김양상은 설표의 도발적인 행동을 그렇게 받아들였다.

"하면, 어쩔 작정이오?"

석연당이 좌우를 경계하며 물었다. 김양상은 대답 대신에 칼과 활을 챙겨들고 앞으로 나섰다. 오기가 인 것이다. 제아무리 산신을 자처하는 놈이라고 해도 감히 나를 농락하려 들다니. 김양상은 서라벌에서 큰 곰과 맞닥쳤던 때를 상기하며 천천히 걸음을 옮겼다.

"형!"

김양상은 다급하게 부르는 석연당에게 따라오지 말 것을 이르고는 단애로 향했다. 결전의 장소는 이미 정해놓은 터였다. 설표도 김양상의 의사를 감지했는지 살기가 사라졌고 숲은 다시 적막에 휩싸였다.

김양상은 환한 달빛을 온몸으로 받으며 거침없는 걸음을 옮겼다. 김양상이 정한 결전의 장소는 깎아지른 절벽. 놈도 마다하지 않을 것이다. 앞은 길은 수풀지대여서 놈의 움직임을 확인하기 힘들지만 살기를 놓치지 않으면 놈을 놓치지 않을 자신이 있었다. 김양상은 정신을 집중하며 설표의 기습에 대비했다. 들짐승이든 날짐승이든 한번 노렸던 사냥감은 놓쳐본 적이 없었다. 그리고 손에 들린 맥궁은 맹수도 일격에 쓰러뜨리는 강력한 힘을 지닌 활이다. 김양상은 두려움을 떨쳐내며 주변을 면밀히 살폈다.

예상했던 대로 은은한 강적 소리가 수풀을 감싸고 돌았다. 소리 나는 곳으로 시선을 돌리니 30보쯤 떨어진 곳에 문제의 여인이 얼음처럼 차가운 표정으로 서 있었다. 도대체 저 여인은 누굴까. 강적을 불고 있는 젊은 여인의 자태는 생사를 겨루는 긴박한 상황을 잊게 할 만큼 고혹적이어서 김양상은 순간적으로 꿈길을 거니는 듯한 환몽에 빠져들었다. 정신이 혼미해지면 죽는다. 김양상은 잠시 흔들렸던 마음을 다잡으며 주위를 살폈다. 그렇지만 설표는 보이지 않았다.

"그대는 누구인가. 무슨 연유로 우리를 해치려 하는가?"

충분히 말이 통하는 거리였다. 김양상이 경계심을 늦추지 않으며 여인에게 물었다.

"당신은 감히 천산의 산신에게 화살을 날렸다. 절대로 용서할 수 없다."

여인은 한족은 아닌 것 같았는데 막힘없이 중원말을 구사했다.

"그대는 천산의 산신을 빙자하며 대상들의 물건을 약탈하는 도적이다. 무슨 재주로 설표를 부리는지는 모르겠지만 속히 천산을 떠나거라. 행여 미련을 버리지 못한다면 내 활이 용서하지 않을 것이다."

김양상은 분명히 경고했다. 하지만 여인은 냉소로 답하더니 수풀 속으로 자태를 감추었다. 곧이어 강적 소리가 다시 들려왔다.

어디서 뛰쳐나올까. 김양상은 숨을 죽이며 사방을 살폈다. 단발에 명중시키지 못하면 위태로운 상황이다. 김양상은 신경을 집중시켰지만 살기는 쉽게 감지되지 않았다.

김양상은 방어자세를 취하며 천천히 왼쪽으로 뒷걸음쳤다. 그리되면 왼쪽에서 도약하면 낭떠러지 아래로 떨어질 우려가 있으니 설표는 기습의 방향을 오른쪽으로 잡을 수밖에 없을 것이다.

"……!"

김양상의 귀에 다시 강적 소리가 들린 것과 설표가 오른쪽 숲에서 몸을 날린 것은 거의 동시였다. 만월을 배경으로 검은 물체가 하늘로 솟구치는 모습은 이 절박한 순간에도 감탄을 자아낼 정도였다.

아무튼 예측이 맞았다. 김양상은 솟구치는 설표를 향해 화살을 날렸다. 방향을 정확하게 예측하고 있었기에 빨리 화살을 날린 것이다. 맥궁을 떠난 화살은 바람을 가르며 설표에게 달려들었고 앞다리에 정확하게 꽂혔다. 설표는 비명을 지르며 떨어졌다. 김양상은 칼을 뽑아들고 설표에게 다가갔다.

"……!"

순간 김양상은 엄청난 살기가 밀려오는 것을 느꼈다. 황급히 뒤로 물러선 김양상을 향해 또 다른 설표가 맹렬한 기세로 달려들었다. 그럼 설표는 두 마리였단 말인가…. 김양상은 본능적으로 방어자세를 취했지만 이미 허를 찔린 다음이었다.

"헉!"

설표에게 일격을 당한 김양상은 중심을 잃고 뒤로 나뒹굴었다. 더 물러서면 낭떠러지다. 그러나 설표는 틈을 주지 않았다. 김양상이 채 자세를 잡기 전에 거리를 좁히며 도약할 자세를 갖추었다. 어느 틈에 다가왔는지 설표 뒤에는 여인이 서 있었다. 설표와 눈이 마주치는 순간 김양상은 얼어붙은 듯 꼼짝도 할 수 없었다. 뒤를 돌아보니 낭떠러지 아래로 대청지의 물결이 넘실대고 있었다. 더 물러설 곳이 없는데 칼을 놓친 마당이었다. 마지막인가. 그 순간 김양상은 정신이 몽롱해지면서 그대로 쓰러졌다.

8

여기가 어딜까. 주위를 둘러본 김양상은 골방에 갇혔다는 사실을 깨달았다. 어쩌다 이리로 끌려왔을까. 그러나 더 생각나는 것은 없었다. 아마도 정신을 잃고 있을 때 결박되어 이리로 끌려온 모양이었다. 이리로 끌고 온 걸로 봐서 여인에게는 동패가 있는 모양이었다.

저들은 왜 나를 여기로 끌고 왔을까. 혹시 인질로 삼고 재물을 요구하려는 것일까. 일선과 석연당은 어떻게 되었을까. 제발 두 사람이라도 무사히 여기를 빠져나갔으면.

"……!"

그때 문이 열리며 누가 들어섰다. 그런데 설표의 여인은 아니었다. 어둠 속에서도 상대가 남자라는 것은 알 수 있었다.

"김공!"

자기를 부르는 소리에 김양상은 깜짝 놀라서 남자를 자세히 살펴보았다. 뜻밖에 단침이었다.

"아니 단형이 어떻게 여기에?"

"얘기를 하자면 깁니다. 빨리 여기를 빠져나가야 합니다. 우선 결박을 풀지요."

단침은 서둘러 김양상을 풀어주었다.

"단형도 저들에게 잡혀온 겁니까?"

김양상은 얼른 사지를 움직여보았다. 다행히 다친 데는 없었다.

"아닙니다. 여기는 우리 사르가타 족의 마을입니다."

지금 단침은 무슨 말을 하는 건가. 김양상은 놀라서 그를 쳐다봤다.

"김공이 놀라는 것도 무리가 아니지요. 나도 많이 놀랐으니까요."

단침이 땅이 꺼질 듯 한숨이 내쉬었다.

"몹쓸 병이 돌면서 우리 부족은 깊은 산속으로 들어갔다는 사실은 김공도 알고 있을 겁니다."

"그렇습니다."

"터전을 잃고 천산 깊은 산중으로 내쫓긴 사람들의 삶이 어떨 것이란 건 길게 얘기하지 않아도 짐작할 겁니다. 추위와 굶주림, 그리고 맹수의 기습. 하지만 어느 누구도 부족 사람들을 도와주지 않았지요."

그럴 것이다. 산중에서의 삶이 어찌 척박하지 않겠는가. 더구나 역병 때문에 쫓겨난 사람들이라면 어느 누구도 도움의 손을 내밀지 않을 것이다.

"우리 부족 사람들은 차례로 죽어갔고 몇 명 남지 않게 되었습니다. 멸족의 지경에 이르렀을 무렵에 우연히 설표의 동굴을 발견했는데 그 안에는 사냥꾼의 화살을 맞고 숨을 헐떡이고 있는 설표와 어린 새끼 두 마리가 있었습니다."

"그래서 단형 부족 사람들이 그 설표 새끼를 키웠군요."

김양상은 비로소 일의 전말을 깨달았다. 사르가타 족은 그들을 부모로, 또 형제로 알고 자란 설표들을 훈련시켜 대상들을 기습하고 짐을 약탈했던 것이다.

"그것이 천산 한복판에서 살아남을 수 있는 유일한 방도였으니까요."

단침의 얼굴에 통한의 빛이 스치고 지나갔다. 돌아온 고향의 모습이 너무도 처참했던 것이다.

"설표를 부리는 여인이 있습니다."

"내 누이입니다."

혹시나 해서 물었는데 단침이 힘없이 고개를 떨어뜨렸다.

"청이는 내게 여기 일은 잊고 장안으로 돌아가라고 하지만 실정을 안 이상 그럴 수는 없습니다."

단침이 단호한 어조로 말했다.

"하면, 어떻게…?"

"지금 급한 것은 김공입니다. 애초에는 대상에게 재물을 요구할 생각이었는데 김공의 화살을 맞은 설표가 위중해지면서 청이가 생각을 바꾸었습니다. 청이에게 설표는 피붙이나 마찬가지니까요. 그러니 빨리 여기를 빠져나가야 합니다. 이것을."

단침이 맥궁을 건넸다.

"내가 길을 안내할 테니 내 뒤를 따라오십시오."

"하면, 단형은? 처지가 곤란해질 텐데."

그러나 단침은 대답하지 않고 앞장섰다. 우선은 여기를 빠져나가는 게 급선무다. 김양상은 더 묻지 않고 단침의 뒤를 따랐다. 여전히 만월이 사방을 환하게 비추는 것으로 봐서 시간은 그리 오래 지나지 않은 듯했다. 석연당과 일선이 걱정하고 있을 것이다. 김양상은 부지런히 단침의 뒤를 따랐다.

"단형의 일족은 몇 명이나 남았습니까?"

"겨우 10명 정도입니다. 언제까지 이렇게 살 수는 없지요. 어디 먼 곳으로 옮겨서 방목을 하며 살자고 청이를 설득하는 중입니다."

"여동생이 단형 말을 따를까요?"

"솔직히 자신이 없습니다. 본래는 착한 아이였는데 쫓기고 내몰리면서 많이 변했더군요. 어떤 때는 정말로 설표와 피붙이가 아닌가 하는 생각이 들기도 합니다."

단침이 한숨을 내쉬었다. 단침을 닮았다면 틀림없이 심성이 착했을 것이다. 김양상은 제발 단침의 뜻대로 되었으면 하는 바람으로 부지런히 걸음을 옮겼다. 달빛 아래 대청지의 물안개가 스멀스멀 피어오르고 있었다.

"……!"

두 사람은 걸음을 멈추었다. 멀지 않은 곳에서 강적 소리가 바람에 실려 오고 있었다. 그렇다면…. 김양상은 재빨리 전통에서 화살을 끄집어냈다. 주위를 살피니 대청지로 이어지는 낭떠러지로 먼저 설표와 대결했던 곳과 유사한 지형이다.

"청아! 어디에 있느냐?"

단침이 낮은 목소리로 동생을 불렀다.

"오라버니는 비키세요."

수풀 사이에서 단청이 모습을 드러냈는데 눈에 살기가 가득했다.

"야르카이가 숨을 거두었다. 야르카이와 시르타이는 내 형제들이다. 내 형제를 죽인 당신을 용서할 수 없다."

단청이 김양상을 노려보며 말했다. 설표도 살기등등한 눈빛으로 김양상을 노려보았다.

"시르타이는 가져다주는 먹이는 먹지 않는다. 스스로 사냥하는 걸 좋아하지."

단청이 앞으로 나서자 설표도 따라 싸울 채비를 취했다.

"청아!"

단침이 황급히 앞으로 나섰다.

"제발 이러지 마라. 모든 걸 잊고 여기를 떠나자. 언제까지 맹수처럼 살 수는 없지 않느냐. 지금은 전쟁이 임박한 통에 절도부에서 토벌대를 보내지 못하지만 정세가 안정되는 대로 토벌대가 몰려올 것이다. 그러니 제발…."

단침이 여동생에게 간청했다. 김양상은 단청이 단침의 말을 들었으면 하는 마음으로 남매의 대화를 지켜보았다.

"늦었어요."

단청이 단호한 표정으로 고개를 가로저었다.

"우리는 이제 이전으로 돌아갈 수 없어요. 그리고 나는 이제 예전의 단청이 아니에요. 부탁이니 내 말대로 오라버니는 빨리 장안으로 돌아가세요."

"벌레도 제대로 죽이지 못하던 네가 어떻게 이렇게 변했느냐. 너는 어릴 때부터 심성 고운 아이였다. 제발 예전의 청이로 돌아가거라."

단침은 눈물로 호소했지만 설표와 어울려 지내면서 심성도 맹수로 변했는지 단청의 표정은 차갑기만 했다.

"앗!"

김양상은 위기를 느끼고 재빨리 몸을 틀었다. 남매의 대화에 귀를 기울이느라 그만 방심했던 것이었다. 어느 틈에 열 걸음 앞까지 접근한 설표는 땅을 박차고 뛰어올랐고 얼떨결에 발사한 활은 목표를 빗나가고 말았다. 호랑이는 앞발과 뒷발, 그리고 이빨로 연달아 세 차례 먹잇감을 공격한다고 한다. 김양상은 반사적으로 몸을 숙이며 설표의 앞발 공격을 피했지만 이어지는 뒷발을 피하지 못하고 쓰러지고 말았다.

어느 틈에 자세를 잡은 설표는 허겁지겁 몸을 일으키는 김양상을 향해 재차 기습을 시도했다. 도저히 피할 길이 없었다.

"안 돼!"

갑자기 단침이 소리를 치며 김양상의 앞을 가로막았다.

"청아, 지금이라도 생각을 바꿔라. 토벌대가 들이닥치면 그때는 정말 멸족을 피할 수 없다."

단침이 눈물로 호소했다. 단침이 나서는 바람에 주춤했던 설표는 천지가 떠나갈 듯 포효하더니 다시 다가왔다. 두 눈에는 살기가 가득했다. 설표는 단침도 해치울 기세였다.

"시르타이!"

단청이 다급한 목소리로 설표를 불렀지만 설표는 몸을 틀지 않았다.

"단형, 피하시오. 내가 저놈과 결판을 내겠소."

김양상은 단침을 밀치며 앞으로 나섰다.

"칼도 없이 무슨 수로 저놈을 당해내겠다는 거요."

단침은 막무가내였다. 어느덧 설표는 다섯 걸음 앞까지 다가왔다. 이제 피하는 것은 불가능하다.

"시르타이! 그만 두라고 했잖아!"

단청이 다급하게 설표를 부른 것과 설표가 몸을 날린 것은 동시였다.

"앗!"

단침이 비명을 지르며 나뒹굴었다. 부여잡은 어깨에서 선혈이 흐르고 있었다. 설표의 앞발에 어깨를 강타당한 것이다.

"무슨 짓이야! 시르타이!"

단청이 비명을 지르며 달려왔지만 피를 본 설표는 더 이상 단청의 말을 따르지 않았다. 맹수의 본능으로 돌아간 설표는 단침을 향해 다가갔다.

"시르타이!"

단청이 다급하게 외쳤지만 아무런 소용이 없었다. 단침은 허둥대며 뒤로 물러섰지만 설표는 공세를 늦추지 않았다. 놈은 차례로 두 사람을 물어뜯어 죽일 작정이었다. 김양상은 얼른 주위를 살폈다. 다행히 멀지 않은 곳에 맥궁이 있었다. 김양상은 얼른 그리로 기어가 맥궁을 집어 들었다.

살기를 느낀 것일까. 단침의 목을 물어뜯으려던 설표가 얼른 고개를 돌리더니 김양상을 향해 달려들었다. 그러나 이번에는 김양상이 더 빨랐다. 김양상의 맥궁은 설표의 정수리를 정확하게 겨누고 있었다. 이 거리라면 백번을 쏴도 모두 명중시킬 자신이 있다. 설표도 상황이 불리하다는 것을 아는지 함부로 덤벼들지 못했다.

"안 돼!"

이번에는 단청이 설표의 앞을 가로막고 섰다.

"비키시오. 그리고 당신은 오라버니 말을 따르시오."

김양상이 소리쳤다. 더 이상 죄 없는 사람들이 목숨을 잃는 일은 없어야 한다. 김양상은 설표를 살려둘 생각이 아니었다.

"청아, 뒤로 물러나거라."

단침도 소리쳤지만 단청은 꼼짝도 하지 않았다.

"결국 본성을 드러내는 맹수일 뿐이다. 너도 방금 보지 않았느냐."

단침이 몸을 일으키며 하소연했지만 단청은 막무가내였다. 어떻게 해야 하나. 그러나 김양상의 망설임은 오래가지 않았다. 거친 숨을 몰아쉬던 설표가 일시에 호흡을 멈추었다. 그렇다면 도약이다. 한 번의 발사 기회와 한 번의 도약 기회. 승부는 머리카락 하나 차이로 결정날 것이다.

설표는 앞을 가로막은 단청을 거세게 밀쳐내고는 김양상에게 달려들었다. 거리는 불과 10보. 한 번의 도약으로 급소를 노릴 수 있는 거리다. 바람소리와 함께 설표가 몸을 날렸다. 동시에 화살이 김양상의 손을 떠났다. 그리고 승부는 찰나에 결정되었다. 김양상은 설표가 단청을 밀쳐내느라 중심이 잠시 흩어진 것을 놓치지 않았던 것이다. 김양상의 손을 떠난 화살은 정확하게 설표의 정수리를 명중시켰고 설표는 천산이 떠나갈 것 같은 비명을 지르며 나뒹굴었다.

"시르타이!"

단청이 고함을 지르며 설표에게 달려가더니 길길이 날뛰는 설표를 꼭 껴안았다.

"안 돼! 위험해! 얼른 떨어져."

단침이 소리쳤다. 조금 더 가면 낭떠러지인데 설표는 사정없이 날뛰고 있었다.

"앗!"

김양상이 한 발을 더 발사하려 화살을 재는데 단침이 비명을 질렀다. 얼른 고개를 돌리니 낭떠러지 끝까지 간 설표가 그만 몸을 날린 것이다. 여전히 단청은 설표를 꽉 껴안고 있었다.

"오라버니!"

단청의 단말마 비명이 천산의 하늘에 메아리쳤다. 낭떠러지 아래는 시퍼런 대청지의 물이 출렁이고 있었다.

단청은 저대로 천산의 만월 속으로 사라지는 것이 아닐까. 허공으로 솟구치는 설표를 보며 김양상은 문득 그런 생각이 들었다.

탈라스

1

쇄엽성엔 전운이 감돌고 있었다. 대식국과의 일전은 이제 피할 수 없는 것처럼 보였다. 쇄엽성은 행영절도부가 옮겨온 후로는 온통 군졸들 천지였다.

"생각할수록 가슴이 아픕니다. 단형처럼 심성이 착한 사람에게 어떻게 그런 일이."

단침과 헤어지던 때가 떠오르자 김양상은 마음이 아팠다.

"누이의 최후는 참으로 애석하지만 어찌 보면 잘된 일일지도 모르지요. 언제까지 그렇게 살 수는 없지 않습니까. 단 시주는 나머지 일족들을 잘 이끌 겁니다."

일선이 슬픈 얼굴로 말을 받았다.

'남은 사람들을 데리고 멀리 떨어진 곳으로 가서 새롭게 시작하겠습니다.'

단침은 10명 남짓 남은 일족을 이끌고 하산할 뜻을 비쳤다.

'잘 생각했습니다. 당장은 슬프고 힘들겠지만 참고 지내면 반드시 좋은 날이 올 겁니다.'

김양상은 단침의 손을 꼭 잡고 용기를 잃지 말 것을 당부했다.

'고맙습니다. 앞으로도 어려운 여정이 기다리고 있을 텐데 꼭 뜻을 이루시기를 빌겠습니다.'

단침과 그렇게 헤어진 세 사람은 부지런히 걸음을 재촉해서 마침내 쇄엽성에 당도했다. 혹시 출관장을 얻지 못하면 어떻게 하나. 막상 쇄엽성에 당도하니 그게 걱정이 되었다.

행영절도부에 이르자 영문을 지키는 위사가 눈을 부릅뜨고 다가왔다.

"무슨 일이오?"

"대사는 입축승이시오. 소발률로 가는 출관장을 얻으러 왔소."

위사는 위압적인 태도로 세 사람을 훑어보더니 고개를 돌려 책임자를 찾았다.

"뭐냐?"

조금 있다가 무관이 모습을 드러냈다.

"출관장을 얻으러 왔답니다."

무관이 세 사람을 살피더니 고개를 끄덕이며 따라올 것을 일렀다.

"구법승이 그 일로 쇄엽성까지 오셨군요. 녹사綠事에게 잘 얘기해두겠소."

영문을 들어서자 당장이라도 일촉즉발의 팽팽한 긴장감이 전해졌다. 군마들은 먼지를 일으키며 내달렸고 군졸들은 대오를 지어 조련에 열중하고 있었다. 아문에 이르자 무관은 녹사에게 일선을 소개했는데 녹사는 곤란하다는 표정을 지었다.

"그 일로 일부러 쇄엽성까지 오신 분이오. 총령을 넘는 길은 아직 봉쇄되지 않았으니 출관장을 내주시오."

무관이 재삼 당부하자 녹사는 마지못해 출관장을 써주었고, 출관장을 손에 쥔 일선은 뛸 듯이 기뻐했다. 이것으로 일선의 문제는 해결되었다. 다행히 소륵 이남은 통행에 별 문제가 없다고 하니 여기서 헤어져도 큰 문제는 없을 것이다. 다음은 김양상 차례다. 김양상은 숨을 크게 들이쉬고 앞으로 나섰다.

"오호하로 가려고 합니다. 출관장을 내주십시오."

오호하라는 말에 녹사가 깜짝 놀라며 김양상과 석연당을 쳐다봤다.

"너는 누구며 무슨 연유로 그쪽으로 가려 하느냐?"

전운이 감돌면서 대상들도 쇄엽성을 벗어날 엄두를 못 내는 판이다. 그런데 대상으로 보이지 않는 자가 적군이 점령한 오호하로 가겠다니. 녹사가 경계의 빛을 띠는 것도 당연했다.

"넓은 세상을 알고 싶어서 천지를 유람하는 중입니다."

김양상은 적당히 둘러댔다. 군색한 답변이지만 그렇다고 자초지종을 얘기할 수는 없었다. 김양상의 말이 끝나기가 무섭게 녹사가 몸을 벌떡 일으키더니 큰 소리로 호통을 쳤다.

"수상한 놈이로구나. 이 판국에 오호하로 가겠다니."

녹사의 호통을 들은 위사들이 우르르 몰려왔다.

"저자들을 연행하라. 염탐꾼일지 모르니 문초를 해야겠다."

"이 사람은 절대로 염탐꾼이 아닙니다. 나하고 같이 장안에서 출발했습니다."

일선이 나섰지만 소용이 없었다.

"시끄럽다! 그러고 보니 너희 둘은 한족이 아니로구나."

녹사가 김양상과 석연당을 번갈아 쳐다보며 눈을 부라렸다. 낭패였다.

"잠깐!"

세 사람을 데리고 왔던 무관이 나섰다.

"내가 데리고 온 자들이니 내가 신문하겠다."

무관이 엄한 얼굴로 나서자 녹사는 더 우기지 않았다. 짐작건대 무관은 상당한 지위에 있는 사람 같았다.

"나는 안서절도부 제조참군諸曹參軍 두환이다. 하면, 너희 두 사람은 대사와 함께 천축으로 가려던 게 아니었는가?"

세 사람을 자기 막사로 데리고 들어온 두환은 김양상을 찬찬히 살피며 물었다. 절도사를 보좌하는 막료인 제조참군은 무관보다는 학자나 문사들이 맡는 경우가 많다. 김양상은 인품이 느껴지는 두환에게 저간의 사정을 솔직히 밝히기로 했다.

"하면, 신라의 왕족이란 말입니까? 놀라운 일이로군요. 쇄엽성에서 신라의 왕족을 만날 줄이야."

두환이 감탄하며 태도를 바꿨다.

"일찍이 후한의 서역대도호 반초가 부하 감영을 대진국에 파견했다가 도중에 돌아온 후로 중원 사람 그 누구도 대진국에 도달했던 적이 없습니다. 그런데 먼 동쪽 신라의 왕족이 그 먼 곳을…."

두환은 벌린 입을 다물지 못했다.

"나도 먼 세상, 기이한 풍습과 사물에 큰 관심을 가지고 있었지요.

그래서 투필종군 했던 반초 대도호를 본받고자 안서절도부에 종군하게 된 것입니다."

자신도 국자학 출신임을 밝힌 두환은 김양상을 마치 오랜 친구처럼 대했다. 일선과 석연당은 잠자코 두 사람의 대화를 지켜보았다.

"중원에서는 찾아볼 수 없는 황금보검이 신라에 있다니 참으로 놀라운 사실이로군요. 그런데 대불림에 가면 그 황금보검의 원주인이 누군지 밝혀낼 수 있겠습니까?"

두환이 호기심을 드러냈다.

"막막할 따름입니다. 하지만 대불림은 서방의 문물들이 모여드는 곳이라고 들었습니다. 그러니 그곳에 가면 무슨 단서를 찾을 수 있지 않을까 하고 기대합니다."

김양상은 두환에게 모든 것을 솔직하게 털어놓았다.

"그렇군요. 막막하기는 하지만 부딪혀볼 만한 일이군요."

두환이 고개를 끄덕였다.

"그러니 쇄엽성을 빠져나갈 수 있게끔 제조참군께서 힘을 좀 써주십시오."

김양상은 두환에게 매달렸다. 제조참군은 그리 높은 자리는 아니지만 장안의 명문 출신 문사가 맡는 자리여서 충분히 절도사에게 힘을 쓸 수 있을 것 같았다.

"안타깝지만 그것은 불가능할 것 같습니다. 대식국과의 일전이 불가피한 상황입니다. 대식국의 선발대는 이미 오호하에 당도했다고 합니다. 상황이 이러할진대 오호하로 가겠다고 하면 염탐꾼으로 몰리기 십상입니다."

두환이 고개를 가로저었다. 난감했다. 우여곡절 끝에 여기까지 왔는데 이런 일을 당하게 될 줄이야. 출관장 없이 길을 떠났다가는 얼마가지 못해서 순찰대에게 잡힐 것이다.

"상황이 그리 급박합니까?"

김양상은 애간장이 타들어갔다.

"그렇습니다. 지금 대식국을 통치하는 흑의대식黑衣大食(아바스 이슬람제국)은 이전의 백의대식白衣大食(우마이야드 이슬람제국)과 달리 적극적으로 동진책을 펼치고 있습니다. 벌써 많은 서역의 소국들이 당에 등을 돌리고 흑의대식에 복속했지요. 서역의 주인이 누구인지를 가리는 일전이 불가피한 상황입니다."

다마스쿠스에 왕도를 두었던 우마이야드 왕조는 서쪽으로 활발하게 진출해서 북아프리카를 지나고 지브롤터 해협을 건너 안달루시아(남부 스페인)까지 정복했지만 그 뒤를 이은 아바스 왕조는 수도를 바그다드로 옮기고 동방 진출에 주력해서 당나라가 지배하던 서역을 빠른 속도로 잠식하고 있었다. 그러면서 페르시아 호라산의 이슬람제국 동방총독부와 쇄엽성의 대당제국 안서절도부는 누가 서역의 진정한 주인인가를 겨루는 결전을 피할 수 없게 되었다.

"일단 군문에 적을 두고 있다가 상황이 개선되기를 기다리는 게 어떻겠습니까?"

비통한 표정의 김양상을 보고 두환이 제안했다.

"신라의 왕족에게 절도부의 군졸이 되라고 하니 죄송한 마음을 금할 길이 없지만 급한 비는 피하는 게 상책이 아니겠습니까. 위기가 해소되는 대로 어떻게 해서든 내가 손을 써보겠습니다."

절도부의 군병이 된다? 두환의 말대로 현재로서는 안서절도부가 다시 서역을 평정하기를 기다리는 게 상책일 것이다. 김양상이 석연당에게 고개를 돌렸다. 석연당도 일리가 있는 방안이라고 여겼는지 고개를 끄덕였다.

"제조참군의 뜻을 따르겠습니다."

김양상은 수락의 뜻을 밝히고 일선에게 다가갔다.

"대사와는 여기서 헤어져야 하겠습니다. 부디 무사히 천축에 당도하시기를 빌겠습니다."

"대막을 건너고 천산을 넘어 여기까지 왔습니다. 그에 비하면 남은 여정은 아무것도 아니지요. 소승보다는 두 분이 걱정입니다. 쉽지 않은 날들이 기다리고 있을 텐데 몸조심하시고 꼭 뜻을 이루십시오."

"고맙습니다. 나중에 장안으로 돌아가거든 혜초대사에게 남은 약조도 지킬 것이라고 전해주십시오."

김양상은 일선의 손을 꼭 잡고 석별의 정을 나누었다.

2

절도부의 군사들이 잔뜩 긴장한 얼굴로 도열했다. 출정을 앞둔 마지막 점고였다. 두환의 주선으로 김양상과 석연당은 안서절도부의 집극集戟이 되어 원정에 참여하게 되었다. 석연당은 신라의 왕족이 한낱 창이나 휘두르는 집극이 말이 되냐며 펄펄 뛰었지만 입장이 입장인지라 김양상은 두말없이 종군키로 했다.

취타 소리가 요란하게 울려 퍼지면서 안서절도사 고선지 장군이 백마를 타고 등장했고 그 뒤를 절도부의 수뇌들이 따랐다. 저 사람이 고구려 유민 출신으로 절도사에까지 오른 고선지 장군인가. 김양상의 눈은 백마를 탄 고선지 장군에게서 떨어지지 않았다.

기병과 보병, 궁수병과 장창대의 뒤를 이어 병참을 담당하는 치중대輜重隊가 엄정한 자세로 대오를 정비하고 절도사의 점고를 기다렸다. 군기는 엄정했고 사기는 드높았다. 그런데 뭘까. 무거운 기운이 절도부를 억누르고 있는 것이 감지되었다.

'공에 눈이 먼 조정신료들 때문에 절도부가 큰 어려움에 처했습니다.'

두환은 그렇게 말했다. 석국왕을 처단한 일로 서역의 소국들이 당나라로부터 이탈하면서 안서절도부는 지금 고립되었다는 것이다. 드넓은 초원에서의 싸움이다. 현지 실정에 밝은 유목민들과 연합을 이루지 못하면 이기기 힘들 것이다. 군병들이라고 실정을 모를 리 없었다. 김양상은 사기가 땅에 떨어진 군병들을 보며 마음이 무거웠다. 꼭 이겨야 하는 싸움이다. 그래야 서역으로 향하는 길이 다시 열려서 대진국에 갈 수 있다.

점고를 마친 절도사 고선지 장군이 높은 단 위로 올라갔다. 점고에 이어 무술 경연이 열린다. 절도사가 직접 참관하는 경연이다. 우수한 성적을 올리면 승진할 수 있는 절호의 기회다. 절도부의 무관과 군사들은 서둘러 무술경연장으로 모여들었다.

"형도 출전하지 그래요. 말단 무관직이라도 얻을 것 아니오."

석연당이 김양상에게 출전을 권했다. 그러나 김양상은 고개를 가로저었다. 상황이 진정될 때까지 조용히, 남의 눈에 띄는 일이 없게 지내기로 한 마당이다.

무술 경연은 여러 종류가 펼쳐지는데 김양상은 격구장擊毬場으로 걸음을 옮겼다. 말을 타고 달리면서 국장鞠丈(격구채)으로 모환毛丸(털공)을 홍문紅門 안으로 쳐 넣는 격구는 당나라와 신라의 귀족들 사이에서 크게 성행했다. 김양상도 서라벌에 있을 때 격구에 크게 심취했었다.

격구는 안서절도부 소속 기마병과 서역의 소국들 중에서는 이번 출정에서 유일하게 안서절도부의 편에 선 갈라록葛羅祿 부족의 기마병들이 각각 패를 이루어 출전하고 있었다.

취타대의 주악이 끝나자 기마교위가 모환을 들고 나타났다. 기마교위가 두 패로 나뉜 출전자들을 향해 모환을 던지면 격구가 시작된다.

"얏!"

고함소리와 함께 모환이 하늘로 솟았고 출전자들은 일제히 모환을 잡으려 말을 몰았다. 그들 중 한 사람이 날 듯 몸을 솟구치며 모환을 가로챘다. 수격首擊이 된 자는 말을 몰고 홍문을 향해 달려갔는데 말을 다루는 솜씨가 보통이 아니었다. 말 위에서 태어나서 말 위에서 살다 말 위에서 죽는다는 대초원의 유목민답게 말을 제 몸처럼 자유자재로 다루었다.

"솜씨가 대단하네요."

석연당이 홍미를 드러냈다. 수격이 된 갈라록 무장은 무서운 속도로 말을 몰며 50보쯤 떨어진 치구표를 향해 맹렬하게 돌진했다. 격구는 치구표를 3차례 돌면서 비이比耳에서 할흉割胸 순으로 이어지는 기본자세를 선보인 후에 1백 보 떨어진 홍문에 모환을 쳐 넣어야 점수를 얻는다. 갈라록 무장은 말 위에 몸을 벌렁 뉘더니 국장을 뒤로 길게 내밀었다. 나무랄 데 없는 방미防尾였다.

"제법 하는 자이군요."

언제 왔는지 두환이 곁에 서 있었다.

"갈라록 부족이라고 들었는데 말을 모는 솜씨가 놀랍습니다."

"그렇습니다. 갈라록 부족은 돌궐의 일파인데 다른 지파들은 전부 대식국에게 복속했는데도 우리 편에 섰습니다."

두환은 큰 다행이라는 듯 말했다. 김양상은 구장을 종횡무진 하는 갈라록 무장을 보면서 왠지 안서절도부의 기마병들이 농락당하고 있다는 느낌을 지울 수 없었다. 갈라록 무장은 달려드는 안서절도부 기마병을 요리조리 피하면서 모환을 놓치지 않았는데 격구에 능한 김양상의 눈에는 상대를 가지고 노는 것처럼 보였던 것이다.

"앗!"

지켜보던 사람들이 소리를 쳤다. 옆에서 달려드는 안서절도부 기마병을 피하려다 갈라록 무장이 그만 모환을 놓쳤다. 국장을 떠난 모환은 힘없이 아래로 떨어졌다. 이대로 모환을 놓치는 것일까. 모환이 땅에 떨어지면 공격은 실격으로 처리된다. 그러나 갈라록 무장은 주저하지 않고 달리는 말 옆에 매달리며 물구나무를 서더니 모환이 땅에 닿기 직전에 건져 올렸다.

"와!"

사방에서 탄성이 일었다. 멋진 수양수垂楊手였다. 김양상도 감탄을 금치 못했다. 나무랄 데 없는 완벽한 자세였다. 마침내 홍문에 다다른 갈라록 무장은 국장을 높이 들더니 힘껏 휘둘렀고 모환은 홍문으로 빨려 들어갔다. 환호성이 격구장을 뒤엎었다.

"타打!"

기마교위가 손을 번쩍 들었다. 득점에 성공한 것이다.

격구가 다시 시작되었다. 또 타를 허용하게 되면 격구 승부는 갈라록 부족에게 기울게 된다. 갈라록 무장은 이번에도 말을 자유자재로 몰며 격구장을 종횡무진 했고 절도부 기마병들은 그를 쫓기에 바빴다.

"저자가 일부러 절도부를 농락하고 있군요."

그제야 깨달은 두환이 분개했다.

"타를 또 허용하면 안 되는데 정녕 안서절도부에 저자를 막을 사람이 없는가."

두환이 탄식했다. 단 위에서 격구를 지켜보는 절도사 고선지 장군의 표정도 두환과 다르지 않았다. 하지만 갈라록 무장의 솜씨에 겁을 먹은 것일까. 나서는 기마병이 아무도 없었다.

"형이 한번 나가보지 그래요?"

석연당이 재차 김양상에게 출전을 권했다.

"출전해 보겠습니까? 이 기회에 신라의 격구술을 과시하는 것도 나쁘지 않을 것 같은데."

두환도 출전을 권했다. 어떻게 할까. 김양상이 망설이는데 환호성이 일었다. 갈라록 부족이 두 번째 타를 성공시킨 것이다. 이제 한 번만 더 허용하면 승부는 끝이다.

"좋습니다. 출전하겠습니다."

김양상이 결심을 굳히자 두환이 반색하면서 기마교위에게 달려갔다.

"잘됐소. 제조참군에게 진 빚을 갚는 셈치고 형이 저 건방진 자의 코를 눌러주시오."

석연당이 김양상의 등을 떠밀었다.

김양상은 위아래로 훑어보는 기마교위에게 예를 올리고 국장을 잡았다. 그리고 그중 튼실해 보이는 말을 골랐다. 오랜만에 잡아보는 국장이지만 일단 말 위에 오르니 승부욕이 살아났다.

양측의 기마병들이 다시 좌우로 도열했다. 두 차례나 타를 성공시킨 갈라록 기마병들은 거만한 자세로 새로 출전한 김양상을 쳐다봤다.

취타가 끝나기가 무섭게 모환이 날아올랐다.

"얏!"

갈라록 무장이 고함과 함께 국장을 내밀며 모환을 건지려 했지만 김양상 쪽이 더 빨랐다. 김양상은 재빨리 모환을 낚아채고는 침착하게 치구표를 돌며 격구의 기본기를 펼치기 시작했다.

김양상은 규정대로 치구표를 3번 돈 후 홍문을 향해 말을 질주했다. 땅이 평탄치가 않아 모환을 마음먹은 대로 굴리기 쉽지 않았지만 김양상은 침착하게 말을 몰았다. 이제 홍문까지 50보 남았다. 김양상은 20보에 이르렀을 때 모환을 쳐 넣을 생각이었다.

그때 무엇에 걸렸는지 모환이 불규칙하게 튀면서 5보 거리인 구장 폭을 벗어나려 했다. 위기였다. 김양상은 황급히 몸을 기울이며 국장을 뻗어 바깥으로 벗어나려는 모환을 낚아챘다. 무사히 모환을 낚았지만 급히 몸을 기울이는 바람에 말이 중심을 잃고 비틀거렸다. 말이 쓰러지면 끝이다. 그러나 말이 쓰러지기 전에 김양상의 손이 크게 원을 그렸고, 국장을 떠난 모환은 힘차게 날아 50보나 떨어진 홍문 속으로 빨려 들어갔다.

"백타白打!"

환호성이 일었다. 김양상은 비록 낙마했지만 그 전에 모환을 날렸으므로 무사히 격구를 마친 것이다. 먼 거리에서 모환을 날리는 백타는 타를 2번 시킨 것과 같은 효력이 있다. 안서절도부 진영은 환호성이 일었고 갈라록 부족은 물 끼얹은 듯 조용했다.

"형! 멋진 백타였소. 그렇게 먼 거리에서 모환을 날리는 건 처음 봤소."

석연당이 달려오며 김양상을 일으켜 세웠다.

"백타를 날렸으니 승부는 원점으로 돌아왔습니다. 우리가 이길 수 있습니다."

두환도 크게 기뻐했다. 격구는 계속되었다. 출전한 기마병들은 사력을 다해 국장을 휘둘렀고 말들은 거친 숨을 몰아쉬며 격구장을 내달렸다. 그렇지만 승부는 쉽게 나질 않았다. 갈라록 기마병들은 김양상을 집중적으로 막았다. 모두 기진맥진한 마당이다. 더 이상 격구를 속행하는 것이 무리 같았다. 그냥 무승부로 끝내려는지 단 위에서 격구를 지켜보던 고선지 장군이 기마교위를 불렀다.

"두 사람 앞으로!"

절도사로부터 뭔가 지시를 받은 기마교위가 김양상과 갈라록 무장을 불렀다. 김양상은 잡아먹을 듯 노려보는 갈라록 무장을 무시하며 앞으로 나섰다.

"더 이상 격구를 계속하는 것은 무리니 마상궁술로 승부를 가리는 것이 어떻겠느냐?"

기마교위가 절도사의 뜻을 두 사람에게 전했다.

"좋습니다."

마다할 이유가 없다는 태도를 보이는 갈라록 무장을 보고 김양상도 즉각 동의를 표했다.

"절도사의 제안을 따르겠습니다."

"활이라면 형을 당해낼 사람이 없을 것이오. 저 건방진 놈에게 형의 실력을 보여주시오."

석연당은 당연히 김양상이 이길 걸로 믿었다. 하지만 상대는 말 위에서 태어나서 말 위에서 죽는다는 갈라록 부족의 기마병을 이끄는 무장이다. 결코 만만히 볼 수 없는 상대다.

신중하되 위축될 필요는 없다. 김양상은 그렇게 스스로를 달래며 마장으로 향했다. 문득 서라벌에서 김주원과 겨루었던 때가 떠올랐다.

천마의 고향인 대완을 관장하는 안서절도부인지라 명마가 많았다. 김양상은 이미 기진맥진한 말을 대신해서 튼실해 보이는 놈을 새로 골랐다. 마상궁술은 두 사람이 동시에 출발해서 과녁을 차례로 맞히며 겨루는 승부이다.

드디어 깃발이 올랐다. 김양상은 첫 번째 과녁을 향해 힘껏 말을 몰았다. 갈라록 무장은 무리하지 않고 김양상의 뒤를 바짝 따랐다. 말을 달리면서 활을 정확히 날리려면 짧은 시간 내에 바람의 방향을 읽어야 하며 말의 흔들림도 적절하게 감안해야 한다.

개울 너머로 첫 번째 과녁이 보이자 갈라록 무장이 앞으로 나서기 시작했다. 하지만 아직은 화살을 날리기에는 먼 거리다. 김양상은 1백 보쯤에 이르러 활을 쏠 심산으로 갈라록 무장의 뒤를 따랐다. 앞서 달리던 갈라록 무장이 첫 번째 화살을 날렸다. 2백 보도 넘는 거리였다. 기선을 제압할 요량인 것 같았다. 명중하면 승부는 크게 기울 것이다.

그러나 화살은 과녁을 빗나갔다. 그렇지만 상당히 근접한 곳에 맞았다. 거리가 조금만 더 가까웠다면 명중시켰을 것이다.

어느새 두 마리의 말은 과녁에서 1백 보까지 접근했다. 이번에는 김양상이 먼저 화살을 날렸다. 여전히 먼 거리였지만 다행히 아직 호흡이 거칠지 않았고 말도 잘 달려주어서 화살이 정확하게 과녁에 꽂혔다.

첫 번째 과녁은 김양상의 승리였지만 아직 마음을 놓을 수는 없었다. 김양상은 두 번째 과녁을 향해 말을 몰았다. 두 번째 과녁은 우뚝 세워져 있던 첫 번째 과녁과 달리 바닥에 붙어 있다시피 기울어져 있었다. 50보라도 맞히기 힘들 것 같았다.

갈라록 무장도 이번에는 무리하지 않고 접근을 시도했다. 어느덧 1백 보에 이르렀다. 그래도 누워 있는 과녁은 확연하게 눈에 들어오지 않았다. 김양상은 더 접근하기로 했다. 그때 갈라록 무장이 몸을 일으키더니 달리는 말 위에서 몸을 곧추세웠다. 그리고 선 채로 과녁을 향해 활을 날렸고 화살은 정확하게 과녁을 명중시켰다. 참으로 멋진 마상궁술이었다. 김양상은 패배를 인정할 수밖에 없었다.

이제 마지막 과녁만 남았다. 마지막 과녁은 2개다. 50보 거리를 두고 폭이 좁은 골짜기 위 좌우 양쪽으로 세워진 2개의 과녁을 골짜기를 통과하면서 차례로 맞혀야 한다. 그렇지만 꾸물대면 과녁 부근에 매복한 궁사들로부터 화살 세례를 받게 된다. 비록 촉을 뺀 화살이지만 맞으면 실격이다. 그러니 말의 속도를 늦추지 않고서 화살을, 그것도 거의 동시에 2대를 날려야 한다.

갈라록 무장이 먼저 골짜기로 들어섰다. 갈라록 무장은 속도를 전혀 늦추지 않으며 왼쪽 과녁을 향해 화살을 날렸다. 명중이었다. 갈라록 무장은 틈을 주지 않고 몸을 틀면서 오른쪽을 조준했다. 명중시키면 마상궁술은 그의 승리로 돌아간다.

갈라록 무장이 화살을 날리려는 순간 매복한 궁수들이 일제히 활을 쐈고 촉이 없는 화살들이 갈라록 무장을 향해 맹렬하게 몰려들었다. 갈라록 무장은 말 옆으로 몸을 숙이며 화살을 피했지만 그 바람에 자세가 흔들리면서 그가 날린 두 번째 화살은 왼쪽 과녁을 빗나가고 말았다.

이제 김양상 차례다. 김양상은 말에 채찍을 가하며 골짜기로 들어섰다. 사정거리에 이르자 김양상은 몸을 틀어 말 옆구리에 매달렸다. 그렇게 매달린 채로 오른쪽 과녁을 향해 화살을 날리고 재빨리 회마번신回馬翻身으로 몸을 뒤집어 왼쪽 과녁을 향해 화살을 날렸다. 짧은 틈에 2발을 다 발사한 김양상은 말 밑에 매달린 채 골짜기를 빠져나왔다. 미처 활을 쏠 기회를 잡지 못한 매복 궁수들은 멍한 얼굴로 멀어져 가는 김양상을 쳐다보기만 했다.

골짜기를 무사히 빠져나온 김양상은 고개를 돌려 과녁을 확인했다. 둘 다 명중이었다. 함성이 일었다.

"형이 해낼 줄 알았소."

석연당이 환한 얼굴로 달려왔다.

"이렇게 훌륭한 마상궁술은 처음 봤습니다. 정말 잘했습니다."

두환도 크게 기뻐했다. 김양상은 풀이 죽어 자기 진영으로 향하는 갈라록 무장을 보며 비로소 승리를 실감했다. 솔직히 2발 다 명중될지는 김양상 자신도 장담하지 못했다.

점고와 무예 경연이 끝나자 출정을 앞둔 행영절도부는 적막 속에 잠겼다. 무려 7만에 달하는 군병이 진을 치고 있건만 출정 전야는 거짓말처럼 조용했다. 이제 내일이면 출정이다. 무관과 군졸들 모두 신경이 곤두서서 잠이 오지 않는 쇄엽성에서의 마지막 밤을 보냈다.

이길 수 있을까. 어쨌거나 당이 승리해야 그 다음을 기약할 수 있다. 대불림으로 갈 수 있을까. 생각할수록 멀고 막막하게 느껴졌다. 이어서 소피아의 단아한 자태가 떠올랐다. 소피아는 통행이 폐쇄되기 전에 빠져나갔을까. 그리고 무사히 대불림에 도착했을까. 대불림에 가면 소피아와 재회할 수 있을까. 생각이 꼬리를 물었다.

"김공!"

이리 뒤척 저리 뒤척 하던 김양상은 막사 밖에서 두환이 부르는 소리를 듣고 몸을 일으켰다.

"드디어 출정하는군요."

구름 사이로 새벽달이 간간이 빛을 뿌리고 있었다. 두 사람은 밤하늘을 올려다보며 나란히 섰다. 두환은 잔뜩 긴장해 있었다. 본시 무관 출신이 아닌 두환은 막상 결전이 벌어진다고 하니 겁이 나는 모양이었다.

"대식국이 그렇게 강한 상대입니까?"

"무서운 기세로 서역을 장악하고 있습니다. 강국康國(사마르칸트)과 석국石國(타슈켄트)을 비롯해서 그동안 우리에게 조공을 바치던 하외河外(아랄 해 일대)의 서역국가들이 모조리 대식국에 고개를 숙이고 있습니다."

두환이 무거운 표정으로 대답했다.

"하지만 고선지 절도사는 이전에 서역을 평정했던 명장 아닙니까."

"물론 그렇습니다. 하지만 대식국의 동방총독인 지야드 이븐 살리흐도 용기와 지략을 겸비한 명장이라고 합니다. 무엇보다도 서역의 소국들이 대식국 편에 선 것이 마음에 걸리는군요. 쉽지 않은 싸움이 될 것입니다."

잔뜩 흐린 두환의 얼굴을 보며 김양상도 덩달아 침울해졌다. 싸움에서 지면 서역은 차단될 것이고 대불림으로 가는 길은 요원할 것이다.

"그런데 우려되는 게 하나 더 있습니다."

"무엇이 또…."

"갈라록 부족은 믿을 수 없습니다. 언제 배신할지 모르는 자들이지요."

두환은 그러면서 갈라록 부족은 일찍이 당이 돌궐을 정벌할 때 같은 부족인 돌궐을 배신하고 당에 붙었던 적이 있다는 사실을 전했다.

"한 번 배신한 자는 상황이 불리해지면 언제든지 또 배신할 수 있으니까요. 그리고 이번 출정에서 우리 편에서 선 것도 석연치 않습니다."

"하면, 절도사께 고하면 되지 않습니까?"

"그게 그렇게 간단치가 않습니다. 실은 절도사도 나랑 생각을 같이 하고 있습니다. 그런데 감군監軍이 막무가내로 나오는 것이 문제지요."

절도사를 감시하는 역할을 하는 감군은 황제의 신임이 두터운 환관이 맡고 있기에 절도사도 함부로 할 수 없는 존재다. 그런데 감군 변령성은 이번 출정에서 사사건건 절도사 고선지 장군을 물고 늘어졌다.

"싸움이 벌어지면 많은 군병들이 다시는 고향땅을 밟지 못하게 될 겁니다."

두환이 하늘을 올려다보며 한숨을 내쉬었다.

"서역 정벌이 잦아지면서 장안 사람들은 아들보다 딸 낳기를 원한다고 합니다."

김양상도 덩달아 한숨을 내쉬었다. 부모형제, 처자식과 생이별을 하고 먼 서역으로 끌려와 갖은 고역을 겪다 죽어 원혼이 이역을 헤맬 군졸들. 김양상은 새삼 전쟁의 허망함을 느꼈다.

3

쇄엽성을 떠난 안서절도부 군병들은 서쪽으로 전진을 거듭한 끝에 탈라스(카자흐스탄) 강변에 이르렀고 그곳에서 대식국의 군사들과 대치하게 되었다. 고요하던 강변에 전운이 감돌았다. 서역의 주인을 가름하는 일전이 벌어지기 직전이었다.

일촉즉발의 긴장감 속에서 탈라스에서의 첫날 밤이 저물고 있었다. 마상궁술에서 뛰어난 기량을 선보이면서 기마대로 자리를 옮긴 김양상은 강변을 향해 말을 달렸다. 싸움에 앞서 지형을 살필 요량이었다. 대초원에서의 싸움이다. 당연히 기마병이 중요한 역할을 담당하게 된다. 김양상을 따라 기마대로 옮긴 석연당이 김양상의 뒤를 바짝 따랐다.

강 건너에서 횃불이 너울거리고 있었다. 횃불이 강물에 반사되어 너울너울 춤을 추고 있었다. 내일이면 저 강은 피로 물들 것이다.

"……!"

어둠 속에서 몇 필의 말이 다가오고 있었다. 대식국 군사들이 강을 건넌 것 같지는 않았는데 그럼 누굴까. 김양상은 칼을 뽑아들고 경계자세를 취했다.

"누구냐!"

저쪽에서 먼저 물었다. 짐작대로 당병이었다.

"기마대가 지형을 살피는 중이다. 그대는 누구인가?"

"김공이오?"

반색을 하며 다가오는 사람은 두환이었다.

"제조참군도 지형 정찰을 나왔습니까?"

두환에게 다가가던 김양상은 깜짝 놀라며 얼른 말에서 내렸다. 절도사 고선지 장군이 두환의 뒤를 따르고 있었다.

"너는 마상궁술에서 갈라록 부족을 물리쳤던 자 아니냐?"

고선지 장군이 김양상을 알아봤다.

"그렇습니다. 신라 사람인데 뜻한 바 있어 이곳까지 온 자입니다."

두환이 옆에서 거들었다.

"장안에서 신라인을 많이 봤지만 절도부에 적을 둔 신라인을 볼 줄은 몰랐다. 뛰어난 무예를 지녔더구나."

고선지 장군이 김양상을 유심히 쳐다보더니 말 머리를 돌렸다. 오래 머물면 위험할 수도 있다.

"절도사의 안색이 그리 밝지가 못합니다."

김양상은 두환과 말을 나란히 하고서 고선지 장군과는 조금 떨어져서 군영으로 향했다.

"그렇습니다. 감군이 전술에도 일일이 간여하고 있습니다."

두환이 한숨을 내쉬었다. 많은 병사들을 거느리는 절도사는 조정으로부터 감시를 받게 마련이다. 음해로부터 절도사를 비호하는 것이 감군의 소임이다. 그런데 감군이 절도사를 물고 늘어지면 절도사는 뜻대로 군병을 움직이지 못한다. 이러다 적전분열로 이어지는 것은 아닐까. 김양상의 무거운 마음을 대변이라도 하듯 주위가 이상하리만치 조용했다.

"대식국이 강하다고 해도 안서절도부를 당하지 못할 겁니다. 서역은 다시 안서절도부가 장악할 것이니 김공은 싸움이 끝나는 대로 길을 떠나도록 하십시오."

김양상이 너무 비장했던 것일까. 두환이 표정을 바꾸며 김양상을 안심시켰다.

4

마침내 결전의 날이 밝았다. 절도부의 대군은 탈라스 강변으로 이동했다. 대식국의 군사들은 이미 강에 당도해서 건너편에 진을 치고 있었다. 대군이 강을 사이에 두고 대적하면서 탈라스 강변은 터질 것 같은 전운이 감돌았다.

"정탐병을 보내겠다. 누가 가겠는가?"

기마교위가 수하의 군병들을 둘러보며 말했다.

"내가 가겠소."

김양상이 자청하고 나섰다. 어제 밤의 지형정찰을 통해서 적진을 살피기 적당한 장소를 보아두었던 터였다. 김양상이 군마에 오르자 석연당을 위시해서 날랜 기마병 다섯이 뒤를 따랐다. 탈라스 강은 대초원에서는 큰 물줄기일지 몰라도 중원이라면 시내에 불과해서 얼마든지 말을 타고 건널 수 있었다.

강을 건넌 정찰대는 낮은 언덕 위에 올라 적진을 살폈다. 대식국의 군사들은 넓은 초원에 진을 치고 있는데 정연한 대오를 이루며 움직이는 모습에서 충만한 사기가 절로 전해졌다.

"만만치 않은 상대를 만난 것 같소."

석연당이 적진에서 눈을 떼지 않으며 말했다. 대식국 진영을 찬찬히 살핀 김양상은 말 머리를 돌렸다. 싸움이 벌어지기 전에 빨리 본대로 돌아가야 한다.

"앗! 저쪽에… 발각된 것 같소."

석연당이 가리키는 곳을 보니 한 무리의 군마들이 먼지를 일으키며 이쪽으로 다가오고 있었다. 어떻게 우리를 발견했을까. 철저하게 몸을 숨겼는데.

"어떻게 할까요? 숫자는 비슷한 것 같은데."

석연당은 나가서 싸울 뜻을 비쳤다. 대식국 군병들의 실력을 살피고 싶기도 했지만 지금은 그럴 때가 아니다. 그리고 발각된 것인지 아직 확실치 않은 상황이다. 김양상은 더 가까이 접근하면 말 머리를 돌리기로 하고 상황을 지켜보기로 했다.

그런데 대식국의 기마병들은 이쪽을 보고 쫓아오는 게 아닌 것 같았다. 김양상이 고개를 돌리니 저쪽에서도 먼지를 일으키며 한 무리의 군마들이 질주하고 있었다. 그럼 또 다른 정찰대가…?

"우리 말고 적정을 살피러 온 군병들이 또 있는 모양이오."

김양상은 갈라록 부족일 것이라 추측하며 하회를 지켜보았다. 두 기마병들의 거리는 점점 좁혀졌는데 머지않아 쫓기는 갈라록 부족들이 뒤를 잡힐 것 같았다.

"설쳐대더니 쫓기는 꼴 하고는."

석연당이 못마땅한 표정을 지었다. 갈라록 부족은 겨우 3기. 싸움이 벌어지면 절대적으로 불리할 판이다. 김양상은 도와주기로 했다.

"가자!"

김양상의 명령이 떨어지자 기마병들은 일제히 대식국 기마병을 향해 달려들었다. 난데없이 원병이 나타나자 추격하던 대식국 기마병들은 황급히 말 머리를 돌렸다.

"쫓아갑시다!"

석연당은 추격하려 했지만 김양상이 제지했다. 괜히 소동을 일으킬 상황이 아니었다.

"누군가 했더니 당신이었군. 어쨌든 빚을 졌다."

정탐에 나섰던 갈라록 부족은 격구에서 격돌했던 무장이 지휘하고 있었다. 교만한 눈빛은 여전했다. 김양상은 발끈해서 나서려는 석연당을 제지하며 말 머리를 돌렸다. 영 마음에 들지 않는 자였지만 결전을 앞둔 마당에 같은 편끼리 싸울 수는 없었다.

본영으로 돌아온 김양상은 기마교위에게 살핀 바를 상세하게 보고했다. 기마교위의 얼굴이 굳어졌다. 예상했던 것보다 훨씬 많은, 그리고 강한 군병이 출정한 게 분명했기 때문이다.

"갈라록 부족들도 따로 정탐에 나섰더군요. 미리 연통을 해주었으면 좋았을 텐데."

김양상은 기마병을 통괄하는 기마교위는 당연히 알고 있으리라 생각하고 한 말인데 기마교위는 그게 무슨 소리냐는 듯 깜짝 놀랐다.

"그게 무슨 말인가? 그럼 갈라록 부족이 내 재가도 없이 멋대로 정탐대를 보냈단 말인가?"

기마교위가 노기 띤 얼굴로 확인하겠다는 듯 절도사에게 달려갔다. 그럼 기마교위도 모르던 일이었는가…. 김양상은 마음이 무거웠다. 군령이 서지 않으면 싸움에서 이기기 힘들다.

"김공!"

두환이 헐떡이며 달려왔다.

"그래 적진을 살핀 느낌이 어떻습니까?"

"정예 군병들입니다. 어려운 싸움이 될 것 같습니다."

김양상은 두환에게 솔직한 마음을 전했다.

"짐작하고 있었습니다."

"그런데 갈라록 부족이 정탐병을 보낸 것을 기마교위가 모르던데 혹시 절도사께서 별도로 움직이라는 지시를 내리셨습니까?"

"무슨 소리입니까? 기마대의 출동은 모조리 기마교위가 통제하도록 되어 있습니다."

혹시나 해서 물어본 것인데 두환은 금시초문이라는 표정이었다.

"어떻게 그런 일이. 갈라록 부족의 총병은 절도사의 지시를 거스를 만한 배포가 없는 자 같던데…."

두환이 고개를 갸우뚱했다. 그렇다면 일개 기마무관이 독단으로? 설마… 하면서도 김양상은 뭔가 석연치 않은 느낌을 지울 수 없었다.

"아무튼 사실이라면 그냥 넘어갈 수 없습니다. 갈라록 부족의 총병에게 통기해서 군율로 다스리도록 하겠습니다."

김양상은 당장 달려가려는 두환을 만류했다.

"신중하게 움직이는 게 좋겠습니다. 아무래도 그자는 예사 무관이 아닌 듯했습니다. 어쩌면 갈라록 부족의 총병보다 더 높은 신분일지도 모릅니다."

김양상은 자신의 느낌을 두환에게 전했다.

"하면 그자가 갈라록 부족의 가한可汗이라도 됩니까?"

두환이 그럴 리가 없다는 표정으로 반문했다. 물론 김양상도 그자가 갈라록의 가한은 아닐 거라고 추정했다. 그렇지만 분명 평범한 하급무관은 아니었다. 그러고 보니 아까 대식국 기마병들에게 쫓길 때도 뭔가 이상했다. 해볼 만한 상황이었는데도 대식국 기마병들은 김양상 일행을 보자 주저 없이 말 머리를 돌렸다.

자꾸 수상쩍은 낌새가 들었지만 김양상은 일단 입을 다물기로 했다. 기마교위가 절도사에게 보고했으니 무슨 조치가 있을 것이다. 결전을 앞둔 마당이다. 행여나 오해로 적전분열을 자초해서는 안 될 것이다. 탈라스에서의 첫날은 그렇게 별다른 충돌 없이 지나갔다. 양 진영은 내일의 일대 격돌에 대비하며 탈라스에서의 둘째 밤을 보냈다.

5

싸움은 아침 일찍부터 시작되었다. 초원에 크고 작은 군기軍旗들이 어지럽게 휘날렸고 10만 명이 넘는 군병들이 내지르는 함성으로 천지는 떠나갈 듯했다. 화살이 난무한 가운데 진을 이룬 군병들은 무장의 지휘에 따라 전진과 후퇴를 거듭했다.

김양상이 소속된 기마대는 싸움의 선봉을 맡았다. 김양상은 화살이 빗발치는 적진을 향해 돌진했고 석연당이 뒤를 따랐다. 적진을 종횡무진 휘젓고 다니면서 보졸들의 진을 깨부수는 것이 기마병의 책무다. 먼저 진이 무너지는 쪽이 싸움에서 지게 마련이다.

김양상은 겁 없이 달려드는 대식국의 전사들을 상대하면서 과연 대식국 군병들은 죽음을 두려워하지 않는다는 말을 절감했다. 두환에게 들은 바로는 이슬람 전사들은 알라 신의 뜻에 따라 성전을 수행하다 죽으면 맑은 물이 흐르고 시원한 바람이 부는 낙원에서 미녀들의 시중을 받으며 호강한다고 믿기에 죽음을 불사한다고 했다.

김양상은 반월검을 휘두르며 달려드는 대식국 기마병 전사를 쓰러뜨리며 전진을 계속했고 석연당은 장창을 휘두르며 김양상의 뒤를 따랐다. 김양상은 막무가내로 달려드는 이슬람 전사를 향해 칼을 힘껏 내리쳤고 이슬람 전사의 피가 솟구치며 김양상의 몸은 벌건 핏물로 범벅이 되었다.

기마대는 용맹하게 돌진했지만 적진은 쉽게 무너지지 않았다. 대식국 전사들은 악착같이 달려들었고, 싸움은 일진일퇴를 거듭하며 승부가 쉬이 나지 않았다. 갈라록 부족은 아직 전장에 투입되지 않은 상태였다.

오시午時를 넘어서면서 본영까지 싸움터로 변했다. 기마병을 잠시 뒤로 물린 김양상은 본영에서 불길이 오르는 것을 보고 가슴이 철렁했다. 벌써 저기까지 적병이 진출했는가. 김양상은 두환이 걱정되었다. 그는 싸움과는 거리가 먼 사람이다.

"본영으로 가자."

김양상이 석연당을 불렀다. 석연당은 와중에서도 김양상으로부터 다섯 걸음 이상 떨어지지 않으며 따르고 있었다. 김양상은 급히 본영으로 말을 몰았다.

"제조참군!"

두환을 발견한 김양상이 소리치며 달려가자 두환에게 달려들던 대식국 군병은 황급히 도주했다. 다행히도 본영에 침투했던 적병은 소수였다.

"김공."

두환이 덜덜 떨며 김양상에게 달려왔다.

"절도사는 어디 계십니까?"

고선지 장군이 보이질 않았다. 김양상은 걱정이 되어 사방을 살폈다. 본영에는 제조참군 두환을 비롯해서 문관들 몇 명만 남아 있었다.

"직접 지휘하시겠다며 휘하 부장들을 인솔하고 나가셨습니다."

절도사가 직접 나섰다는 것은 그만큼 전세가 급박하다는 말이다. 대식군의 공세는 맹렬했다. 하지만 무한정 공세를 펼칠 수는 없다. 그러니 공세를 잘 막아내면 반격의 기회가 올 것이다. 그렇지만 그 전에 절도사의 신변에 무슨 일이 생기면 만사는 수포로 돌아갈 것이다. 김양상은 고선지 장군을 찾아 급히 말을 몰았고 석연당이 장창을 들고 뒤를 따랐다.

절도사를 찾는 일은 어렵지 않았다. 멀지 않은 곳의 나지막한 언덕 위에서 영기令旗가 펄럭이고 있었다. 김양상은 절도사를 호위하려 언덕 위로 말을 몰았다. 언덕에 오르자 사투를 벌이는 양 진영이 한눈에 들어왔다. 그 사이에 열세를 만회한 절도부의 군병들이 대오를 정비하고 반격에 나서고 있었다. 절도부가 반격을 개시하자 사납게 달려들던 이슬람 전사들은 뒤로 물러서기 시작했다. 그들이라고 지치지 않을 리 없었다.

북소리가 요란하게 울렸다. 김양상은 총진격을 독려하는 북소리로 알고 기마대에 합류하려 했는데 절도부 군병들이 뒤로 물러섰다. 절도사가 추격 대신에 퇴각을 명한 것이다. 더 이상의 격돌은 양 진영 모두에게 무리였다.

첫 싸움은 그렇게 탈라스 강을 피로 물들인 채 승부를 결정짓지 못했다. 붉게 물든 강물과 강변 여기저기에 널려 있는 양군의 시신을 보며 김양상은 몸서리를 쳤다. 한시도 무예를 게을리한 적은 없지만 전쟁은 처음이었다. 전쟁이란 이렇게 처참한 것인가. 살아남은 절도부 군병들의 얼굴에 공포의 그림자가 짙게 깔려 있었다. 서역을 전전하며 크고 작은 싸움을 거듭했던 그들에게도 이렇게 처절한 싸움은 처음이었던 것이다.

6

날이 밝으면서 싸움이 재개되었다. 사투가 이어졌지만 승부는 쉽게 결정 나지 않았다. 해가 지면 싸움을 그치고 해가 뜨면 다시 싸우기를 거듭하며 양 진영은 탈라스에서 나흘째 밤을 보냈고 네 차례의 싸움을 치르면서 살아남은 군병들은 이제 죽고 죽이는 게 아무 일도 아닌 것처럼 되어버렸다. 오늘은 어떻게 목숨을 부지했지만 내일은 어떻게 될지 모르는 판국이다.

전장을 선구先驅하는 기마대는 특히 피해가 컸다. 함께 말을 달리던 기마대 군병들 대부분은 유명幽明을 달리했다. 요행히 김양상과 석연당은 그 와중에서도 이렇다 할 부상을 당하지 않았지만 내일을 장담할 수 없는 상황이었다.

나는 지금 여기서 뭘 하고 있는 걸까. 왜 남의 싸움에 끼어들어 의미없는 살생을 계속하는 걸까. 김양상은 처음에는 그런 자괴감에 빠졌지만 이제는 아무런 생각도 나지 않았다. 오로지 살아남아야 한다는 일념뿐이었다. 그런데 이길 수 있을까. 김양상은 자꾸 자신이 없어졌다.

"김공."

두환이 찾아왔다. 그렇지 않아도 그에게 가려던 길이었다. 두 사람은 나란히 섰다. 초원 너머로 지는 해가 피로 물든 탈라스 강에 무심한 빛을 뿌리고 있었다.

"괜히 절도부에 들어오라고 한 것 같습니다."

두환이 김양상에게 사과했다.

"스스로 결정한 일입니다. 그리고 그 결정에 후회하지 않습니다. 그런데 상황이 이렇다면 철병도 고려해야 하지 않겠습니까?"

김양상은 승산이 없는 싸움이라면 무의미한 살생은 피해야 한다고 생각했다.

"그렇지 않아도 절도사께서도 철병을 고려하고 계십니다. 양초糧草도 이미 바닥이 났습니다."

"그런데 왜…."

"감군이 반대하고 있습니다."

두환은 절도사는 현실을 감안해서 안서절도부를 소륵까지 후퇴시킬 것을 주장했지만 감군이 극구 반대한다고 전했다. 감군 변령성은 본래는 고선지 장군과 잘 통하는 사이였는데 고선지 장군의 위명이 높아지자 시기심이 일었는지 사사건건 물고 늘어지고 있었다.

"감군은 왜 갈라록 부족을 참전시키지 않느냐며 절도사를 닦달하고 있습니다. 하지만 절도사는 그들을 믿을 수 없다며 전장에 투입하지 않고 있지요."

승산이 없는 싸움에 사사건건 물고 늘어지는 감군. 믿을 수 없는 우군. 김양상은 고선지 장군의 고뇌가 이해되었다.

"상황이 많이 어렵지만 무슨 수를 써서라도 꼭 살아남으십시오. 그래야 뜻을 이룰 것 아니겠습니까."

두환은 그 말을 남기고 일어섰다. 김양상은 무거운 마음으로 발길을 돌렸다.

"어디를 가셨댔소?"

막사로 돌아오자 석연당이 멀뚱해서 쳐다봤다.

"무슨 일이 생겼느냐?"

"그 자식을 보았소."

"그 자식이라니?"

"갈라록 기마대 무관 말이오."

"그자가 왜…."

불길한 예감이 스치고 지나갔다.

"마치 뭐 살필 게 있는 것처럼 진영을 배회하는 것을 보았소. 쫓아가서 요절을 내주고 싶었지만 형의 당부대로 참았소."

김양상은 신경이 곤두섰다. 그렇지 않아도 마음에 걸리는 게 있었던 터였다.

"너는 어떻게 생각하느냐?"

"뭘 말이오?"

석연당이 뜨악한 표정으로 김양상을 쳐다봤다.

"그날 대식국 기마병의 추격은 왠지 석연치 않았다. 내가 보기에 충분히 따라잡을 수 있었다. 그러다 우리가 나타나자 대식국 추격병들은 기다렸다는 듯이 말 머리를 돌렸다. 충분히 대적해볼 만한 상황이었음에도."

"지금 무슨 말을 하는 거요? 하면…?"

석연당이 깜짝 놀라며 김양상을 쳐다봤다.

"하면, 둘이 밀회를 하려다 우리에게 발각되자 일부러 쫓고 쫓기는 시늉을 했다는 말이오?"

"그럴 가능성이 있다."

"그렇다면 이대로 가만히 있을 수는 없소…."

석연당이 몸을 벌떡 일으켰다.

"신중하거라."

김양상이 석연당을 말렸다. 섣불리 일을 벌일 상황이 아니었다. 두환에게 상의할까. 그러나 김양상은 고개를 가로저었다. 아직 그를 끌어들일 단계가 아니었다.

"우선 그자를 면밀히 살피기로 하자."

명확한 증좌를 잡아야 한다. 김양상과 석연당은 잰걸음으로 막사를 빠져나왔다. 그 사이에 해는 완전히 저물었고 드문드문 늘어선 군영의 불빛이 초원에 점점이 빛을 발하고 있었다.

군영을 벗어나자 칠흑 같은 어둠이 펼쳐지면서 한 치 앞도 구분하기 힘들었다. 갈라록 부족의 군영은 얕은 개울 건너에 있었다. 두 사람은 소리를 죽이며 군영으로 접근했다. 어수선한 절도부 군영과는 대조적으로 갈라록 군영은 쥐죽은 듯 조용했다. 간간이 밝힌 불 사이로 번을 서는 자들이 오갈 뿐 대군의 숙영지라고 믿기 힘들 정도였다. 두 사람은 어둠 속에 몸을 숨기고 군영을 살피기 시작했다.

"이제 어떻게 하지요?"

석연당이 소리를 죽이며 물었다. 시간이 꽤 흘렀는데도 아무런 이상이 감지되지 않았던 것이다. 김양상도 뚜렷한 대책이 떠오르지 않았다. 그렇다고 진영에 잠입했다가 일이 잘못되면 엄청난 결과를 초래할 것이다. 그리고 그자의 숙소가 어디에 있는지도 모른다. 어떻게 해야 하나. 김양상이 고심하는데 두 사람이 몸을 숨긴 곳에서 멀지 않은 막사에서 움직임이 일었다. 일단의 사람이 막사에서 나오자 번을 서던 군병이 황급히 군례를 올렸는데 횃불에 비친 얼굴은 바로 김양상이 찾고 있는 자였다. 예상대로 그자는 높은 지체를 지닌 자였다. 그자는 뒤따르던 수하들에게 뭔가를 지시하더니 날 듯 어둠 속으로 몸을 숨겼다.

"저놈이…. 이 밤에 어디로 가는 걸까요?"

석연당이 창을 꼬나 쥐고 김양상을 쳐다봤다. 더 이상 생각할 틈이 없다. 김양상은 몸을 일으켜 그자가 사라진 곳을 향해 내달렸다. 대식국과 밀통하는 현장을 잡는다면 철병을 고심하는 고선지 장군에게 큰 선물을 가져다주게 될 것이다.

어둠 속에서 빠른 걸음으로 내달리는 자의 뒤를 쫓는 것은 쉬운 일이 아니다. 더구나 지리도 익숙하지 않은 마당이다. 그렇지만 조심하다 뒤를 놓치면 만사가 수포로 돌아간다. 김양상은 발각될 위험을 무릅쓰고 속도를 높이기로 했다.

휙!

그 순간 단검이 날아들었다. 단검은 두 사람을 빗겨갔지만 이제 몰래 뒤를 밟을 수 없게 되었다.

"또 네놈이냐? 왜 내 뒤를 쫓는 거지?"

문제의 갈라록 무장이 능숙한 중원말로 물었다.

"이 밤에 어디를 그리 바쁘게 가는 거지?"

석연당이 숨을 헐떡이며 물었다.

"내가 어디를 가든 네놈들이 무슨 상관이냐! 그리고 너희들이야말로 왜 우리 진영을 몰래 살피고 있었느냐? 절도사에게 통기해서 군율로 다스리겠다!"

갈라록 무장이 버럭 소리를 지르며 도리어 두 사람을 압박했다. 낭패였다. 서두르다 그만 일을 그르친 것이다.

"날이 밝는 대로 절도부에 통기할 것이니 그리 알고 있거라!"

갈라록 무장은 기세등등하게 두 사람을 몰아붙였다. 그 순간 김양상은 이상하다는 느낌이 들었다. 절도부에 통기하려면 그 역시 방금 전의 행동에 대해서 소명해야 할 것이다. 그 역시 무단으로 군영을 이탈한 마당 아닌가. 더구나 적 진영을 향해서…. 그런데 뭘 믿고 저리 큰소리를 치는가.

큰소리… 그 순간 불현듯 김양상의 머릿속을 스치고 지나가는 것이 있었다. 김양상은 급히 몸을 돌려 강변으로 내달렸다. 짐작대로 전력으로 도주하는 그림자가 눈에 들어왔다. 아마도 밀통하려던 대식국 첩자일 것이다.

"이놈!"

밀통이 발각되자 갈라록 무장은 칼을 빼들고 덤벼들었다.

"형, 이 녀석은 내가 상대할 테니 빨리 저자를 쫓아요."

석연당이 창을 휘두르며 갈라록 무장이 앞을 막아섰다. 김양상은 뒤를 석연당에게 맡기고 있는 힘을 다해 대식국 첩자의 뒤를 쫓았다.

"서라!"

사력을 다해 질주한 덕에 김양상은 첩자의 뒤를 잡을 수 있었다. 더 이상 도주가 불가능하다는 사실을 깨달은 대식국 첩자는 반월도를 뽑아들고 김양상에게 덤벼들었다. 하지만 허둥대며 휘두른 반월도는 큰 위협이 못되었다. 김양상은 대식국 첩자를 생포하기로 하고 짐짓 뒤로 물러서는 척을 했다. 기세가 오른 대식국 첩자는 얼른 달려들었고, 김양상은 틈을 놓치지 않았다.

김양상의 칼에서 번쩍하는 섬광이 일면서 반월도가 밤하늘 높이 솟아올랐다. 승부는 뜻밖에 싱겁게 끝이 났다. 대식국 첩자는 잔뜩 겁먹은 얼굴로 김양상을 쳐다봤다. 이것으로 갈라록 부족이 대식국과 밀통한다는 결정적 증거를 확보한 것이다. 이제 절도사의 고뇌를 덜어줄 수 있다. 김양상은 넋을 잃고 쳐다보는 대식국 첩자에게 천천히 다가갔다.

"흑!"

첩자가 비명을 지르며 쓰러졌다. 어둠 속에서 화살이 날아와 그의 목을 관통한 것이다. 첩자에게 일행이 있었던 모양이다. 적어도 50보는 되는 거리였다. 통탄할 일이지만 쫓아가서 잡는 것은 무리였다. 김양상은 자신의 부주의를 탓하며 석연당에게 달려갔다.

석연당과 갈라록 무장은 여전히 격렬하게 싸우고 있었다. 김양상이 가세하자 싸움은 금세 우열이 가려졌다. 칼을 놓친 갈라록 무장은 씩씩거리며 김양상을 쏘아보았고 석연당이 얼른 그를 포박했다. 여기서 꾸물대다가는 대식국 군병들이 몰려올지 모른다.

"너는 누구냐? 예사 하급무관이 아닌 것은 분명한데."

절도부 군영으로 돌아온 김양상은 석연당이 두환을 데리고 올 동안에 갈라록 무장을 직접 신문하기로 했다.

"……."

그러나 갈라록 무장은 입을 굳게 다물고 김양상을 쏘아보기만 했다.

"대식국 첩자와 무슨 얘기를 하려 했느냐?"

신문이 이어졌지만 갈라록 무장은 여전히 묵묵부답이었다. 김양상은 두환과 상의하기로 하고 갈라록 무장을 포박했다.

"어떻게 된 일입니까?"

급히 달려온 두환은 갈라록 무장을 보고 눈을 휘둥그렇게 떴다. 김양상은 간략하게 그동안에 있었던 일들을 얘기했다.

"이자가 대식국 첩자와 밀통하려는 현장에서 잡아왔단 말입니까?"

사실이라면 이것으로 고선지 절도사가 갈라록 부족을 싸움에 끌어들이지 않은 데 따른 해명은 물론 철군의 명분도 확실해질 것이다. 두환의 얼굴에 생기가 돌았다.

"나는 대식국 첩자와 밀통한 적이 없소. 저자가 멋대로 우리 군영에 잠입했다가 들통이 나자 나를 잡아와서 죄를 뒤집어씌우고 있소."

두환이 나타나자 갈라록 무장은 태도를 돌변해서 김양상을 공격하고 나섰다.

"이 자식이!"

석연당이 분을 참지 못하고 발길질을 하자 갈라록 무장은 뒤로 벌렁 자빠졌다. 김양상은 다시 발길질을 하려는 석연당을 제지했다. 짐작건대 화살을 맞고 죽은 대식국 첩자의 시신은 벌써 처리되었을 것이다. 그렇다면 물증은 사라진 셈이다. 그런 마당에 상당한 신분임이 분명한 자를 여기에 감금해놓은 걸 알면 갈라록 부족이 펄쩍 뛰며 절도사에게 항의할 것이다. 김양상은 경솔하게 일을 처리한 걸 후회했다.

김양상의 얼굴에 곤혹의 그림자가 스치는 걸 확인한 갈라록 무장은 길길이 뛰었다. 잡아들일 수도, 놓아줄 수도 없는 상황이 되었다.

"그럼 이 자식을 여기서 죽여버리지요."

석연당이 칼을 뽑아들었다.

"그건 안 돼!"

두환이 석연당을 제지했다.

"곧 싸움이 벌어질 것이오. 싸움이 끝난 후에 자세히 신문하겠으니 그때까지 여기에 붙잡아두는 게 좋겠소."

"그리하겠습니다."

김양상은 두환의 판단을 따르기로 했다. 김양상이 두환을 배웅하기 위해 막사 밖으로 나가자 갈라록 무장이 비명을 질렀다. 석연당이 발길질을 시작한 모양이었다.

"어차피 마지막 싸움이 될 것입니다. 피해가 심하기는 저쪽도 마찬가지니까요. 승부는 솔직히 예측하기 어렵습니다. 갈라록 부족이 배신할까 신경이 거슬리지만 절도사의 명 없이는 출동하지 못하게 되어 있으니 그것으로 위안을 삼아야겠지요."

두환은 비감한 어조로 말을 마치고 발길을 돌렸다. 김양상은 허탈했다. 갈라록 부족이 대식국과 밀통하는 것이 분명한 마당에 이대로 손을 놓고 있어야 하다니. 자칫 뒤통수를 맞을 수도 있는 상황이다. 김양상은 새삼 석연당의 말대로 목을 날려버릴 걸 그랬나 하는 후회가 일었다.

7

긴 밤이 지나고 탈라스에서의 다섯 번째 날이 밝았다. 군병들은 지친 몸을 이끌고 출정 채비를 서둘렀다. 마지막 싸움이 될 거라는 사실을 그들도 잘 아는 것 같았다.

진군의 북소리와 함께 싸움이 시작되었다. 양 진영의 궁병들이 날린 화살이 하늘을 까맣게 덮었고 진陣을 짠 보병들은 날아오는 화살을 방패로 막으며 전진을 계속했다. 싸움은 진과 진이 밀고 당기기를 거듭하다가 먼저 진이 무너지는 쪽이 패하게 된다. 궁병은 부지런히 화살을 날리고 기마병에게 용감하게 돌진해서 적진의 대오를 무너뜨려야 한다. 김양상은 늘 그렇듯 선봉에서 질주하며 적진을 향해 달려들었다.

대식국 기마병이 반월도를 휘두르며 김양상에게 맞섰다. 죽음을 전혀 두려워하지 않는 기세였다. 김양상은 고개를 숙여 반월도를 피하며 칼로 적의 옆구리를 힘껏 후려쳤다. 미처 피하지 못한 대식국 기마병이 그대로 낙마했다.

거듭되는 싸움으로 지칠 대로 지친 대식국 군병들은 달려드는 기마대를 제대로 막지 못하면서 마침내 대오가 무너지기 시작했다. 그러나 사정은 절도부 군병이라고 다를 리 없었다. 진영이 무너지자 군병들이 뒤섞여 혼전을 벌이게 되었다. 오로지 살아남기 위해 무턱대고 칼을 휘두르는 아수라장이 펼쳐진 것이다. 이럴 때는 예비대를 가진 쪽이 결정적으로 유리하다.

"김공!"

두환이 피투성이가 되어 달려왔다.

"큰일 났습니다. 갈라록 부족이 그예 배신했습니다."

김양상은 가슴이 철렁 내려앉았다. 이 판국에 예비대로 남겨놓은 갈라록 부족이 배신했다면 전세는 돌이킬 수 없을 것이다. 김양상은 그자를 모질게 닦달하지 못한 것이 후회되었다.

"갈라록 부족이 우리 배후를 치고 있습니다. 우리는 포위당했습니다."

"하면 본영은? 절도사는 어디 계십니까?"

"알 수 없습니다. 아무튼 이제는 각자 알아서 여기를 빠져나가는 수밖에 없게 되었습니다."

더 얘기할 상황이 아니었다. 김양상은 석연당에게 뒤를 따를 것을 이르고 전력을 다해 본영으로 말을 몰았다. 어느 틈에 따라왔는지 10여 명의 기마병들이 김양상의 뒤를 따르고 있었다.

본영은 이미 싸움터로 변해 있었다. 본영을 수호하는 호위들과 갈라록 군병들이 뒤엉켜 사투를 벌이고 있었다. 아마도 절도사를 사로잡기 위해서 급파된 자들 같았다.

"그놈입니다!"

석연당이 그들 중에서 갈라록 무장을 발견하고 소리쳤다.

"소가한小可汗!"

갈라록 군병이 그자의 주변으로 모여들었다. 소가한이라면 저자는 갈라록 부족장의 아들인가. 예사 무장이 아니라는 사실은 짐작했지만 부족장의 아들일 줄이야.

"비열한 놈들. 배신자의 말로가 어떻다는 것을 보여주자!"

김양상이 호통을 치자 뒤를 따르던 기마병들이 일제히 갈라록 부족을 향해 달려들었다. 갑자기 원병이 나타나자 갈라록 군병들은 당황해서 뒤로 물러섰지만 소가한이 뭐라 소리를 치자 다시 전열을 정비하더니 기마병을 막아섰다. 그 사이에 소가한은 말에 올라타더니 전력으로 내달았다. 대군을 데리고 올 모양이었다.

"저놈을 잡아야 합니다!"

석연당이 소리쳤다. 지체할 틈이 없었다. 탈라스 싸움의 승부는 이미 결정된 마당이었다. 이제 할 수 있는 일은 빨리 고선지 절도사를 안전한 곳으로 피신시키는 것이다. 김양상은 칼을 버리고 활을 집어 들었다. 그리고 뽀얗게 먼지를 일으키며 질주하는 소가한을 겨누었다. 납작 엎드려 빠른 속도로 내달리는 소가한을 명중시키는 것은 쉽지 않다. 그리고 기회도 한 번뿐이다. 김양상은 숨을 가다듬고 화살을 날렸다. 명중이었다.

이제 빨리 여기를 빠져나가야 한다. 뒤를 돌아보니 석연당이 얼굴에 피 칠갑을 한 채 갈라록 군병과 혈투를 벌이고 있었다.

"연당아!"

김양상이 칼을 집어 들고 달려갔다. 갈라록 군병들은 소가한이 쓰러진 것을 보고는 더 싸울 생각을 않고 물러섰다.

"이제 어떻게 해야 하오?"

석연당이 멍한 얼굴로 김양상에게 물었다.

"빨리 절도사를 피신시켜야 한다."

"내가 여기를 지킬 테니 형은 빨리 절도사를 모시고 여기를 빠져나가시오. 머지않아 대군이 몰려올 것이니."

석연당이 장창을 힘껏 쥐더니 앞으로 나섰다.

"그런 소리 말아라. 살아도 함께 살고 죽어도 함께 죽는다."

석연당의 부상이 간단치 않은 것 같았다. 그런 석연당을 두고 김양상은 혼자 빠져나갈 수 없었다.

"여기서 최후를 맞게 되었지만 전혀 후회하지 않소. 형을 만나 참으로 기뻤소. 태어나서 처음으로 의미 있는 삶을 살았던 것 같소. 형은 살아서 꼭 뜻을 이루시오."

석연당은 이미 죽음을 각오한 듯했다. 지금 시급한 일은 절도사 고선지 장군을 안전한 곳으로 피신시키는 것이다. 김양상은 황급히 군막으로 들어갔다. 절도사 고선지 장군은 눈을 감은 채 아무 말이 없었고 막료들은 침통한 표정으로 절도사의 명을 기다리고 있었다.

"대식국 군사들이 들이닥치기 전에 빨리 여기를 빠져나가야 합니다."

김양상이 고선지 장군에게 피할 것을 권했다. 감군 변령성은 벌써 도망갔는지 보이지 않았다.

"중군영이 있는 오슈까지만 가면 안전할 겁니다. 대식국도 피해가 만만치 않아서 그 이상 쫓아오지 못할 겁니다."

막료들이 입을 굳게 다문 고선지 장군을 설득했다.

"그렇습니다. 빨리 여기를 벗어나서 후일을 도모해야 합니다."

헐떡이며 따라온 두환도 거들었다. 고선지 장군은 긴 한숨을 내쉬더니 천천히 군막 밖으로 걸음을 옮겼다.

"이 말을 타고 빨리 몸을 피하십시오."

김양상은 자기가 타고 온 말을 고선지에게 넘겼다.

"네 공을 잊지 않겠다. 꼭 살아서 다시 만나자."

고선지는 더 사양하지 않고 말 위에 올랐다. 절도사를 보좌하는 도지병마사都知兵馬使와 진수鎭守 등 본영의 고위 막료들이 차례로 말에 올랐고 곧 뽀얀 먼지를 일으키며 내달았다.

"이제 어떻게 합니까?"

두환이 망연자실한 표정으로 물었다.

"도리가 있습니까. 무인답게 끝까지 용감하게 싸우다 장렬하게 전사하면 되는 것이지요."

김양상은 칼을 뽑아들고 석연당 옆에 나란히 섰다. 아무런 두려움도 없었다.

"형."

"얘기했지. 죽어도 같이 죽고 살아도 같이 산다고."

최후의 순간이 멀지 않았지만 김양상은 두렵지 않았다. 다만 뜻을 이루지 못하는 것이 안타까울 뿐이었다.

"김공의 마음을 이해하지 못하는 바는 아니지만 죽는 것만이 능사는 아닐 겁니다."

두환이 김양상에게 달려왔다.

"더구나 김공은 해야 할 일이 있는 사람 아닙니까?"

"하면, 어떻게 하자는 말씀입니까?"

"일단 살아야 하지 않겠습니까. 살아야 뜻을 이룰 수 있고, 고국으로 돌아갈 수도 있지 않겠습니까."

'살아야 한다. 그래야 뜻을 이룰 수 있다.'

두환의 말은 틀리지 않았다. 김양상은 갈등이 일었다. 김경신과 혜초대사의 얼굴이 차례로 스치고 지나가면서 이대로 허무하게 죽을 수는 없다는 생각이 들었다.

"놈들이 옵니다!"

석연당이 소리쳤다. 과연 일단의 기마가 먼지를 일으키며 이리로 다가오고 있었다. 먼지가 가라앉으면서 모습을 드러낸 기마병은 검은 두건에 움푹 팬 눈, 뾰족한 코를 가진 대식국 군병들이었다.

"김공!"

두환이 다급한 목소리로 김양상에게 투항할 것을 애원했다.

"제조참군 말을 듣는 게 좋겠소. 형은 해야 할 일이 있는 사람 아니오. 여기서 이렇게 죽을 수 없소."

석연당이 창을 내던졌다. 그 모습을 보며 김양상도 힘없이 칼을 내려놓았다. 어느 틈에 바로 앞까지 다가온 대식군 군병들은 매서운 눈초리로 미처 패주하지 못한 절도부 군병들을 쏘아보면서 무장을 해제시켰다.

당 천보 10년(751년) 7월에 벌어졌던 탈라스 싸움에서 당은 대식국에게 참패했다. 많은 안서절도부 군병들의 탈라스 강변에서 목숨을 잃었고 살아남은 군병들은 포로가 되어 끌려갔다.

김양상과 석연당, 두환도 그들 틈에 끼어 끌려가는 신세가 되었다. 과연 서라벌 땅을 다시 밟을 수 있을까. 김양상은 짙은 구름이 드리워져 있는 탈라스의 하늘을 올려다보며 깊은 시름에 잠겼다.